历代名家尺牍精粹

廖可斌 主编

曾文正尺牍

〔清〕曾国藩 著

王澧华 编选

浙江古籍出版社

图书在版编目（CIP）数据

曾文正尺牍 /（清）曾国藩著；王澧华编选 . —杭州：浙江古籍出版社，2020.11
（历代名家尺牍精粹 / 廖可斌主编）
ISBN 978-7-5540-1833-0

Ⅰ . ①曾… Ⅱ . ①曾… ②王… Ⅲ . ①书信集—中国—清代 Ⅳ . ① I264.9

中国版本图书馆 CIP 数据核字（2020）第 199828 号

本书为国家古籍整理出版专项经费资助项目

曾文正尺牍

廖可斌 主编
〔清〕曾国藩 著 王澧华 编选

出版发行 浙江古籍出版社
（杭州体育场路 347 号 电话：0571-85176986）
网 址 www.zjguji.com
责任编辑 陈小林
责任校对 吴颖胤
封面设计 吴思璐
责任印务 楼浩凯
照 排 杭州立飞图文制作有限公司
印 刷 浙江海虹彩色印务有限公司
开 本 880mm × 1230mm 1/32
印 张 10.75
彩 插 2
字 数 189 千字
版 次 2020 年 11 月第 1 版
印 次 2020 年 11 月第 1 次印刷
书 号 ISBN 978-7-5540-1833-0
定 价 45.00 元

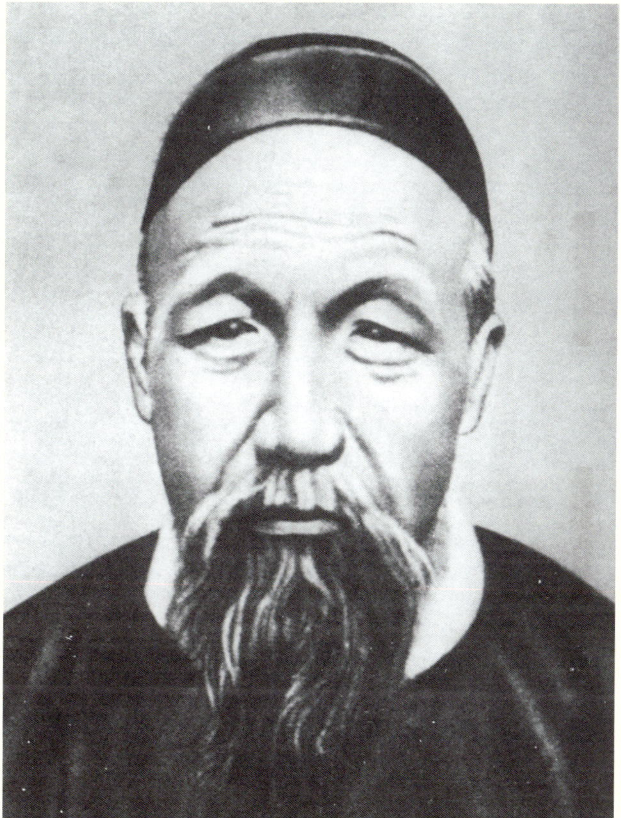
曾国藩像

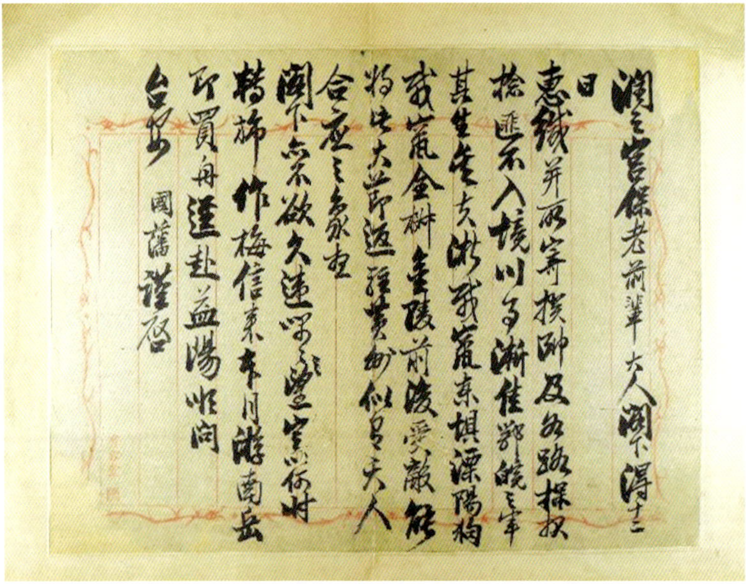

曾国藩手迹

总 序

生活在今天的人们，特别是年纪较轻的人，已经很难想象写信对古代人的生活有多么重要。爱因斯坦曾说过，现代人与古人相比，只是在交通和通讯技术方面有所进步，在道德、情感、智慧等方面并没有优势。而恰恰是交通和通讯这两个方面的进步，极大地改变了人类的生活和交流方式。现代人相距万里可以朝发夕至，通过电报、电话、电子邮件、短信、微信等传递信息，更是天涯海角只在一瞬间。而古人如果居处相距遥远，往往只能望路兴叹；旅行只能靠双脚和车船骡马，相别动辄经年累月，传递信息的唯一渠道就是写信。无论是军政公文，还是家书友札，都决定着人们的命运，寄托着希望和忧愁，牵动着欢乐和痛苦，因此留下了“鱼雁传书”“织锦回文”“家书抵万金”等种种典故。打开一封封尘封的古人书信，不啻展开了一幅幅色彩斑斓的古代生活画卷，奏响起一支支幽咽婉转的动人心曲。

一

书信古称“书”，起源应该很早。早在上古时期，当人们需要将有关信息告知远在他方的人，而又具备了书写工具（包括文字、刀笔、写字的板片材料等）的时候，最初的书信应该就诞生了。清代学者姚鼐认为，最早的书信，是《尚书·君奭》中记录的周公旦告召公奭的一段话。① 其实这还只是就现存文献而言，原始形态的书信出现应该更早。

但当时人们交往有限，书写条件也有限，交流往往通过直接见面交谈进行，书信还不普及。因此著名文学理论家刘勰认为，书信这种文体真正发达，是在春秋战国时期，“三代（夏商周）政暇，文翰颇疏。春秋聘繁，书介弥盛”，“及七国献书，诡丽辐辏”。这一时期，无论是诸侯国之间，还是贵族士大夫个人之间，交往更加频繁，书信遂被大量使用。刘勰列举《左传》中所载春秋年间秦国绕朝赠晋国士会以策、郑国子家致书晋国赵宣子、楚国巫臣奔晋后致书楚国重臣子重和子反、郑国

① 姚鼐：“书说类者，昔周公之告召公，有《君奭》之篇。”见姚鼐纂《古文辞类纂》，岳麓书社 1988 年版，“序”第 2 页。

子产致书晋国执政范宣子等，认为“详观四书，辞若对面”①，可视为书信的典范。而姚鼐《古文辞类纂》所录战国年间的《苏代遗燕昭王书》《鲁仲连遗燕将书》等，更是洋洋洒洒，辞气畅达。

至秦汉之际，书信更加普及，刘勰形容为“汉来笔札，辞气纷纭”②。李斯《谏逐客书》、邹阳《谏吴王书》、邹阳《狱中上梁王书》、枚乘《说吴王书》、司马迁《报任安书》、杨恽《报孙会宗书》、刘歆《移让太常博士书》等，就是其中出类拔萃的名篇。《后汉书》的《班固传》《蔡邕传》《孔融传》等，在记录传主身后留存于世的各种体裁的作品时，都列了“书”这一类，可见当时人已将书信视为一种重要文体。

但在秦汉之际，“书”这种文体的特征还比较模糊，内涵还比较笼统。人们几乎把所有由一个人写给另外的人的文章都称为“书”，并将“记”与“书”连称为“书记”。所谓“书记”文体的内涵就更庞杂了。刘勰说：“夫

①《文心雕龙·书记第二十五》，刘勰著、周振甫注《文心雕龙注释》，人民文学出版社 1981 年版，第 277 页。

② 同上。

书记广大，衣被事体，笔札杂名，古今多品。”[①] 他把“谱籍簿录、方术占式、律令法制、符契券疏、关刺解牒、状列辞谚”等，也都归入“书记”一类，认为是“书记所总”，说它们“或事本相通，而文意各异，或全任质素，或杂用文绮，随事立体，贵乎精要”[②]。

从两汉到魏晋南北朝，随着文学的发展，各种文体进一步分化独立，“书”体文也经历了两次重要的分化。一是士大夫与帝王之间的往来文章，和官府之间的往来书札，原来也都称为“书”。秦汉以后，为了加强君王的权威，立起了规矩，帝王写给臣民的文章，被称为“命、谕告、玺书、批答、诏、敕、册、制诰”等；士大夫写给皇帝的文章被称为“表奏”，它们就都从“书”中分化出去了。到了东汉时期，官府之间的往来书札，也有了单独的名称，被称为“奏记”“奉笺”，也从“书”中分化出去了。刘勰云：“战国以前，君臣同书，秦汉立仪，始有表奏；王公国内，亦称奏书”；

①《文心雕龙·书记第二十五》，见刘勰著、周振甫注《文心雕龙注释》，人民文学出版社 1981 年版，第 278 页。

②《文心雕龙·书记第二十五》，见刘勰著、周振甫注《文心雕龙注释》，人民文学出版社 1981 年版，第 281 页。

“迄至后汉，稍有名品，公府奏记，而郡将奉笺”。[①] 梁萧统编《文选》，就已将“诏、册”（卷三十五）、“令、教、策”（卷三十六）、“表”（卷三十七、三十八）、“上书”（卷三十九）、“弹事、笺、奏记”（卷四十）与“书”（卷四十一、四十二、四十三）分开了。总体而言，经过这一分化，属于公文的“书”，即所谓“公牍”，就基本上从“书”中独立出去了，“书”主要用来指相对个人化的书信。

但剩下来的“书”体文内容仍然非常复杂，可以论政，可以论学，也可以用于应酬，用于亲人、朋友之间相互问候，彼此之间差异仍然较大。两汉以后，随着纸张的发明使用，书写更为便利，亲人、朋友之间的日常联系越来越多地运用书信。这类书信一般篇幅短小，内容日常生活化，语言活泼轻松，与此前的公牍性书信，以及比较郑重、正式的论政、论学书信不同，成为书信的一个很重要的门类，后人称之为帖、短笺等，

①《文心雕龙·书记第二十五》，见刘勰著、周振甫注《文心雕龙注释》，人民文学出版社 1981 年版，第 278 页。明代吴讷《文章辨体序说》亦称：“昔臣僚敷奏，朋旧往复，皆总曰书。近世臣僚上言，名为表奏；惟朋旧之间，则曰书而已。”见吴讷、徐师曾《文章辨体序说　文体明辨序说》，人民文学出版社 1998 年版，第 41 页。

有些近似于现在的便条、字条。[1] 著名书法家王羲之等就留下了大量这类帖、短笺。至此，在相对个人化的书信内部，比较郑重、正式的论政、论学类书信，与比较日常生活化的书信也相对区分开来了，后者就是后来人们所称的狭义的“尺牍”的前身。

“尺牍”之称，起于汉朝。当时朝廷的诏书都写在一尺一寸长的竹木板上，所以称“尺牍”或“尺一牍”，是包括朝廷诏书在内的所有书信的通称。当公文性的“书”被改称为“诏”“敕”“制”和“奏”“疏”“表”等而独立出去，个人化的“书”内部又发生分化之后，“尺牍”遂被专门用来指比较日常生活化的书信。它就由所有书信的通称变成比较日常生活化书信的专称。人们用丝帛、纸张写信，也比照“尺牍”的说法，称“尺素”“尺缣”“尺锦”“尺纸”等。既然各种载体的书信都以“尺”称，所以书信又被称为“尺书”“尺翰”。

从魏晋南北朝到唐宋，人们越来越多地写这种帖、短笺，即“尺牍”，但它们还不受重视。人们重视的还是那种比较郑重、正式的论政、论学“书”，认为这种“书”才比较有价值。王羲之的众多帖、短笺之所以

① 见钱锺书《管锥编》，中华书局1979年版，第三册，第1108页。

能流传下来，是因为他的书法为世人所重，这些书信是因书法而传。当时其他人应该也写了不少类似的东西，它们就没有这样幸运了。刘勰《文心雕龙·书记卷二十五》已两次提到“尺牍”（“祢衡代书，亲疏得宜：斯又尺牍之偏才也”[①]；“然才冠鸿笔，多疏尺牍”[②]），语气中显然对“尺牍”颇为轻视。唐宋间文人自编文集，或他人代编文集，如白居易《白氏文集》、欧阳修《居士集》、苏轼《东坡集》《东坡后集》等，都列有“书”类，但只收比较郑重、正式的“书”。

直到南宋年间，人们的观念才开始发生变化。据信编纂于南宋的《东坡外集》中，除有“书”二卷外，还有“小简”（即“尺牍”）十九卷。周必大等人所编《欧阳文忠公集》收“书简”十卷。这种将“书”与“尺牍”分开收录的编纂方式，此后被继承下来。如明代所编《东坡续集》十二卷中，除“书”一卷外，还有“书简”四卷。同样编于明代的《三苏全集·东坡集》八十四卷中，除“书”二卷外，还有“尺牍”十二卷。这些“尺牍”

① 刘勰著、周振甫注《文心雕龙注释》，人民文学出版社 1981 年版，第 277 页。

② 刘勰著、周振甫注《文心雕龙注释》，人民文学出版社 1981 年版，第 281 页。

都是原来被遗落的，这时才被搜集汇录在一起。这固然是因为欧阳修、苏轼人品高尚、文采出众，尺缣片楮，后世人皆乐于收集而宝藏之，亦因“尺牍”这种文体的价值终于得到认可。人们对“尺牍”的文体特征有了比较清晰的认识，因而将它与比较郑重、正式的论政、论学书信分别开来。狭义的“尺牍”作为一种文体，遂正式登上文坛。① 自此以后，比较郑重、正式的论政、论学“书”，一般被视为“古文”之一体；而比较日常生活化、篇幅短小、文风活泼的“尺牍”，则被归于“小品文”的范畴，两者并行不悖。

当然，无论是公文性书信与个人化书信之间，还是个人化书信中比较郑重、正式的论政、论学书信与比较日常生活化的“尺牍”之间，界限都不是绝对的。两汉以后，臣僚给皇帝的奏疏，也还有叫“书”的，如王安石著名的《上仁宗皇帝言事书》。有些比较日常生活化的书信，如曹植《与杨德祖书》、陶渊明《与子俨等疏》，内容也未尝不重要。但总体上说，这几类书信之间的分野是清楚的。

① 见（日）浅见洋二《文本的“公”与“私”——苏轼尺牍与文集编纂》，《文学遗产》2019 年第 5 期。

及至明清时期，随着社会生活和人们思想观念的变化，人们的文学观念总体上越来越世俗化，即越来越注重反映普通人日常生活的文体，尺牍遂越来越受青睐。人们在编选文集时，往往将“尺牍”与“书”等量齐观，将之统一编入“书”中，甚至将“尺牍”单行。如明代文学家陆深的文集中，“书”类就兼收比较郑重、正式的论政、论学“书”，和包括家书在内的“尺牍”。后来因为他的“尺牍”很受欢迎，人们又将他的“尺牍”另编为《俨山尺牍》行世。冯梦祯《快雪堂集》六十四卷本收录“尺牍”十三卷，他又将尺牍部分单独刊刻为《快雪堂尺牍》。晚明其他著名文人如屠隆、汤显祖、王思任等，均有尺牍单独刊行。晚明至清初，更出现了选编出版历代名人尺牍总集的风潮，现在可以考知的不下两百种，其中影响较大的有杨慎《赤牍清裁》、王世贞《尺牍清裁》、屠隆《国朝七名公尺牍》、顾起元《盛明七子尺牍》、凌迪知《国朝名公翰藻》、李渔《尺牍初征》、周亮工《尺牍新钞》、汪淇等《尺牍新语》、陈枚《写心集》《写心二集》等。

二

尺牍历来是比较受欢迎的读物，堪称读者的宠儿，用鲁迅先生的话来说：“日记或书信，是向来有些读者的。”① 人们为什么对尺牍感兴趣？古代尺牍对当代人还有何价值？我想它至少具有如下四个方面的意义：

一是可以帮助我们更准确深入地认识历史的真相。中国素来有重视历史的传统，记载古代历史的文献可谓汗牛充栋。但大部分正经正史记录的都是重大历史事件，描写的都是风云人物在朝堂、疆场上的壮举，属于宏大叙事，固然气势恢宏，但较少触及这些人物的日常生活图景，包括他们与家人、亲友、同僚等之间盘根错节的微妙关系，以及他们复杂幽微的内心活动。而他们所写的书信，则与各种笔记、野史等一起，展现了历史的另外一面。如果说正经正史反映的是这些人物带着面具的表演，那么书信等则在一定程度上反映了他们摘下面具后的真相。如果说前者展现的是台前的景象，那么后者则揭示了幕后的种种细节。看

① 鲁迅《孔另境编〈当代文人尺牍钞〉序》，见《鲁迅全集》（六）《且介亭杂文二集》，人民文学出版社 1961 年版，第 330 页。

历史，既要把握大局，也要深入细节；既要看到正面，也要看到反面。只有将这些不同的面相拼接在一起，才庶几接近历史的真面目。如我们可以称明代著名文学家汤显祖秉性刚正，不畏权贵，从遂昌知县任上自行辞职归家。但看到他当时与好友刘应秋等人的往来信函，就知道当时朝中人际关系多么复杂，汤显祖为争取出路曾做了多么不懈的努力。又如看到明代文学家王樵给子侄的书信，说到其子王肯堂中进士时，亲友们如何不屑一顾，当得知王肯堂中选翰林院庶吉士后，他们如何马上换了一副嘴脸，由此我们就可以知道当时人对进士、翰林院庶吉士的真实看法，以及当时社会所谓亲友之间关系的真相。从曾国藩写给其弟曾国荃等人的书信中，我们可以得知湘军内部、湘军与淮军之间、湘军淮军与清廷之间，是如何的矛盾重重。而从太平天国忠王李秀成写给英国传教士艾约瑟、杨笃信的书信中，我们又可以看到打着基督教旗号的太平天国与清朝、西方势力三者之间的微妙关系。从书信中获取的这些零碎而生动的细节，可以大大丰富我们对历史真相的认知，让我们对历史的印象由粗线条的轮廓变为鲜活的图景。

二是可以让我们感受古人的心灵世界，让我们加深对人性、人生、人世的理解。历史的车轮不停转动，社会生活嬗变不息，人们的思想观念也在不断变化，但人总还是具有灵性的血肉之躯，总还是要经历生老病死，难免种种喜怒哀乐、爱恨情仇。人类心灵深处的这些东西，千百年来变化其实非常有限。我们阅读古代优秀的文学作品，可以感受到古人的忧乐，与他们展开心灵的对话。在这个过程中，他们的面容神情清晰真切地浮现在我们眼前，让我们真觉得古今人相去不远。相对来说，在各种文体里，书信和日记是较能真实反映人们的内心世界的。周作人曾指出：

日记与尺牍是文学中特别有趣味的东西，因为比别的文章更鲜明的表出作者的个性。诗文小说戏曲都是做给第三者看的，所以艺术虽然更加精炼，也就多有一点做作的痕迹。信札只是写给第二个人，日记则给自己看的（写了日记预备将来石印出书的算作例外），自然是更真实更天然的了。我自己作文觉得都有点做作，因此反动地喜看别人的日记尺牍，感到很多愉快。我不能写日记，更不善写信，自己的真相仿佛在心中隐约觉到，但要写他下来，即使想定是私密的文字，总不免还有做作——这并非故意如此，实在是修养不足的缘故，然而因此也愈觉得别人的日记尺牍之佳妙，可喜亦可贵了。[1]

有趣的是，鲁迅先生也讨论了书信与其他文体之不同：

作者本来也掩不住自己，无论写的是什么，这个人总还是这个人，不过加了些藻饰，有了些排场，仿佛穿上了制服。写信固然比较的随便，然而做作惯了的，仍不免带些惯性，别人以为他这回是赤条条的上场了罢，他其实还是穿着肉色紧身小衫裤，甚至于用了平常决不应用的奶罩。话虽如此，比起峨冠博带的时候来，这一回可究竟较近于真实。所以从作家的日记或尺牍上，往往能得到比看他的作品更其明晰的意见,也就是他自己的简洁的注释。不过也不能十分当真。有些作者，是连账簿也用心机的，叔本华记账就用梵文，不愿意别人明白。[2]

---

①《日记与尺牍》，见周作人《雨天的书》，岳麓书社 1987 年版，第 11 页。

② 鲁迅《孔另境编〈当代文人尺牍钞〉序》，见《鲁迅全集》（六）《且介亭杂文二集》，人民文学出版社 1961 年版，第 330—331 页。

相比较而言，鲁迅先生更冷静清醒。在短短的一段话中，开头和结尾处两次强调，即使是写书信这类东西，作者也往往免不了“做作”和“用心机”，因此读者“也不能十分当真”。我们应该对此抱有充分的警觉。古代有些人写信给某人谈某事，本来就是准备公之于世的，相当于写公开信，这种文章就和一般文章没有多少差别，只是运用了书信这样一种文体形式而已。有些比较有名的人物，即使是写给朋友和家人的书信，或为名，或为利，或为了名利双收，也是早就打算日后要结集出版的，写的时候不免就有诸多顾忌和矫饰。有些信件收入文集或尺牍集时，还会做许多加工，加上一些漂亮话，尤其是删掉某些敏感内容，这些书信的真实性就要大打折扣了。

但鲁迅先生毕竟也肯定，书信的内容“究竟较近于真实”；通过书信，可以“从不注意处，看出这人——社会的一分子的真实”。[①] 凡是书信，都是写给特定的人看的，如果太不真实，完全是套话假话，那就相当于当面撒谎，不会有任何好效果。何况大部分书信，

① 鲁迅《孔另境编〈当代文人尺牍钞〉序》，见《鲁迅全集》(六)《且介亭杂文二集》，人民文学出版社 1961 年版，第 330 页。

特别是尺牍，一般都是写给亲人，或比较熟悉的朋友，作者的心态往往比较放松。有些在公开场合不能说的真实感受和想法，可以向亲人和朋友一吐为快。说过之后，写信人往往还不忘记嘱咐收信人，所言不足为外人道，甚或要求看后即销毁。如苏轼《答李端叔（之仪）书》云："自得罪后，不敢作文字。此书虽非文，然信笔书意，不觉累幅，亦不须示人，必喻此意。"①看看苏轼给亲友的诸多书信，我们就知道，在旷达洒脱的外表下面，一代天才心中又有多少悲苦与无奈。著名书画家赵孟頫的妻子管道昇，回娘家后给丈夫写信，叮嘱种种家务事，让他赶快寄柿子，说是丈人要吃，不仅书法清丽潇洒，而且语气亲切有趣，传递出这一对艺术家夫妇相知相惜的温情。至于明末清初抗清志士夏完淳的《狱中上母书》、辛亥革命先烈林觉民的《与妻书》，写信人临难之际，对至亲至爱的人敞开自己的心扉，真可谓饱含血泪，至情至性，感人至深。阅读这些尺牍中的精品绝品，我们会对人性的光辉、人生的悲欢和人世的苍茫有更深的感悟。

---

① 张志烈、马德富、周裕锴主编《苏轼全集校注》之《文集》卷四九，河北人民出版社 2010 年版，第 16 册，第 5345 页。

三是可以欣赏古人的文笔之美。书信本是一种应用性很强的文体，把要说的事情说完也就可以了。但我们现在所能看到的中国古代的书信，基本上都是士大夫们写的。中国古代一直存在一个士大夫阶层，这是中国古代长期实行大一统君权专制制度的产物，是中国古代社会结构的一个重要特点。士大夫们都接受过良好的教育，有较好的文学艺术修养，善于将生活艺术化。茶有茶道，花有花道，至于琴棋书画，那就更精妙无穷了。写信也是一件很雅的事情，不仅笔墨砚纸马虎不得，行款格式也有讲究。书信本身则力求写得生动活泼，于尺幅中见巧思。或如语家常，娓娓道来；或夸张调侃，风趣幽默。表关切则务求语气平和，有请托则力戒卑躬屈膝，要尽可能恰如其分，彼此两宜。结构则似信笔所之，而姿态横生。有些精巧鲜活的表达方式，在其他文体中是不可能出现的。所以鲁迅先生说，过去人看尺牍，就是为了看其中的"朝章国故，丽句清词，如何抑扬，怎样请托"[①]。诗词文赋文雅精致，内涵丰富，但要读懂并不容易；小说戏曲比较易懂，

① 鲁迅《孔另境编〈当代文人尺牍钞〉序》，见《鲁迅全集》(六)《且介亭杂文二集》，人民文学出版社 1961 年版，第 330 页。

但篇幅大多偏长。至于众多一本正经的高文典册，内容或许渊深，但除了专门研究者，一般人读起来无不觉得头昏脑胀。相形之下，小巧活泼、饶有情趣的尺牍，就成了阅读起来最轻松、可读性最强的文体。

四是可供当代人借鉴人际交往之道，尤其是语言交流的必要礼仪和技巧，因而具有实用价值。现代人已很少写信，但人际交往特别是语言交流仍然是必不可少的。古人既然写信，纸短情长，就要注意锤炼字句，力求表达清晰优美。对不同的对象，也要用不同的称谓和表达方式，以表示礼貌，务使“尊卑有序，亲疏得宜”[①]。现在人们发短信、微信，往往脱口而出，随手而发，态度随便，久而久之，语言就越来越单调，甚至粗鄙。长此以往，整个民族的语言水平和礼仪修养都可能下降，这是一件令人担心的事情。有些人不具备古文功底，又要显摆自己的古文，就更糟糕了。例如古代书信用语中的“启”本来是陈述的意思，因此书信可以用“敬启者”开头。现在人们一般用它表示打开信封的意思，有人却在信封上写某某人“敬启”，

① 徐师曾《文体明辨序说》，见吴讷、徐师曾《文章辨体序说　文体明辨序说》，人民文学出版社1998年版，第129页。

就是要求别人（包括尊长）恭恭敬敬打开这封信。“聆听”是恭敬听取的意思，所以只能说自己“聆听”。请别人听或读，只能说“垂听”“垂察”“垂览”“垂鉴”“赐览”“赐鉴”等。现在人汇报完了却常说“谢谢聆听”。试问收信或听汇报的长者看到或听到这样的表达，心中会作何感想？又如“家父”“家兄”本用于称自己的家人，有人写信却说对方的“家父”“家兄”如何如何；“令郎”“令爱”是称对方的儿女，有人却说自己的“令郎”“令爱”如何如何；“先严”“先慈”是指自己已过世的父母，有人却用来指还活着的父母。凡此种种，让人哭笑不得。再如年长者对晚辈，为表客气，也可称“兄”“世兄”“仁兄”等，而自称“弟”。有些人不懂这一点，拿着某位名人称其为“兄”而自称“弟”的信函，到处炫耀，洋洋得意，令人齿冷。现代人主要通过电子邮件、短信、微信等联系，这是大势所趋。写这类东西也不必生搬硬套古人尺牍的模式，但读一点古人的尺牍还是有好处的。浸润既久，我们可以多少懂得一些必要的知识，少闹笑话；也可以感受到一些古人相交相处之道，提高自己的修养，言辞之间学会以礼相待，从而构建一种和谐的人际关系。

基于上述认识，我们编选了这套“历代名家尺牍精粹”丛书，分辑出版，首辑拟推出明清尺牍十一家。

丛书的总体定位是一套具有一定学术水准、面向社会大众读者的普及型文学读本。主要收录狭义的尺牍，即比较日常生活化的书信，兼收部分比较有文采、有情趣的论政、论学类书信。选择标准主要着眼于尺牍的文学价值。注释和赏析力图在全面深入了解作者的经历、个性，对相关事件的来龙去脉了然于心的基础上，准确把握每篇尺牍的真实含义，揭示其压在纸背的心情，及其写作上的精巧微妙之处。

丛书旨在提供一套涵盖面广、典型性强、审美价值高的历代尺牍文学选本，有助于广大读者欣赏美文，获得轻松愉悦的审美享受；发抒性灵，陶冶情操；回望祖国传统文化，回味前人的生活方式，增进对中国古代社会和士人精神世界的理解；感受汉字和汉语的深邃魅力，提高书面和口头表达能力。

本丛书的编选撰写和出版肯定存在诸多不足之处，敬希读者批评指正。

前　言

曾国藩（1811—1872），字伯涵，号涤生，湖南省湘乡县荷塘都（今属双峰县）人，祖籍衡阳。祖父曾玉屏，务农殖产。父亲曾麟书，乡间塾师，后中秀才。兄弟五人，曾国藩居长，姐妹四人。夫人欧阳氏，衡阳塾师欧阳凝祉女。育有二子五女。

曾国藩在少儿年代半耕半读，随父读书。道光十三年（1833）中秀才，第二年中举人，道光十八年（1838）成进士，改翰林院庶吉士。散馆，授职检讨，经翰林院侍讲、侍读而迁内阁学士、礼部侍郎。咸丰二年（1852），曾国藩丁母忧回籍，年末，因广西太平军席卷东南，所向披靡，奉旨帮办本省团练。次年，曾国藩招募湘勇，增援湖北，随后与太平军转战于江西、安徽之间。咸丰十年（1860）升任两江总督，授钦差大臣，督办江南军务。同治元年（1862）授协办大学士。同治三年（1864），攻克太平天国首都天京（今南京），受封一等侯爵。明年，曾国藩以钦差大臣率领湘军与淮军主力北上，追剿捻军。同治五年（1866）回任两江总督。次年，捻军平，授体仁阁大学士。同治七年（1868），授武英殿大学士。调任直隶总督。同治九年（1870），奉命查办“天津教案”，同年回任两江。同治十一年（1872）二月卒于任内，谥“文正”。

曾国藩在家书中回顾自己的治学经历，称“少时天分不甚低，厥后日与鄙庸者处，全无所闻，窍被茅塞久矣。及乙未到京，始有志学诗古文并作字之法”（道光二十三年正月十七日《致诸弟》）。可知他是在道光十五年（1835）入京之后，始知时文括帖之外，别有诗文之宗向所在。具体说来，便是崇尚韩愈、黄庭坚等人奇倔雄肆之风的宋诗派开始风靡一时，主张义理、考据与词章的桐城派继续统治文坛。宋诗派的代表是程恩泽，他是当时几次会试的考官，其诗风倾向更容易感染曾国藩这种应试考生；桐城文派传人梅曾亮及其弟子辈则是当时京城最活跃一群人物。

进京之初的曾国藩，以翩翩词臣之身，处翰苑清闲之地，又当风华正茂之时，诗艺初开之日，他追求的只是如何“以文章报国”，如何才能“无失词臣体面”（道光二十年六月《日记》）。在他日后的精神导师、理学家唐鉴到京之后的一年多时间里，他对理学基本上是无动于衷。直到有一天，他在外出访友之后，便道拜访唐鉴，这才带来了他人生道路上的一大转折。经过良师指点、益友切磋与他本人的潜心修炼，短短六七年间，曾国藩便以理学新锐与文章新秀的身份，在京城士大夫中声名鹊起，而道光帝晚年又习用务虚人才，曾国藩很快便以师友美誉得邀朝廷眷顾，两次连升四级，跃居礼部侍郎，从此崛起于道光末年的政坛之上。

曾国藩的古文造诣，号称取资于桐城义法，其《圣哲画像记》便自称“国藩之粗解文章，由姚先生启之”。在该文中，曾国藩把《左传》《庄子》《史记》《汉书》与韩（愈）、柳（宗元）、欧（阳修）、曾（巩）视作词章的最高典范，称之为“天地遒劲之气，得于阳与刚之美者”与“天地温厚之气，得于阴与柔之美者”。他的两种古文选本，《经史百家杂钞》与《古文四象》，便是直接效仿桐城派姚鼐的《古文辞类纂》。前者沿袭姚鼐的体裁分类，后者则是别出一格的风格分类。而张裕钊、吴汝纶、黎庶昌与薛福成“曾门四子”的成就，更加增添了曾国藩在古文领域的领袖意味。

曾国藩现存的文章，专注于义理与考据者皆不多见，而取法于阳刚与阴柔之境者，则不乏其例。曾氏一生酷嗜韩文，平日与人谈谑，甚至称韩愈为“敝师”。握笔作文，他也每每师法韩文笔意，甚至连题目也颇有模仿对应，如《五箴》《太学石鼓歌》《欧阳生文集序》《哭亡妹亡儿》以及《满妹碑志》等。后期军政繁忙，心情紧张，曾国藩则更喜欢闲适舒缓之作，读书与作文，都有意偏于阴柔一路。

曾国藩去世之后，李鸿章、曾国荃先后倡议，编刊全集。此事实际由曾国藩之子曾纪泽主持，由曾国藩晚年颇为信任的王定安、曹耀湘等人具体编辑。经过五年编辑整理，光绪二年（1886）竣工，由湖南传忠书局刊印《曾文正公全集》176卷，挂名李瀚章、李鸿章兄弟主编。其中《曾文正公书牍》“正集26卷”，收信1841封，“续集7卷”，292封，共33卷，共计2133封，文句间有删并。此后百年，各种翻刻本皆据此刊印。

1982—1994年，湖南省组织省内图书馆、高校与岳麓书社，联合整理出版《曾国藩全集》30册，其中“书信”10册，收录已刊、未刊信件8322封。2011年，岳麓书社出版《曾国藩全集》修订版，“书信”10册，补遗去重，收信8365封。

1974年，台湾文海出版公司将传忠书局版《曾文正公全集》收入《近代中国史料丛刊续编》，曾国藩的侄曾孙（曾国荃曾孙）曾昭六，为此撰写《曾文正公全集编刊考略》，其中论及“书牍”说：“公早期书牍，论学讲道较多，初不过作文章报国，学术传世。既而蒿目时艰，关心治乱，尝言君子之道，莫大乎以忠诚为天下倡，并以倭文端所言，人心善恶之几与国家治乱之几相同，以是公与友朋函札，每于此慷慨言之。盖公谓书牍类虽宜吞吐，而论事则宜喷薄。”

“吞吐”与“喷薄”之说，是曾国藩的古文欣赏与创作的重要理论，他的《经史百家杂钞》也辟有“书牍之属”2卷，选录古人书信佳作65篇。现存曾国藩书信，早年皆为亲笔所作，间有子弟塾师起草代笔者。中年带兵之后，先后聘有书启助手数人，口诉大意，助手起草，曾国藩再核改发抄。纵览各种亲笔信副本、幕稿曾批信的核改本，不难看出，确实文如其人：友情浓郁，下笔自然琐细亲切；论道讲学，则直言倾诉；有时神采飞扬，有时志趣高昂。而在国家危难之际，他又不避艰难险阻，挺身而出，大声疾呼，或诚挚敦促，或危语胁迫，或从容吞吐，或大气磅礴。至于乡亲故旧、左右随从，曾国藩则时常出以诙谐幽默，有时甚至嬉笑连篇。当然，作为军事统帅、封疆大吏，曾国藩需要对各种军政要务、人事纷纭、个人进退、人际应酬等大事小事，或运筹帷幄，或临机决断，时而苦心经营，时而虚与委蛇。披览之际，每每赞赏其章法严整，思绪周密，文句稳健老辣，字词清新可喜。与此同时，我们还能时时感受到一代儒臣忠君爱国、保境安民的满腔正气，训诫属吏、关爱后进的婆心热血，包括幻海风波的险恶，官场羁绊的无奈，年老思乡的愁闷，时常见之于他的朋僚书信之中。南朝文论家刘勰《文心雕龙·书记篇》指出："详诸书体，本在尽言，所以散郁陶，托风采，故宜条畅以任气，优柔以怿怀，文明从容,亦心声之献酬也。"在曾国藩的往来书信中，就有很多这样的"风采"和"献酬"。

较之阅读卷帙浩繁的全集，节选本可以尝鼎一脔，一叶知秋，希望借着这个机会，我们可以共同加深对曾国藩一生为人与为官的感性认识，诸如师友切磋、诗文酬答以及办理团练、统帅湘军、用兵与行政、治吏与治民、亲情与友情等，以史为鉴，以人为鉴，去粗取精，古为今用。

基于这些考虑，此次选评《曾文正尺牍》，据岳麓版节选99封，其中通信往返的对象，有少时同学、故乡旧友，有官场前辈与后辈，有战场将士与家属。这里有故事，有人物，有经验体会，也有失误与不足，还有形形色色的众生相，虚虚实实的官场经。对每一封信，本编先有字词注解与人物介绍，点评则先作叙述，理清背景与事实，然后着重观照曾国藩写信的用意、特点与风格。通过分析讲解，通过一个个活生生的具体事例，让我们共同体会他的处事风格、写作经验，学习其篇章结构、行文措辞，汲取其经验教训，相信读者可以从中得到有益的体会。为方便初学阅读，个别繁难冗长之处，略有删减。注解、点评如有错失，敬请读者批评指正。

王澧华于上海师范大学

目　录

与朱蓂〔一〕　道光二十一年闰三月初四日

去腊贱眷到京〔二〕，奉得手书，词简意长，拳拳不尽〔三〕。舍弟辈蒙教爱饮食，情谊逾于同胞。每闻九舍弟道及去年在馆诱掖之勤〔四〕，督责之宽，属望之切，沆瀣之洽〔五〕，薄物细故，至纤至悉之曲折深厚，真令人衔感次骨〔六〕，酬谢鄙忱〔七〕，万言难殚〔八〕。

去岁年谷顺成〔九〕，是弟望吾兄第一快心事。安得自天降康，屡丰有咏〔一〇〕，则吾兄事畜之谋〔一一〕，或可以少弛负担矣。尊堂上洪祺绥燕〔一二〕，心安体泰，尤慰鄙衷。淡禄堂襟山抱水〔一三〕，气局开展，当是君家巩固之基。益望读书守己〔一四〕，敦朴诚，去机械〔一五〕，毋图小得，毋怀赊望，知足知止，苟合苟完〔一六〕。“以善养人，以德服人”，此谣近似迂阔，实切要也。如此则昌大将更无涘〔一七〕。吾兄远识，何待喋喋相贡，然亦刍荛之献也〔一八〕。

弟散馆以后〔一九〕，甚思用功，因循隳于中〔二〇〕，酬应纷于外，日复一日，依然故我。去秋一病十旬，冬间始得复体。贱眷以腊尾到京。计自病后至今，又已半年，学问毫末无加，而日日常觉匆忙。大好光阴，如此虚掷，后日成就，抑可知矣。老兄望于我者大且远，终恐不逮也，如何如何。

——《曾国藩全集·书信》（一）第 1—2 页

注释

〔一〕朱蓂（1803—1872）：字尧阶，湖南省湘乡县杏子铺（今双峰县）人。秀才，塾师，曾国藩少年朋友，后因侄辈结为姻亲，并一度担任曾家子弟的家庭教师。

〔二〕去腊：去年农历十二月。贱眷：自谦之词，我的家属。

〔三〕拳拳：形容诚挚眷念的样子。

〔四〕九舍弟：指曾国荃（1824—1890），字叔纯，号沅甫，曾国藩弟，排行第九。后创建湘军吉字营，攻克太平天国首都天京，封一等伯爵，官至两江总督。舍弟：谦词，旧时在别人面前称呼自己的弟弟。馆：学塾，古代的学堂。诱掖：引导与扶持，启发与奖励。

〔五〕沆瀣（hàng xiè）：此处指意气相投，彼此契合。

〔六〕衔感次骨：形容刻骨铭心的感激之情。

〔七〕鄙忱：我内心的真情实意。“鄙”是自谦之词。

〔八〕殚（dān）：竭尽。

〔九〕顺成：风调雨顺，年成很好，即农业丰收。

〔一〇〕自天降康，屡丰有咏：此处化用《诗经·烈祖》诗意，即天降安康，年年五谷丰登，百姓讴歌感激。

〔一一〕事畜：赡养老人，抚养儿女。

〔一二〕洪祺绥燕：旧时祝福语，意思近于“福寿安康”。

〔一三〕淡禄堂：朱蓂家的宅名。襟山抱水：依山傍水。

〔一四〕守己：守身，自律。

〔一五〕机械：此处指机心，即机巧功利之心。

〔一六〕苟合苟完：即“知足知止”之意。

〔一七〕无涘（sì）：无边，无限止。

〔一八〕刍荛（chú ráo）之献：自谦之词，很浅陋的建议。“刍荛”是打柴草的人。

〔一九〕散馆：明清时代，从当年进士中择优选入翰林院做庶吉士，研习二三年后举行结业考试，择优授予官职，叫做“散馆”。

〔二〇〕隳（duò）：通“惰”，即“懈怠”之意。

点评

1841年农历新年前夕，曾国藩的父亲、弟弟以及夫人、长子从家乡来到北京，带到朱蓂的来信，现在，三个月过去，曾父即将回家，曾国藩乘便写去回信。以前邮递不发达，私人信件往返，大多都是这样“搭便车”的。正因为如此，古人对两地书信的内容，也就更加重视，一般都写得情深意长，尽量不作浮泛之言。

朱蓂是曾国藩的儿时伙伴，略大几岁，中秀才也早几年，曾国藩后来居上，举人、进士与翰林，一路顺遂，而朱蓂则只能在山乡教读为生。不过，他的教学对象，还都是曾国藩的弟弟们。

既然朱蓂的来信是“词简意长，拳拳不尽”，同为读书人，曾国藩也当要礼尚往来了。

第一，作为兄长感谢塾师对弟弟们的精心教导，既然“舍弟辈蒙教爱饮食”，曾府长子、当今翰林的真诚道谢，当然是题中应有之义。“诱掖之勤，督责之宽，属望之切，沆瀣之洽，薄物细故，至纤至悉之曲折深厚，真令人衔感次骨”，可谓是下笔琳琅而又情真意切，因为它是有“九弟”屡次面诉的相应例证的，这就不是客套应酬了。

第二，作为乡亲与游子，喜庆家乡风调雨顺，农业丰收，进而落实到收信人，祝愿朱家继续康泰发达，勉励小伙伴“读书守己”，“以善养人，以德服人”。中国古代很早就有“赠我以金，不若赠我以言”的传统，朋友之间，以正大的道理、切实的训诫为最大的关爱。所以，曾国藩从致谢转入祝愿与期望，更是顺理成章的。

第三，报告近况，自我反省。新科进士完成庶吉士阶段的进修，经过散馆，末等改发中央各部基层和地方政府知县，优等生才能留馆继续深造，而曾国藩留馆而并不自满，反而以“因循”“应酬”自责，其实这是翰林院新生辈的交际常态，何况还有一病两月的实际情况。但是，只有这样严于律己，上述对朱蓂的学业期待才不至流于道德说教。所以说，古人对书信写作，那是很注意章法结构、前后照应的。

复贺长龄〔一〕 道光二十三年

二月接奉手示〔二〕，兼辱雅贶〔三〕，感谢感谢！过蒙矜宠，奖饰溢量。国藩本以无本之学，寻声逐响，自从镜海先生游〔四〕，稍乃粗识指归，坐智见明〔五〕，亦耿耿耳。乃甫涉向道之藩〔六〕，遽钓过情之誉，是再辱也。

盖尝抉剔平生之病源，养痈藏瘤〔七〕，百孔杂出，而其要在不诚而已矣。窃以为天地之所以不息，国之所以立，贤人之德业之所以可大、可久，皆诚为之也。故曰："诚者，物之终始，不诚无物。"国藩以兹内省早岁所为，涉览书册，讲求众艺者，何一非欺人之事？所为高谈今古，嘐嘐自许者〔八〕，何一非欺人之言？中夜以思，汗下如霤〔九〕。

国藩虽愚柔，既闻明训，敢不请事。若夫读书之道，博学详说，经世之才，遍采广询，自度智慧精神，终恐有所不逮。惟当谨守绳墨，不敢以浮夸导子弟，不敢以暴弃殆父母之遗体〔一〇〕。其有所进，幸也；无所进，终吾身而已矣。辱承扶掖之盛心，恐不察其浅鄙而期许过实，故谨布一二，以为请益之地〔一一〕，亦附于《皇华》三拜之义云〔一二〕。

——《曾国藩全集·书信》(一)第5—6页

注释

〔一〕贺长龄（1785—1848）：字耦耕，湖南省善化县（今属长沙市）人。由进士历任南昌知府、江苏按察使、江宁布政使、贵州巡抚，官至云贵总督。后因事降补河南布政使，辞归，卒于家。

〔二〕手示：此处指亲笔信。

〔三〕辱：自谦之词，“承蒙”的意思。贶（kuàng）：赠品。

〔四〕镜海：即唐鉴（1778—1861），字镜海，湖南省善化县（今属长沙市）人。由进士官至太常寺卿，理学家。

〔五〕坐眢（yuān）见明：坐井观天的意思。

〔六〕甫：才。向道：归心于性理之学。藩：边界。

〔七〕养痈藏瘤：藏污纳垢，疾病丛生，此处比喻品德不轨，邪念集聚。

〔八〕嘐（jiāo）嘐：自大自夸的样子。

〔九〕霤（liù）：同“溜”，屋檐下滴水。

〔一〇〕殆（dài）：危及，损毁。父母之遗体：自己的身体，父母给予的生命。

〔一一〕请益：请多多指教。

〔一二〕《皇华》三拜之义：化用《诗经·皇皇者华》的

篇章与《左传·襄公四年》的典故，表示“拜谢教诲”但有所取舍的意思。

点评

贺长龄比曾国藩年长三十六岁，当他晋职贵州巡抚的时候，曾国藩还是一个接连两次失败的落第举人，南下时特意经过南京，拜访在江苏做官的同乡，可能就是在这个时候，他有机会拜见过时任江宁布政使的贺长龄。查曾国藩日记，他曾在近两年间几次与贺长龄通信寄诗，可惜都已经遗失不存。据其日记可知，他是在去年十月初一日才幡然悔悟，真心向道，从此每日反省，十一月三十日便有“是日接耦耕先生信，浪得虚誉，愧极，丑极”的记录。现在看到的曾国藩这封信，说是“二月接奉手示”，显然，贺长龄一直是在鼓励这位同乡后进。

大概是接连收到贺长龄的赏誉，曾国藩觉得“过蒙矜宠，奖饰溢量”，内心十分不安，“甫涉向道之藩，遽钓过情之誉，是再辱也”，于是，一本正经写下这封回信，既表明自己的谦虚态度，更是显示自己的心性修炼。

第一，我没有您夸奖的这么好，“过度”就是不真实，就是不诚信，我若坦然接受，那就更是虚伪不诚。《礼记·中庸》不是说过吗，“诚者，物之终始，不诚无物”，从此看来，我早些年的读书科举，“何一非欺人之事”？近两年的理学说教，“何一非欺人之言”？我现在再也不敢“不诚”了。

第二，当今的“读书之道”与“经世之才”，我都没有这个本事，我现在唯一能做到的，就是“谨守绳墨”，再不“浮夸”，做一个老老实实的人、规规矩矩的人，这才对得起父母给予的生命，有进步是幸，没造化是命，只希望您再也不要“不察其浅鄙而期许过实”，这就是我的一得之见，算是向您请教吧。

这应该不是曾国藩故意冒犯长者，当时的理学师友就是这么互相监督、互相针砭的：为了真理，可以不顾情面。越是破除情面，越是崇尚真理，也就越是接近于道学真传。

致刘传莹〔一〕 道光二十八年

昨夕晤竹如兄〔二〕，言尊体脉不甚恶〔三〕，病亦无恶症，但过于疑虑。服药则疑此味疑彼味，不药又疑难以祛病，疑多则中心无主，故难于举方而奏效云云〔四〕。此竹如之说也。

以国藩观之，脉息及气色俱非弟所能知，但尊体本孱弱，而此病淹滞至半年之久〔五〕，亦自有可成内伤之理。为今之计，竟须作内伤观，不特内伤而已，竟须作已死观，所谓心死而后身乃得治者也。夫既曰内伤，则所伤乃在真水真火〔六〕，本原之水火，岂草木所能遽为功哉〔七〕？不惟非草木所能为功，命火与肾水亦非养所能遽及，所可养者心火而已〔八〕。劝兄养心务须万虑俱息，七情不动[九]，家事不要管，衙门事不要管，荒废学业不要管，父母忧愁不要管，病或增或减不要管，一切作已死观。心乃冷灰，定之又定，心火不动，而后肾水可不枯，命火可不摇。不枯不摇，而后可渐生渐盛。尊病未遽至此，此加一倍办法。千万千万，其效甚速！

——《曾国藩全集·书信》（一）第 54—55 页

注释

〔一〕刘传莹（1818—1848）：字实甫，号茮云，一作椒云，湖北省汉阳府（今武汉市）举人。时任国子监学正。

〔二〕竹如：即吴廷栋（1793—1873），字彦甫，号竹如，安徽省霍山县人。理学家。时任刑部郎中，官至刑部侍郎。

〔三〕脉：脉象，中医依据人体脉搏对各人健康与病情的判断。下文“脉息”也与此近似。

〔四〕举方：中医为病人开药方。

〔五〕淹滞：此处指病情不见好转。

〔六〕真水真火：中医对人的先天后天身体素质与免疫功能的说法。下文“本原之水火”、“命火”与“肾水”也与此近似。

〔七〕草木：中草药。遽为功：一下子就能起作用。

〔八〕心火：中医指人体的内热与病毒。中医认为，人因思虑过度而内热传播，内热过久则肾水枯竭，免疫机能丧失则难以医治。

〔九〕七情：指人的喜、怒、忧、思、悲、恐、惊七种情绪变化。中医认为这些情绪的不稳定会对心、肝、脾、肺、肾这五种内脏产生不好的影响。

点评

读这封信，令人产生两种非常强烈的感受，一是中医的高深莫测，二是朋友的急切关爱。医理深奥，外行说不清楚，但是信中喷薄而出的深厚友情，却凸现了曾国藩后来很少流露的真情实感。

当时曾国藩、刘传莹二人，地位非常悬殊。曾国藩科举顺利，由进士、翰林很快直升到内阁学士兼礼部侍郎衔，副部级的二品大员，刘传莹学历只到举人，进士考试一再失败，只在国子监（近似于“中央大学”）当了一个八品衔的学正（“副处级”）冷官。曾国藩之所以如此关心一位基层干部，当然是有原因的。

曾国藩去年生了一场很严重的肺病，不得已到寺庙中租房养病，愁闷无聊，住在附近的刘传莹对他多有照顾，这让曾国藩感激生情，而且刘传莹酷爱藏书，手不释卷，也让曾国藩心生敬意。此外，则更有可能是客居北京两湖同乡的互助友爱，当时，刘传莹不到三十岁，曾国藩也只有三十六七岁，“与君离别意，同是宦游人”。现在刘传莹一病半年，当然轮到曾国藩来嘘寒问暖了。

从信中来看，刘传莹对自己的病情非常担心，对痊愈也非常没有信心，朋友之中，懂得医理的吴廷栋已经不敢开方拿药。曾国藩情急之下,只能拿出一副“久病成良医”婆心热血来急切开导:既然你不相信医方，那就干脆来个“心病还须心药医”。不就是怕治不好了吗?治不好不就是活不了了吗?那就索性只当是已经死了吧!先死了这份心,“万虑俱息，七情不动，家事不要管，衙门事不要管,荒废学业不要管,父母忧愁不要管,病或增或减不要管,一切作已死观”。一切烦恼都不管，那自然是一切烦恼都没有了。一点烦恼都没有,心也就安然了,心神安定,也就自然“心火不动”了,“心火不动”，也就“肾水可不枯，命火可不摇”了。“不枯不摇”，人的生机不就可以“渐生渐盛”了吗?这就是曾国藩的“所谓心死而后身乃得治者也”。爱之深而言之切，如果不是肝胆相照的朋友，谁敢对病人说这样的话?

与冯卓怀〔一〕 咸丰三年正月

国藩以八月二十三日抵家，抚棺一痛，恍如隔生。母子别离十有四年，归对北堂〔二〕，千号不应〔三〕。而风鹤警报,朝夕以异,益为不孝之子增此骇浪,以助愁惨。闭目静思，诚不知所谓官者何荣，所谓生者何乐也。遵亲命〔四〕，即于九月十三日权厝先妣于居室后山〔五〕，尚思别寻葬地，稍展微忱。

贱眷在京，自尔迫切思归〔六〕。然迂道由蜀中归，则大为失计。盖自蜀还乡，亦须由巴峡而下荆州，不如径由河南至樊城，与彼路相去不远。足下会试若不获利〔七〕，敬求为我送眷口南旋〔八〕。以车抵樊城，而以轿自樊抵澧〔九〕，或者不至中梗，亦未可知。且死生祸福，自有前定，即出险途，未必不安。望足下断以不疑，为我历尽千辛万苦，其为感激，实非言词所能倾竭。书不十一，惟祈心鉴。

——《曾国藩全集·书信》(一)第108—109页

注释

〔一〕冯卓怀:字树堂，湖南省善化县(今属长沙市)人。以举人官四川万县知县，曾国藩好友。

〔二〕北堂：本为主妇居室，后用以代指母亲。

〔三〕千号不应：千呼万唤都再也不会答应。

〔四〕亲：父母亲，此处指父亲。

〔五〕权厝(cuò)：暂时将棺木浅葬。先妣(bǐ)：旧时用以称呼去世的母亲。

〔六〕自尔：当然。

〔七〕会试：明清两代由礼部主持的国家考试，参考者为各省核查身份且复试合格的举人，考中者称“贡士”，再经过殿试录取者称为“进士”。

〔八〕眷口：家眷，家属。南旋：南返。

〔九〕澧：湖南省澧州(今澧县)。

点评

曾国藩在北京做官十四年，父亲与三个弟弟先后来京，时间或长或短，但他母亲一直没有机会来过，他也一直想请假回家，探望父母和祖父母，限于各种原因，始终未能如愿。去年六月，他终于得到江西乡试主考官的钦差，当即请假，考试结束后，顺道回湖南老家探亲。半路上接到母亲去世的噩耗，遵照当时的礼制与官制，他立即卸任礼部侍郎的官职和乡试考官的试差，回家奔丧。当时正逢广西太平军冲进湖南，他还是几经绕道才赶回家中。

冯卓怀是曾国藩在北京结交的好朋友，这封信只有两层意思，但写得非常感人。

一是向老朋友倾诉失去母亲的悲痛和内疚。母子一别十四年，十四年魂牵梦绕而不得一见，而今儿子归来，任凭千呼万唤，再也听不到母亲的回答。加以战火蔓延，曾国藩不禁感叹，“诚不知所谓官者何荣，所谓生者何乐”，这是只有在知心朋友面前才有的真情道白。

二是托付冯卓怀护送妻子儿女从北京返回湖南。此时湖北、江西、安徽与江苏先后落入太平军之手，自京返湘，必须经过交战区域，否则只能绕道四川，横渡三峡。大江南北，长途跋涉，风声鹤唳，人人自危。曾国藩拿出如此重任托付，而且还说“死生祸福，自有前定”，让冯卓怀不要犹豫，果断决策，毅然决然一副“生死以之”的托孤画面。如此“为我历尽千辛万苦”，当然是“其为感激，实非言词所能倾竭”，于是，最后两句，也就是千言万语难以表达，我想说的一切，一切都拜托你心中明察。

与陈源兖[一] 咸丰三年四月十六日

屡奉手书，阙然不报。前在乡间万山之中，未尝与省城一通音问。自入省以来，又实无皖省便足[二]，又不知左右官职躯命竟复何若[三]，日夕东望，浩然长叹而已。

四月初阅夏阶平家信[四]，有周敬修奏“池州失守，知府不知下落”之语[五]。初九接阁下与萧仆带回之信，始知尊体康泰，眷属无恙，至幸至慰。乱离之世，独生死为相关不能忘耳，此外似都不足惜。十六夜，又得见阁下所为通禀。贼匪经过后，何以不于三日内禀报，而待一月内外始行禀出？实为疏漫。现在获咎轻重，应已奉有明文，惜此间不得遽见。念我亲家虽幸得存活[六]，亦恐无复生涯[七]。天之位置善人，固将有意困之，不穷至无所复之而不止耶？

国藩自去年八月二十三日抵家，即奉严亲命[八]，以速葬先母为急务。以九月十三权厝于居室后山，方思别寻善地，稍补弥天之罪[九]，而展不匮之诚[一〇]。十二月十三忽奉帮办团练之命[一一]，兼闻武昌沦陷之信，即以十七仓皇一出，聊贡此不敢爱死之身，以与桑梓父老同守此瓦砾烬余之省城〔一二〕。

贱眷以二月二十四出京，四月初十已到湖北，大约本月可到省。家严以下〔一三〕，并托平安，足慰廑注〔一四〕。家中粗可自赡，惟京寓账目莫偿去。蒙惠厚赙〔一五〕，又承制挽，感哀无似〔一六〕。鄙人近况，实胜尊府，深用不安。书辞烦杂，犹不能十分之一。伏惟心照，顺问日安。

——《曾国藩全集·书信》（一）第146—147页

注释

〔一〕陈源兖（？—1853）：字岱云，湖南省茶陵州（今茶陵县）人。曾国藩会试同榜进士，由翰林院编修出任江西广信知府，调任安徽池州知府，太平军至，殉难于安徽省城庐州（今合肥市）。

〔二〕皖省：即安徽省。“皖”是安徽省的简称。便足：托便给他人捎带信件与物品的人。

〔三〕左右：旧时礼貌用语，即用对方身边服侍的人来代指对方，以示恭敬。

〔四〕夏阶平：即夏家泰，字阶平，湖南省善化县（今属长沙市）人。由进士官吏部主事，官至福建按察使。

〔五〕周敬修：即周天爵（1775—1853），字敬修，山东省东阿县人。由进士从知县、知府直至湖广总督，后经革职，死于安徽巡抚任内。

〔六〕亲家：曾、陈两家已有儿女订亲之议，故称亲家。

〔七〕无复生涯：此处指仕途受阻。

〔八〕严亲：此处单指父亲。

〔九〕弥天之罪：子女没有在父母身边尽孝送终，按照古代礼制，是为不孝，“弥天之罪”则是自责之词。

〔一〇〕不匮之诚：化用《诗经·既醉》“孝子不匮，永锡尔类”，表示孝子尽孝之心。

〔一一〕团练：清代地方保安组织，乡绅倡办，民间集资，训练乡勇，保境安民。太平军起，团练大臣则由在籍官员统带。

〔一二〕桑梓：家乡的代称。古人在家园种植桑树与梓树，后用以指代家乡。

〔一三〕家严：家父，在别人面前对自己父亲的谦称。

〔一四〕廑（jǐn）注：旧时书信中用以表示对方的关心和挂念。

〔一五〕赙（fù）：送给丧家助办丧事的礼金。

〔一六〕无似：无比。

点评

陈源兖是曾国藩京中最要好的朋友，一起进京赶考，一同金榜题名，一样翰林编修，朝夕相处，同甘共苦，诗文切磋，道德砥砺。陈源兖中途外放江西知府，曾国藩虽一路高升，但友情依旧。这封信也是一个例证展示。

前两段都是对陈源兖的殷切关注。太平军所到之处，摧枯拉朽，玉石同焚，曾国藩尽管没有机会发送邮件，但因为不知你“官职躯命竟复何若”，所以“日夕东望，浩然长叹”。时而为上司奏报的不佳而担心，时而为仆人带回的安报而庆幸，一句“乱离之世，独生死为相关不能忘耳，此外似都不足惜”，饱含多少牵挂、多少感叹，这是只有情同手足的朋友才能说出的急切之言。而在当天夜晚，也就是写信之时，曾国藩一见陈源兖迟发之禀，几乎是立即提笔写信，直言质问，你是怎么搞的呀，你在职责和程序上怎么这么“疏慢”？但后面写出来的却是一迭连声地追问，“现在获咎轻重”，仕途有无希望，善人有无翻身之日？

后两段通报自家近况：匍匐归家，痛心葬母，奉旨帮办本省团练，不得不以“此不敢爱死之身，以与桑梓父老同守此瓦砾烬余之省城”。妻子儿女已经离开北京，经过湖北战乱地带，即将到家。老父安好，日子还勉强可以温饱，只是京中欠债不知何日才能偿还。但不管怎样，我的家境还略强于你，你这次送来这么重的“厚赙”和亲手书写的挽联，令我更加感伤。拉杂写来，要倾诉的话语，连十分之一的也没说出。这封信从半夜写到黎明，在此问候你的早安吧。

与骆秉章〔一〕　咸丰三年九月初六日

侍今年在省所办之事〔二〕，强半皆侵官越俎之事〔三〕，以为苟利于国，苟利于民，何嫌疑之可避，是以贸然为之。自六月以来，外人咎我不应干预兵事。永顺一事〔四〕，竟难穷究，省中文武员弁皆知。事涉兵者，侍不得过而问焉，此语揭破，侍虽欲竭尽心血，果何益乎？是以抽掣来此〔五〕，意欲再练劲旅，重养声威，不特欲护省垣〔六〕，即国家大局，亦须臾未忘。王璞山之志事〔七〕，侍亦有志焉。至如来示所云〔八〕，从桑梓做起，此自一定之理，无烦盛嘱。目前再还长沙，则实无寸益，徒滋姗笑〔九〕。若畏祸远避，则生死大故，计之已熟，断不偷活取巧，诒知好羞。区区之心〔一〇〕，伏惟亮鉴。

——《曾国藩全集·书信》（一）第 197 页

注释

〔一〕骆秉章（1793—1867）：字吁门，广东省花县（今属广州市）人。由进士官翰林编修，历任湖北按察使、湖北巡抚、湖南巡抚，官至四川总督。

〔二〕侍：当时习俗，翰林后进对前辈自称为“侍”。

〔三〕强半：多半。侵官越俎（zǔ）：超越自己的职权，越俎代庖插手别人的公务。

〔四〕永顺一事：咸丰三年（1853）八月，驻守长沙的绿营永顺镇士兵与辰州团练勇丁赌博中发生纠纷，绿营军官集合部队打杀团练。团练大臣曾国藩行文湖南巡抚骆秉章，准备军法惩治。结果绿营官兵持枪冲击曾国藩办事处，曾国藩仓皇出逃。

〔五〕抽掣：抽身离开，择地回避。

〔六〕省垣：省城。

〔七〕王璞山：即王鑫（1825—1857），字璞山，湖南省湘乡县人。湘军早期将领，病死于江西前线。

〔八〕来示所云：来信所说。

〔九〕姗笑：讥笑。

〔一〇〕区区：形容小的样子。

点评

短短一段话，火气却不小，这是为什么呢？

骆秉章年龄比曾国藩大十七岁，科举早六年，在翰林院学习与做官早四科，按照翰林间的习俗，曾国藩得称他为“大前辈”，自称只能用“侍”以示谦恭。那曾国藩写信，为何还这么顶撞呢？因为骆秉章中途改官监察御史，离开了翰林院这个“仕途直通车”，而曾国藩却是正经八百的“红翰林”，一路超升，二品官职反而都比骆秉章早了几年。而此时的骆秉章，还有过“革职留任”的不良记录。所以，一个是青年京官回家守孝，奉旨帮办本省团练大臣，一个是刚刚转正的一省之长，但有些底气不足的官场老官僚。理清了写信人与收件人的这些背景资料，将有助于我们更好地看懂这封信。

先看第一句，“侵官越俎”看似自责，实为反驳。虽说我已经免去礼部侍郎的官职，回家守孝，但此时太平军武装暴动，席卷东南，并且开国建都，如今朝廷下旨，钦派我为帮办团练大臣，我怎么就是“侵官越俎”了？这些话没有明说，但一句“以为苟利于国，苟利于民，何嫌疑之可避，是以贸然为之”，一句“外人咎我不应干预兵事”，再加一句“事涉兵者，侍不得过而问焉”，都是湖南官员指责曾国藩“侵官越俎”的脚注和证明。

再说“永顺一事”，既然“省中文武员弁皆知”，为什么“竟难穷究”？帮办大臣受此威胁与屈辱，身为巡抚却装聋作哑，曾国藩当然只剩下一条路，借口回家探亲，从此改驻衡阳，不辞而别，以示抗议。正当此时，曾国藩的会试座师、骆秉章的顶头上司、新任湖广总督吴文熔赴任途中视察湖南，骆秉章再三来信，邀请曾国藩回省，参与接待与汇报，意思就是缓和关系。曾国藩正在气头上，连恩师亲自来信召唤都回信拒绝，哪里会答应骆秉章的要求。这就是书信后半部分措辞行文越来越硬的根源。

一、你们不是说“事涉兵者，侍不得过而问焉”吗？话都说到这个份上了，一语揭破，我“虽欲竭尽心血”，还有何益？

二、我是被赶出省城的，我是不得不抽身离开，择地回避，我现在“意欲再练劲旅，重养声威”，谁还再敢小看？

三、你别拿王璞山一个青年书生来教育我，“侍亦有志”，“国家大局，亦须臾未忘”，你教育我“从桑梓做起”，“此自一定之理，无烦盛嘱”，用不着你来教训。

四、“再还长沙”，“徒滋姗笑”，你们想都别想。你也别拿贪生怕死来激将我，生死关头，我早就想明白了，绝不会让大家看笑话。

与左宗棠〔一〕 咸丰三年十月二十一日

岷老超擢皖抚〔二〕，是近日耳中一大快事。惟庐州新立之省〔三〕，无兵无饷，江南、江北各郡，皆逆舟往来必经之地〔四〕，此防彼窜，疲于奔命。且素日贯用之楚勇〔五〕，又溃去十分之七，而骨肉至交，如阁下与筠公者〔六〕，又皆远莫之助。以单独之身，处积疲之区，吾不知岷老从何下手也。

弟欲练二三千人，远致皖中，为岷老一臂之助。默数平生之交旧，环顾天下之贤豪，惟此君尚有讨贼之志，又勋名日著，亦渐为人所信仰。若代为练一劲旅，添其羽翼，则澄清之望，庶几可期。惟弟智虑短浅，独立难措〔七〕，欲乞左右野服黄冠〔八〕，翩然过我〔九〕，专讲练勇一事，此外概不关白于先生之前〔一〇〕。先生欲聋两耳，任先生自聋焉，吾不得而治之也。先生欲盲两目，任先生自盲焉，吾不得而凿之也。先生若果惠然不弃，则请携老筠俱来〔一一〕。田镇一走〔一二〕，姓字已编入逃勇籍中，此中阅历，应较深确，弟另有书致之。所怀千端，纸不能悉。冀或者枉驾〔一三〕，痛切面陈，乃能倾写耳〔一四〕。

——《曾国藩全集·书信》(一) 第 292—293 页

注释

〔一〕左宗棠（1812—1885）：字季高，湖南省湘阴县人。以举人历官浙江巡抚、闽浙总督，后官至东阁大学士、两江总督。

〔二〕岷老：即江忠源（1812—1854），湖南省新宁县人。由举人授职教谕，因“剿匪”功升任浙江知县。回家守孝期间参与镇压广西太平军，积功由湖北按察使超升安徽巡抚，随即战死。超擢：越级提拔。皖抚：安徽巡抚。

〔三〕庐州：安徽省庐州府（今合肥市）。新立之省：安徽省会原在安庆，此时改为庐州，故称“新立之省”。

〔四〕逆舟：太平军的战船。君主时代，称造反者为“逆”，即“大逆不道”、“叛逆”。

〔五〕素日：平日，平素，历来。楚勇：湖南团练乡勇，此处特指江忠源统带的部队。

〔六〕筠公：即郭嵩焘（1818—1891），字伯琛，号筠仙。曾国藩好友，由进士改翰林院庶吉士，因回家守孝而助曾国藩治军。历任两淮盐运使、广东巡抚、出使英法大臣。

〔七〕搘（zhī）：同“支”。

〔八〕左右：见咸丰三年四月十六日《与陈源兖》注〔三〕。野服黄冠：古代山林隐士的装束。

〔九〕过：来访。

〔一〇〕关白：告知、报告。

〔一一〕老筠：此处是对郭嵩焘的昵称。

〔一二〕田镇一走：从田家镇逃走。田家镇位于湖北省广济县（今武穴市），本月江忠源部在此遭遇兵败，幕府帮办郭嵩焘随溃兵撤回湖南。

〔一三〕枉驾：屈尊前来相会。

〔一四〕倾写：即“倾泻”、“倾诉”。

点评

左宗棠曾几次与曾国藩同场参加科举考试，中举人早一届，但会试却输给了曾国藩。当曾国藩做了几年礼部侍郎回到家乡的时候，左宗棠仍然还是一个平民，但也开始进入巡抚衙门做高级文秘，参与长沙保卫战。经过大半年接触，曾国藩逐渐改变了对左宗棠的态度,通信的称呼从“仁弟”变成“仁兄”,再换成“尊兄”直至“先生”。

此前，曾国藩负气从长沙来到衡阳，随即招兵买马，发愤组建湘勇，但苦于人手短缺，经验严重不足。尽管一度兼任兵部侍郎，但那是高高在上、纸上谈兵的，而左宗棠这些年不仅熟读兵书，而且身居底层，注重实际，又曾参与巡抚衙门、总督衙门的高层管理，亲身经历守城战斗、行军攻防等一线考验，所以曾国藩这才把目光盯住了左宗棠这位私塾先生与衙门师爷。正在此时，从湖南巡抚署理湖广总督的张亮基调往山东，左宗棠随即从武昌回到湘阴老家，因此，曾国藩赶紧来信，急切相邀。

书信的层次思路是这样展开的：

提笔就报告好消息，我们共同的朋友江忠源越级提拔为安徽巡抚了，“是近日耳中一大快事”，我们应该共同庆祝。但是，他面临种种困难，如“无兵无饷”，如“疲于奔命”，总之是“以单独之身，处积疲之区，吾不知岷老从何下手”。

在这种情况下，我已经出手相帮，即训练一支队伍，远送安徽，“添其羽翼”，“为岷老一臂之助”，这样，也许就能澄清天下，平定祸乱。但是，我的才能很不够，只有恳请您惠然前来，帮我打造出一支劲旅，除了部队操练，其他事情一概不打扰你。当然，这种大白话是不行的，没有一点打动人的地方，甚至是诚意不足。于是，曾国藩笔下马上就出现了“先生欲聋两耳，任先生自聋焉，吾不得而治之也。先生欲盲两目，任先生自盲焉，吾不得而凿之也”的动听言辞。对于左宗棠这种才气无双而又一官不名的人来说，曾国藩除了“野服黄冠”，更是使出了一口一个“先生”的招数。

最后再添一笔：我有一肚子的话要向你倾诉，再多的纸也写不完，只有期待你的到来，面对面痛痛快快倾泻出来。

急切的心情与诚挚的态度，这封信是充分表达出来了，至于左宗棠来不来，那就要看缘分了。

与郭嵩焘〔一〕 咸丰三年十月二十二日

此间奉初三、初五两次寄谕〔二〕，〈令〉国藩带兵往鄂救援〔三〕。现在鄂省无贼，可以不去，即日当为复奏〔四〕。惟念岷老物望攸归〔五〕，倚畀日隆〔六〕，即兵柄全属，盖亦非遥。前此熟习之楚勇，一溃而归，难为再合。意欲另练一支劲旅，交付岷老，遥助一臂之力，冀收澄清之效。

自到衡以来〔七〕，设局劝捐〔八〕，粗有头绪。练勇一事，如鸡伏卵，非精思通神，专一不懈者，无以诣乎其极〔九〕。再四思维，无有逾于季高翁者〔一〇〕。明知高叟此次归来，决计不复出山〔一一〕，然高、筠及仆三人者也〔一二〕，皆与岷樵至交，明知其将握兵柄，练勇付之，一以为友朋之私谊，一以筹天下之大局，想亦二贤所乐于从事者也。左右幸翩然勃起，扯高叟以就道。所欲白者〔一三〕，笔固不能千一，能一面罄〔一四〕，则朝来夕归，亦胜于文字往还。伏惟亮察。高叟一书，祈为互阅。

——《曾国藩全集·书信》(一)第293—294页

注释

〔一〕郭嵩焘：见咸丰三年十月二十一日《与左宗棠》注〔六〕。

〔二〕寄谕：清朝逢重大军政要务，由军机处直接寄发给负责此事的督抚的上谕。

〔三〕鄂：湖北省的简称。

〔四〕复奏：君主时代，大臣对皇帝的书面报告。

〔五〕物望攸归：众望所归。

〔六〕倚畀（bì）：倚靠与托付。日隆：越来越深重。

〔七〕衡：湖南省衡阳府（今衡阳市）。

〔八〕设局劝捐：设立机构，劝导民间捐献钱财，地方当局给予荣誉奖励。

〔九〕诣乎其极：到达终点，比喻对事情的研究与掌握到达非常高的程度。

〔一〇〕季高翁：对左宗棠（字季高）的尊称。下句“高叟”同此。

〔一一〕出山：指进入官场。

〔一二〕高、筠与仆三人：此处指左宗棠、郭嵩焘与曾国藩自己。“仆”是对自己的谦称。

〔一三〕白：告白，告知。

〔一四〕面罄：当面详谈。

点评

写完给左宗棠信件的第二天，曾国藩又给郭嵩焘写出了一封信，这封信的要求很明确，帮忙把左宗棠给我拽过来，帮我练兵，支援江忠源。

与上一封信不同的是，曾国藩对老朋友一开口就是大实话：朝廷指明要我带兵救援湖北，幸好敌人已经离开湖北，我也就“正好不去”，而江忠源现在风头正旺，朝廷十分看重，即使把整个江南军务都交给他，我看也是不远的事情；另一方面，他却部队溃散，急需补充兵力。因此，我想给他练成一支劲旅，“遥助一臂之力，冀收澄清之效”。

练兵需要得力教练，曾国藩甚至比喻，要像母鸡孵蛋一样，专心致志，给足时间，而最合适的人选，除了左宗棠，再也没有第二人。在这里，曾国藩再次用真情实意来急切呼唤，江忠源前程远大，但目前困难，明知左宗棠可能不愿再出，但你我他都是江忠源最好的朋友，我们要是给他准备一支部队，“一以为友朋之私谊，一以筹天下之大局”，何乐而不为呢？当然更应该是你们这两位贤人君子“乐于从事”的好事啊。因此，请老朋友奋然加盟，拉上左宗棠一道前来。

信尾的几句话，更是加重急切相邀的诚意：心里有太多想说的话，笔下难以表达，你先来一趟，我们说个痛快，你再回去都行。写给左宗棠的那封信，你也可以对照着看，言下之意就是，我真的是需要你们的帮助。

与陈士杰〔一〕　咸丰四年正月初七日

自别以后，日盼足下来音〔二〕，而久不见达。足下深明武事，于御众之道〔三〕，盖得古人之遗意。仆此次东行，博求吾乡血性男子有忠义而兼娴韬略者〔四〕，与之俱出。足下于仆，有文字之缘，有知己之雅，岂可不联镳以偕〔五〕？兹专人前往，乞足下禀告侍闱〔六〕，即日来衡阳共筹诸务。正月之季，定期长征。书不详尽，伫盼麾从〔七〕，诸惟心照。

——《曾国藩全集·书信》（一）第419页

注释

〔一〕陈士杰（1825—1893）：字俊臣，湖南省桂阳县人。以秀才在家乡办团练，保境安民，追随曾国藩出征，官至山东巡抚。

〔二〕足下：古人卑己尊人，“足下”用于对他人的敬称。

〔三〕御众之道：此处指带兵之道。

〔四〕娴韬略：熟悉军事谋略。

〔五〕联镳（biāo）以偕：镳是马嚼子，“联镳以偕”指一同骑马出征。

〔六〕侍闱：对他人母亲的敬称。

〔七〕伫（zhù）：长时间地站立。麾从：古人对他人的敬称，意思是我不敢直接提到你的姓名，用称呼你身边的左右侍奉者来代替。

点评

曾国藩受朝廷钦派江西乡试主考官，途中得知母亲去世，依照封建礼制，解除现任职务，回家守孝（三年）。正赶上洪秀全太平军杀出广西，挺进湖南，皇帝谕旨，命曾国潘帮办本省团练，即协助组织民兵，助防地方保安。因为态度过于积极，湖南官场颇不买账，曾国藩只好借口训练水师，离开省城长沙，退避衡阳练兵。几个月过去，部队基本完成组建与训练工作，又因为湖北、江西与安徽接连告急，皇帝便一再严令曾国藩带兵救援。曾国藩出征在即，急需军务参谋，于是给陈士杰写下这份词短情长的邀请信。

邀请随军出征，不是旅游观光，所以曾国藩抛开客套，开口就说"天天盼你来，你咋还不来"？紧接着，第二第三句、第四第五句，步步紧逼：先生您如此熟悉军事，的确是不可多得的带兵人才，而我曾某人此次带兵东征，正是要招揽咱们家乡的忠义血性男子汉，尤其是熟读兵书、擅长兵法的优秀将才，大家携手同行。先生与曾某早年就有文字交流的缘分，有互相信任、互相交心的友情，岂有不并肩作战的道理？现在曾某特派专员赶赴您家（几乎就是"绑架"），先生一定要马上启程，共商大事。出征就在本月，切盼，切盼，一切尽在不言中！

与郭昆焘〔一〕 咸丰四年正月二十一日

去冬筠老来此小住数日，而家书敦促，险语逼人，遂不能复为我地。公孙同乘兄弟也〔二〕，胡再不谋？以今日之大局，而必欲骧首前进〔三〕，攘臂求名，虽大愚之人，尚不至此，则肥遁以鸣高〔四〕，蔬食以自足，入山惟恐不深，入林惟恐不密，亦市井寻常之人所乐图而优为者，初非一二有道君子独得之秘也。

若论古今之大义，则我国家深仁厚泽，吾辈之高、曾、祖、父久食升平之福，而席诗书之荣。而君家长公身为词臣〔五〕，乃历世所称极宠之秩，又以江西戎事，特恩授职编修。而足下与令弟又皆以科名慰其亲心〔六〕，而誉于乡国。此岂得秦越视之〔七〕，而谓国事于己无与〔八〕，置之不闻不问之列？此揆之君臣之义，君家有所不得而逃也。

逆匪崇天主之教，弃孔氏之经，但知有天，无所谓君也；但知有天，无所谓父也；蔑中国之人伦，从夷狄之谬妄〔九〕；农不能自耕以纳赋，而师贾氏官田之法，以谓皆天王之田；商不能自运以取息，而借王氏贷民之说，以谓皆天王之货。假令鄂垣不守〔一〇〕，则湖南即其囊中之物；湖南有事，则君家所谓梓木洞者，独得晏然已乎？彼且履君之室，而田君之田，辱君以魋结〔一一〕，而强君以缧聘；彼又将禁弃人家之诗书，而变易人家之伦常。此岂独我大清之变？乃尧舜以来之奇变，我仲尼之所痛哭于九原者也。足下讽孔氏之经亦有岁年，今独无所激于中乎？秦燔经籍而儒生积愤怨以覆其国，今以天主教横行中原，而儒者或漠然不以关虑，斯亦廉耻道丧，公等有所不得而辞者也。

国藩现筹备战舰，水陆并进，虽薄劣之才，艰难之时，明知无补万一，而正大之名，忠直之气，固可以上对日月，下对鬼神。惟时势愈艰，识者多引避伏处。孤忱耿耿，谋而无与同，失而无与匡，是以奉书拜告足下，不以为下走之私聘〔一二〕，而以为国家之公义，不以为兵家讨伐之常，而以为孔门千古之变。幕府有奏章之职，有书记之席〔一三〕，刻已请邓君小耘充书记，欲以奏章一事重烦左右。足下雄才伟辩不如季高，文义雅健不如长公，而叙述明畅，老妪能解，则鄙人之所私好也。此间公定薪水章程，此二席者皆每月五十金，巨细条款悉以入奏，刊发粮台〔一四〕。明此乃天家之公糈〔一五〕，非主戎者所得而私也〔一六〕。君家清德介声，诸季同守谋生之道〔一七〕，或尚求校文之馆〔一八〕，趋有司之门，不免啄粟于野田，饮马于清渭，尚未能迥绝人世〔一九〕，何必出自人者皆义，而出自我者皆不义乎？若必以幽栖自喜，而以他辞却谢，则于廿年石交，毋乃少恝〔二〇〕？

——《曾国藩全集·书信》（一）第452—454页

注释

〔一〕郭昆焘（1823—1882）：字仲毅，号意城，湖南省湘阴县举人。曾国藩好友郭嵩焘之弟。

〔二〕公孙同乘兄弟：《左传》典故，“公孙”是对人的尊称，同乘一辆战车，就是生死与共的兄弟，不能弃之不顾。

〔三〕骧首前进：骑着高头大马奔跑，与下文“攘臂求名”都有谋取高官大名的意思。

〔四〕肥遁以鸣高：远离官场、退隐山林以自命清高。

〔五〕君家长公：您家兄长。词臣：翰林官。

〔六〕科名：科举的功名。亲：父亲与母亲。

〔七〕秦越视之：秦越两国，相距遥远，对方有难，各自都认为不关痛痒，所以麻木不仁。

〔八〕于己无与：与我无关。

〔九〕夷狄：古代对周边少数民族的蔑称。此处指西洋各国。

〔一〇〕鄂垣不守：湖北省失守。

〔一一〕魋（tuí）结：古代少数民族的束发式样。此句与下句是说太平军一旦占据湖南，必将掠取你家的房屋田产，逼迫你松开辫子披头散发，甚至强迫你接受他们的官职。

〔一二〕下走：古人对自己的谦称。

〔一三〕书记：文秘人员。

〔一四〕粮台：古代军队的后勤处。

〔一五〕天家：朝廷。公帑：公款。

〔一六〕主戎者：带兵将帅。

〔一七〕诸季：各位弟兄。

〔一八〕校文之馆：书院教师席位。

〔一九〕迥绝人世：断绝人世一切交往。

〔二〇〕毋乃少恝（jiá）：难道不是有些麻木不仁了吗？“恝”是漠不关心的意思。

点评

郭昆焘是曾国藩好友郭嵩焘的二弟，七年前在北京考取宗室汉教习的时候，曾国藩是阅卷大臣，按照旧时习惯，已有师生之谊。一年半前，郭昆焘与湘阴同乡左宗棠受邀担任湖南巡抚张亮基的幕僚，深受器重。不久张亮基调任湖广总督，将郭氏兄弟与左宗棠等人带到武昌，随后湖北紧急，郭、左等人仓皇逃回，曾国藩当即去信，邀请左宗棠帮办军务，左宗棠却选择了继任湖南巡抚骆秉章。现在曾国藩水陆大军初次跨省作战，急切需要高级文秘助手，因此给郭昆焘送去这封真不想接而又不得不接的聘书。

第一段，曾国藩就把郭昆焘放到责备席上：你哥哥才到我这里没几天，你就又一封家书要死要活地把他叫了回去，这是有违于公孙同乘兄弟的道义的。天下大乱之时，谁都不想抛头露面去讨个一官半职，大敌当前，傻子都知道躲得越远越好。只不过，躲进深山，并不是只有你这种聪明人才知道的独家秘诀。

第二段，曾国藩祭出“古今大义”这面旗帜：家贫出孝子，国乱见忠臣，朝廷两百年，你我两家从“爷爷的爷爷”算起，享受国家的太平安康，世世代代书声不绝，你家大哥还凭借科举，当上了翰林院的天子门生，又借助江西救急之功，越级提升为翰林编修，你和你弟弟也都科举发家，享誉远近。现在国家有难，你好意思事不关己高高挂起？你好意思手插袖管作局外旁观？未必这就是你家的君臣之义？

第三段，抬出“尧舜”、“孔孟”与“廉耻”：洪秀全拜上帝教摧毁的是我中华民族几千年的君臣道义、父子人伦，包括各家各户的私有财产，这已经绝不仅是我大清王朝的乱臣贼子，而是我炎黄子孙、孔孟之徒的奇耻大辱！你这些年读进去的儒家经典都到哪里去了？你内心难道就一点不激愤？想当年秦始皇焚书坑儒，读书人激于义愤，纷纷辅佐刘邦、项羽，一举消灭秦王朝，现在“洪贼”要亡我大清国运，“邪教”要毁我诗书礼仪，孔夫子痛哭于九泉之下，你忍心做这种麻木不仁的廉耻丧尽之徒吗？

第四段，曾某如何，你看着办：我曾某人“虽薄劣之才，艰难之时，明知无补万一，而正大之名，忠直之气，固可以上对日月，下对鬼神”，可是孤忱耿耿，无人相助。现在以国家的名义，以孔门的名义，请你即刻出山！你如果再不答应，你对得起谁？

复郭嵩焘　咸丰四年正月二十五日

仆昨与翊臣一书〔一〕，大声痛呼，指陈两端，盖以深咎吾子〔二〕。吾辈所以公推服于岷樵者〔三〕，为其忠义也，为其肯任事也。吾子身为词臣，又以戎事受知，擢职编修，与李文贞蜡书策贼之役〔四〕，功赏差同〔五〕。较之岷樵咸丰元年以丁忧之候补知县而慷慨从戎〔六〕，则足下之秩较崇〔七〕，而其受恩较渥矣〔八〕。今足下漠然置身事外，若于国事无与，不肯走省垣与仆共事，而但至湘阴与仆一诀。所以引嫌避怨，至周且详。窃恐自处失当，远背于大义而不自知也。

近日朋辈中，多疑此事为国藩一人之私事，遂有不宜许友以死之说〔九〕，尤可怪笑。仆之办此，一死久矣。诸友即弃予不顾，仆亦含笑而死，诸友即倾命相助，亦未必能救仆之死。若足下者，自有君臣之分义，自有名教之责任〔一〇〕。其应竭力报国，盖不当以仆之死生为断，而当以己身之死生为断。仆而未死，则助仆共谋；仆而既死，则或独力支撑，或与人同举，直待尊命无一息之存，乃可少休耳。刻拟奏请足下专办湖南捐输〔一一〕，亦取君所优为者付之〔一二〕，不欲劳君以远征而近君以危地。务望即日命驾，前来湘潭，赶办劝捐事件。

仆准于二十八日自衡起行，初二、三抵潭，在潭当耽搁十日。若竭足下之才力，能逐县督劝捐输，济一二月之饷，则不特下走感赖，二万军士实食君德。

霞仙书来〔一三〕，力言本不愿远行，因闻岷樵之丧，遂慨然随我长征，二十七八至湘潭候我也。痛切直陈，此后更不以书相强矣〔一四〕。

——《曾国藩全集·书信》(一)第460—461页

注释

〔一〕翊臣：即郭昆焘，见咸丰四年正月二十一日《与郭昆焘》注〔一〕。古人字号，有时取其音而不必拘其字，不以为怪。如“意城”又作“翊臣”即是。

〔二〕吾子：你，古人朋友之间的尊称。

〔三〕岷樵：即江忠源，见咸丰三年十月二十一日《与左宗棠》注〔二〕。

〔四〕李文贞：即李光地（1642—1718），字晋卿，福建省泉州府（今泉州市）人。由进士官翰林编修，回家探亲时遭遇叛乱，他秘密传书至京，帮助平叛。后官至吏部尚书、文渊阁大学士，谥“文贞”。蜡书：封在蜡丸中的密信。

〔五〕差同：差不多相同。

〔六〕丁忧：古人对父母去世、回家守孝的说法。

〔七〕秩：此处指官职。

〔八〕渥（wò）：浓，厚。

〔九〕许友以死：让朋友帮忙而搭进性命。

〔一〇〕名教：注重名分的封建礼教。

〔一一〕捐输：为国家大事而临时倡办的民间捐献，视数额大小，给予官衔荣誉奖励。

〔一二〕优为：特长。

〔一三〕霞仙：即刘蓉（1816—1873），字霞仙，湖南省湘乡县秀才，曾国藩好友。先后参与湘军跨省作战，官至陕西巡抚，后革职回家。

〔一四〕以书相强：用书信来强迫。

点评

曾国藩与郭嵩焘，因为刘蓉的介绍，相识于二十年前，那时都是读书应考的年轻人。曾国藩年龄大一些，科举早一些，后来郭嵩焘进京赶考，一直住在曾国藩家，一住就是两三百天。曾国藩官居副部级，郭嵩焘则因父母亲接连去世，回家守孝而影响升迁。一年前，郭嵩焘因为协助曾国藩创建湘军，救援江西，而得到皇帝特旨，破格晋升翰林院编修，此时还在家乡，并未回京就职。于是曾国藩就近招揽郭嵩焘入幕，发挥郭家擅长经商的本事，为新组建的湘军筹措民间捐款。不料郭嵩焘接连来信，声明这次不愿随军，只说在曾国藩大军路过时为之送行。由此，惹得曾国藩大动肝火——

你们郭家兄弟怎么搞的？我刚给你家老二去信，呼吁开导，也多少有责备你这个哥哥教导无方的意思。我们这些人之所以尊重江忠源，就是因为他的忠义过人，敢于担当。他一个候补县长却能戴孝出征，你现在官位比他高，皇恩比他重，怎么反倒临阵退缩？老朋友带兵上阵，你既不来省城帮我处理公务，又不肯随军互相照应，轻飘飘一句半路送别，你为自己考虑得如此周全，你就没想到你把国家大义抛弃得太远了吗？

有人说我曾某一人带兵，不应当牵扯朋友出生入死，真是可笑之至！乱民起兵造反，这是我曾某人的一家私事吗？曾某既然受命出兵，早就把这条性命豁了出去。你们这些朋友即使不来助阵，曾某也将含笑而死；你们这些朋友即使拼命搭救，也未必能够将曾某起死回生。但问题是，你郭先生就没有君臣名分与义务吗？你郭先生就没有传统文化的责任与担当吗？国家有难，臣子尽忠。你这次从军报国，不需要为曾某生死存亡着想，要紧的是为你自己的生死存亡着想。我没死之前，你来相帮，责无旁贷，我死之后，你也要前仆后继，直至生命最后一息。刘蓉本来说好不再外出，一听说江忠源战死安徽，立即改口，"慨然随我长征"。我请你来，只是让你负责后勤财务，没想派你督阵杀敌。该说的我都说完了，以后再也不跟你啰嗦了。来不来，随你便！

好一封最后通牒，文章写得真是漂亮之至！

与罗萱〔一〕　咸丰四年九月初八日

前者言别〔二〕，许以中元以后投笔从戎〔三〕，今阅一月矣〔四〕。专足走省〔五〕，敬迓文旆〔六〕，望即日戒途〔七〕，惠然遄臻〔八〕，无为曲礼臆说所误〔九〕。蟾蜍餂沙而不行〔一〇〕，於菟腾风而万里〔一一〕。士各有志，不相及也。千万千万，伫切祷切〔一二〕！即候近绥。

外附途费三十金。

——《曾国藩全集·书信》（一）第 472 页

注释

〔一〕罗萱（1827—1869）：字伯宜，湖南省湘潭县秀才。曾国藩老友罗汝怀之子。起初入曾国藩军幕，后战死于贵州。

〔二〕言别：告别。

〔三〕中元：农历七月十五日。

〔四〕阅一月：过了一个月。

〔五〕专足：专人。走省：来到省城。

〔六〕迓：迎接。文旆（pèi）："旆"是旗帜，此处以"文旆"代指读书人。

〔七〕戒途：启程。

〔八〕遄（chuán）臻：迅速到达。

〔九〕曲礼臆说：不通情理的偏见。

〔一〇〕蟾蜍：蛤蟆。觰（zhā）沙：伸张、张开的样子。

〔一一〕於（wū）菟：老虎。

〔一二〕伫切祷切：形容急切地盼望。

点评

当时，曾国藩指挥湘军接连获胜，收复岳阳、武昌与汉口，咸丰皇帝下旨，授予曾国藩湖北巡抚的重任，乘胜追击。在这种情况下，曾国藩给罗萱写信，敦促这位晚辈书生随军东征。

信很短，却富于感染力：投笔从戎，诺言很豪迈，但你已约期延误，此其一。专人来省迎接，务期即日启程，不可误听曲礼臆说。蛤蟆张牙舞爪寸步难行，猛虎啸傲山间万里纵横，士各有志，燕雀安知鸿鹄之志？此其二。千万千万，千万不可丧失人生壮志，千万不可耽误军机大事，千万不可辜负了我们的信任和誓约！我在大营伫立祈祷，守候你的到来。此其三。讲过大道理，表达真感情，末了再加一句：送来路费银三十两。礼数也到了，不容你不从了。

这一年，罗萱二十七岁，果然闻风而起，随曾国藩北上武汉，东征江西。十三年后，罗萱战死于贵州，曾国藩为之歉疚不已，在为罗萱作墓志铭时，深情回忆说，“国藩率师自岳州逐贼东下，强挈君以俱东”，“君辗转相从，跬步必偕。余或口占书疏，君辄操笔写录，或危急之际，君甘心同命”，并为自己没有照顾好这位后辈而深深自责。

与李元度〔一〕 咸丰七年闰五月初三日

国藩抵里〔二〕，倏及三月。顷于近宅七八里觅得葬地一区，闰五月初三日发引〔三〕，计十五六日可以负土成阡〔四〕。江右军事〔五〕，刻不去怀。目下瑞、浔、临、吉皆驻劲旅〔六〕，所难者不在筹兵，而在筹饷。以兵事言之，则得将军、中丞二人〔七〕，固可妥商调遣，而绰有余裕。以饷事言之，则理财本非鄙人所长，而钱漕、劝捐、抽厘等事又属地方官之专政〔八〕，将越俎而代谋，动猜疑之丛生。即足下去年之枵腹从事〔九〕，自捐自养，而其不见亮于人者亦已多矣〔一〇〕。至口食不继，谓以国藩相处较久之故，欲以甘言抚慰众心，尤属可暂而不可常。反复思维，纵使迅速赴军，实不能有裨于军国之万一。而两次夺情〔一一〕，得罪名教，乃有孝子慈孙百世莫改之愆。前此博询众议，求衷至是。近得各处复书，如吴南屏、冯展云辈皆谓宜奏请终制〔一二〕。顷于五月二十二日具折陈请〔一三〕，抄稿敬呈仁览。〈六月〉二十一二可奉朱批〔一四〕，届期再当布闻。

自维即戎数载〔一五〕，寸效莫展，才实限之，命实尸之〔一六〕，即亦无所愧恨。所愧恨者，上无以报圣主优容器使之恩，下无以答诸君子患难相从之义。常念足下与雪芹〔一七〕，鄙人皆有三不忘焉。雪芹当岳州败时，正棹孤舟，搜剿西湖，后由龙阳、沅江偷渡，沉船埋炮，潜身来归，一不忘也；五年春初，大风坏舟，率破船数十号，挈涓滴之饷项、涣散之人心，上援武汉，二不忘也；冬间直穿贼中，芒鞋徒步〔一八〕，千里赴援，三不忘也。足下当靖港败后，宛转护持，入则欢愉相对，出则雪涕鸣愤，一不忘也；九江败后，特立一军，初志专在护卫水师，保全根本，二不忘也；樟镇败后，鄙人部下别无陆军，赖台端支持东路〔一九〕，隐然巨镇，力撑绝续之交，以待楚援之至，三不忘也。生也有涯，知也无涯。此六不忘者，鄙人盖有无涯之感，不随有生以俱尽。

——《曾国藩全集·书信》（一）第576—577页

注释

〔一〕李元度（1827—1887）：字次青，湖南省平江县举人。从曾国藩创建湘军，转战江西，革职回家。官至贵州布政使。

〔二〕抵里：回到家乡。

〔三〕发引：出殡，把灵柩送到墓地去。

〔四〕负土成阡：棺木下葬后培土成堆，形成坟墓。

〔五〕江右：古人对江西省的别称。

〔六〕瑞、浔、临、吉：瑞州、浔阳、临川、吉安，都是江西省的州县。

〔七〕中丞：清朝人对巡抚（省长）的别称。因为当时的巡抚一般都兼任京城都察院右副都御史，该职相当于以前的御史中丞，故名。

〔八〕钱漕：古代的一种税收。劝捐：地方政府倡办的民间捐款。抽厘：当时为筹措军费而开办的一种苛捐杂税，对过境商人抽取商品价值百分之一的附加税。专政：官员的专属职权。

〔九〕枵（xiāo）腹从事：饿着肚子为别人做事。

〔一〇〕见亮于人：被人原谅。

〔一一〕夺情：古代官员因为军国大事在身，不能离开官职回家守孝，或者中止守孝，再次担任军政职务，称为“夺情”。

〔一二〕吴南屏：即吴敏树（1805—1873），字本深，号南屏，湖南省岳州（今岳阳市）人。举人，诗人，曾国藩文友。冯展云：即冯誉骥（？—1883），字仲良，号展云，广东省端州（今肇庆市）人。以进士历官翰林院编修，山东、湖北学政，官至山西巡抚，后革职归。终制：按照礼制的规定，完成守孝的年限。

〔一三〕具折：君主时代，臣子向皇帝呈递的文字请示与汇报。

〔一四〕朱批：皇帝用朱砂墨汁对臣子奏折的亲笔批示。

〔一五〕自维：自思，反思。即戎：从军，带兵。

〔一六〕命实尸之：实在是有命运主宰着。

〔一七〕雪芹：即彭玉麟（1816—1890），字雪琴，湖南省衡阳县人。从曾国藩创建水师，转战湖北、江西各省，官至兵部尚书。

〔一八〕芒鞋：草鞋。

〔一九〕台端：您，古人对有官职身份的人的书面敬称。

点评

曾国藩本来是为母亲守孝不到一半，就奉旨帮办湖南团练，协助地方保安，没想到却阴差阳错，被朝廷先后派到湖北、江西，跨省作战，处处受阻。本年二月，曾国藩父亲去世，曾国藩一面向朝廷奏报，一面不待批准就回家奔丧。朝廷给假百天，督促如期返回军营。曾国藩困守江西两年多，胜少败多，朝廷君主责备，江西官绅讥笑，因此明确复奏，要求“终制”，目的就是不想再去江西。正在此时，李元度来信，请求主帅返回江西，主持调度，维系军心。因此，曾国藩这封回信，既要解释难于回营的苦衷，又要表达半途舍弃的愧意，于是前后两段，行文各有特色。

前一段从客观上说原因，显得比较冷静和干脆：第一点，寻找墓地花去较多时间，直到今天才出殡，培土修墓起码还要半个月。第二点，江西军务难在缺钱，筹钱则是地方官的专责，而理财又不是我的所长，即便我来了也起不了多大的作用。第三点，如果两次夺情，则成为传统礼教的罪人，是孝子孝孙百世难辞之错，并且各位朋友都认为我不应该再次夺情，所以我已经上奏陈情表，下个月就可以接到皇帝的亲批。

后一段从情感深处表白，令人为之动容：李元度与彭玉麟，一文一武，是曾国藩的早期重要助手，彭玉麟冲锋陷阵，李元度患难相依，都是生死与共的战友与弟兄。曾国藩特意运用排比句式，回首往事，分别写出对彭玉麟与李元度的“三不忘”，并且用对彭玉麟的“三不忘”，来衬托对李元度的“三不忘”：我在靖港兵败跳江自杀，是你寸步不离，强颜安慰；我在九江战败，是你特意组织一支卫队，保卫主将大营；我军樟树镇战败，是你作为仅存的一支陆军在前线抵抗，直到援军赶到，我才转危为安。生命会有时而尽，感激将没齿不忘，两位弟兄的救命之恩，曾某将“不随有生以俱尽”！

不夺情，是得罪朝廷；不回营，是愧对知己。实在迫不得已，实在身不由己，两层说尽，只能说声“对不起”。

复李元度之太夫人〔一〕 咸丰七年十一月

顷专使至，接奉来牍，情词恳切，语语非虚，披览之余，不忍卒读。

国藩在京十四年，未能迎养老亲。前丁母忧，甫逾百日，即出而襄事。在外数年，毫无裨益，王事靡盬〔二〕，家难复婴〔三〕。今岁仲春丁父忧，奔丧旋里。实恐两次夺情，得罪名教，为天下后世所不齿。是以连疏陈情，力恳终制。圣恩高厚，俯如所请。身虽恪守礼庐〔四〕，然有所抱歉于中、耿耿不释者，上无以对吾君高厚生成之恩，下无以对彭雪芹、李次青二人患难相从之义。日夜悚仄〔五〕，如负重疚。内以讼于心，外以告于友朋，并屡函告雪芹、次青矣。

自湖口克复，雪芹出坎窞之中〔六〕，游浩荡之宇，国藩稍释歉怀。惟次青则仍陷东方，孤军无援，饷糈空乏〔七〕，道路梗塞，音问罕通。念其所处而寝食不忘者，岂特慈母之于子然哉？鄙人之于友朋，亦何尝须臾恝置也〔八〕。

次青于我情谊之厚，始终不渝：岳州之败，星驰来赴〔九〕;靖港之挫，从人皆散，次青追随贱躯，不离左右，出则呜咽鸣愤，入则强颜相慰；浔郡之败，次青耻之，恨贴身尚无劲旅，亟欲招勇，自行训练，以护卫国藩之身。斯三者，皆国藩所镂骨铭心者也。至于先合而后离，我水而彼陆，进退分合之际，则次青与鄙人皆有不能自主者。盖人事居其半，天事亦居其半：次青本居国藩幕府，同住一舟，司奏折信缄等件〔一〇〕。五年正月，锐意欲招平江勇自行统率，国藩曾沮止之。初订只招一千，在国藩身边护卫耳。厥后招至三千〔一一〕，已有能发不能收、可进不可止之势。然犹同扎南康，咫尺相依。逮七月移师湖口，国藩再三劝止。如胡盖南、吴齐源及彭斯举、杨志伊辈，皆所共知。从此分离，各居一方矣。然犹去国藩未远也。及其湖口屡捷，移攻抚州，抚州一挫，退扎贵溪，于是既分而不能复合。则因应变化，殆所谓天事而非人力所能为主也。然江西东路，未必不赖此一军。

事久论定，公道自明，尊庑亦不必深虑〔一二〕。

国藩日内当缄致江西，婉商中丞、方伯〔一三〕，可否令次青告假回籍省亲〔一四〕。如军务少暇，断无不允之理。腊月间当遣人至尊府问讯。鄙人一息尚存，即当时通音书，休戚与共，断不令尊庑常忧危而己独安乐。

闻次青有两儿，不知有女几人？或平辈，或晚辈，有相当者，可缔婚姻而申永好，以明不敢负义之心。天寒岁暮，尚祈珍摄自玉，无任祝祷〔一五〕。

——《曾国藩全集·书信》（一）第583—585页

注释

〔一〕太夫人：旧时对官员母亲的尊称。

〔二〕王事靡盬（gǔ）：朝廷的军国大事没完没了，臣民不能在家赡养父母。

〔三〕婴：同“缨”，此处相当于“遭遇”。

〔四〕礼庐：古代服丧礼制，守孝之子在墓旁筑庐而居，表达孝思。“恪守礼庐”即遵守服丧规则。

〔五〕悚（sǒng）仄：惊恐不安。

〔六〕坎窞（dàn）：危险的地方。

〔七〕饷糈：军饷与军粮。

〔八〕须臾：片刻。

〔九〕星驰来赴：火速奔驰赶来救援。

〔一〇〕司：掌管。

〔一一〕厥后：后来。

〔一二〕尊庑（wǔ）："庑"是走廊及其旁小屋，"尊庑"的字面意思是您家的房屋（用称呼对方身边的人与物来指代对方，表示说话人的敬意），一般用以称呼女性。

〔一三〕方伯：清代对布政使（副省长）的尊称。

〔一四〕回籍省亲：回到家乡看望父母亲。

〔一五〕无任：无比，非常。

点评

李元度四岁丧父，他的母亲青年守寡，家中只有这么一根独苗，含辛茹苦把他抚养成人。李元度激于公义与道义，追随曾国藩转战湖北、江西，艰难险阻，患难相从。现在曾国藩回家守孝，扔下部队与下属在江西饷粮无着，苦苦支撑，因此，李母给曾国藩写信，恳切请求，无论如何，想方设法，"放我儿子回来"，句句都是肺腑之言，让曾国藩"不忍卒读"。

让我们看曾国藩怎么回这封信——

先说"一万个对不起"：在北京做官十四年，一次都没有把亲娘接到北京赡养，亲娘去世，守孝不到一半，就被皇帝命令进省帮办团练，这是我对不起亲娘；亲爹去世，自己在外打仗，又不在身边尽孝，这是我对不起亲爹。国家有难，自己不得不回家守孝，并恳请终制，这是我对不起朝廷君主；您儿子随我东征，患难与共，现在"孤军无援"，不能脱身，这是我对不起朋友。日日夜夜我都深深自责自悔，您儿子四面受敌，不仅您身为慈母寝食难安，我作为朋友也是一刻不能安心。

再说“情同手足”，但分合去留身不由己：您儿子情深谊长，始终不渝，国藩我刻骨铭心，永生难忘，但是先合后离，其中原因，一半在上天，一半在他自己；至于“既分而不能复合”，则全是天意而非人力所能自主。但您儿子功在江西，自有公论。

最后，答应来信的要求，再提出结亲的想法：我这就按照您的要求，给江西的省长、副省长写信，希望他们批准您儿子请假回家看望您。如果军情好转，他们肯定会同意。下个月我还会派人到您家来探听消息。只要曾某一息尚存，一定会与你们经常通信，绝不会让太夫人您一人担惊受怕而自己独享安乐。而且，听说您有两个孙子，不知道有几个孙女？如果您同意，在我曾家的儿孙中，我们可以缔结婚姻，永世通好，以此证明我曾家不负李家的真心。

加李续宜片〔一〕　咸丰八年八月十六日

以朝野官绅军民倚望之殷，润帅实以不遽去位〔二〕，所全较大。然润帅近日扶持善类，力挽颓风，于人之邪正、事之是非，剖判入微，不少假借〔三〕，有权术而不屑用，有才智而不自用，皆大过人之处。润公之识，不肯轻言夺情。吾辈爱之深者，亦何能轻以相强也。

吾乡数人均有薄名〔四〕，尚在中年，正可圣可狂之际[五]。惟当兢兢业业，互相箴规，不特不宜自是[六]，并不宜过于奖许，长友朋自是之心。彼此恒以过相砭[七]，以善相养，千里同心，庶不终为小人之归[八]。足下用心甚深，进德甚猛，亮以鄙言为不谬也[九]。

——《曾国藩全集·书信》(一) 第647—648页

注释

〔一〕加李续宜片：在给李续宜信正文之后的附加片段。李续宜(1823—1863)，字克让，号希庵，湖南省湘乡县人。湘军将帅，官至安徽巡抚。

〔二〕润帅：胡林翼(1812—1861)，字贶生，号润芝，湖南省益阳县(今益阳市)人。由进士官至湖北巡抚，谥“文忠”。清代的巡抚，一般都照例兼兵部侍郎衔(总督则兼兵部尚书衔)，所以得称为“帅”。去位：官员离职。

〔三〕假借：此处作“宽贷”、“宽恕”用。

〔四〕薄名：些许的名声。

〔五〕可圣可狂：可进可退，可好可坏。

〔六〕不特：不仅。自是：自以为是，骄傲自满。

〔七〕以过相砭(biān)：互相纠正过错。

〔八〕小人之归：流于道德小人之徒。

〔九〕亮：料想。鄙言：鄙人(我)的言论。

点评

李续宜是曾国藩的同乡，也是姻亲。太平军举事后，他与兄长李续宾等人一道，书生从军，转战湖北、安徽。曾国藩去年因为父亲去世，回家守孝，本年经过胡林翼的多方斡旋，再次出山带兵，半途接到胡林翼因为母亲去世需要辞职守孝的消息。胡林翼在湖北巡抚任内，竭力维持湘军的后勤保障，人称“湘军之母”，如果离职回家，对湘军的损失确实很大。因此，相关大员纷纷出谋划策，希望保留胡林翼的职位，其中就有正在太湖前线的李续宜。大概是李续宜立意不妥，措辞不当，于是曾国藩在给李续宜去信之后，特意追加一片，加以批评教育。

一个月前，曾国藩在写给李续宾、李续宜兄弟的信中，就一再说过胡林翼“关系东南数省大局安危”，“古来似此关系绝大之人亦不多”，而且还说“润公聪明本可移入霸术一路，近来一味讲求平实朴质，从日行俗事中看出至理来，开口便是正大的话，举笔便是正大之文，不意朋辈中进德之猛有如此者”，因此，曾国藩对于胡林翼的去留，只说“此事殊难协宜”，态度特别谨慎。而在与胡林翼通信时，曾国藩还表扬李续宜“于大小事皆极好用心，想有至当不移之议”，希望胡林翼听取李续宜的意见。可能是李续宜注重于强留胡林翼夺情，曾国藩不仅说吾辈应当爱人以德，哪能随便强人所难，而且还从理学家的修身养性说出下一段大道理来。

曾国藩是理学家，李续宾兄弟早年也跟从老师罗泽南讲求理学道德，因此，曾国藩直言告诫，我们几个湘乡同乡，现在都多多少少有了一些名声，更加需要谦虚谨慎，兢兢业业，互相监督，互相批评，切不可以自以为是，更不可以互相吹嘘。否则，这是很容易流入道德小人一路的。李家兄弟二人，哥哥厚重有余，弟弟机智过人，故曾国藩时常警示后者。

加左宗棠片〔一〕 咸丰八年九月二十日

胡伯母处，阁下有挽联否？拙联亦颇阔，但嫌似墨卷耳〔二〕。近又作湖口水师昭忠祠联云〔三〕："巨石咽江声，长鸣今古英雄恨；崇祠彰战绩，永奠湖湘子弟魂。"出句自寓感慨，对句寓奖于哀，此不似墨卷矣。又塔忠武祠联云〔四〕："大勇却慈祥，论古略同曹武惠〔五〕；至诚相许与，有章曾荐郭汾阳〔六〕。"阁下看去得否〔七〕？

——《曾国藩全集·书信》（一）第 658—659 页

注释

〔一〕左宗棠：见咸丰三年十月二十一日《与左宗棠》注〔一〕。

〔二〕墨卷：科举考卷。

〔三〕昭忠祠：封建时代纪念先烈的祠堂。

〔四〕塔忠武：即塔齐布（1817—1855），字智亭，陶佳氏，满洲镶黄旗人。绿营出身，曾国藩上奏朝廷，破格提拔为副将。后病死于九江前线，谥号"忠武"。

〔五〕曹武惠：即曹彬，宋初名将，谥号“武惠”。

〔六〕郭汾阳：即郭子仪，唐朝名将，封汾阳王。

〔七〕去得否：意思是“还过得去吗”、“还差不多行吧”。

点评

曾国藩的这个加片，先问左宗棠是否作有胡母挽联，意思是期待拜读欣赏，随即自谦自己的对联不太漂亮，有点科举考场的书生八股气。接着，曾国藩就一连拿出自己两个比较得意的对联，并且还有自我点评，最后还要问一句，你看还过得去吗？总之，文艺交流切磋的意思，在这封信里表现得很明显。

对联是中国文学的特有体裁，字句对称，意味深长，既是文人遣词造句的基本功课，也是平时人际交往的应酬方式。曾国藩一生好作对联，仅在这一个多月，就有如下对联：

武昌居天下上游，看郎君新整乾坤，纵横扫荡三千里；

陶母是女中人杰，痛仙驭永辞江汉，感激悲歌百万家。

——挽胡母汤太夫人

夫作大儒宗，裙布荆钗，曾分黄卷青灯苦；

子为名节度，经文纬武，都自和丸画荻来。

——挽胡母汤太夫人

五夜楼船，曾上孤亭听鼓角；

一尊浊酒，重来此地看湖山。——题吴城望湖亭

组练三千朝踏浪；

貔貅十万夜观书。——题赠刘于浔

五载共兵戈，地下知心王壮武；

万年歆俎豆，沙场归骨马文渊。——挽刘本杰

巨石咽江声，长鸣今古英雄恨；

崇祠彰战绩，永奠湖湘子弟魂。——题湖口石钟山水师昭忠祠

大勇却慈祥，论古略同曹武惠；

至诚相许与，有章曾荐郭汾阳。——题塔忠武公祠

现在看到的曾撰胡母挽联有两副，从曾国藩的自评“亦颇阔，但嫌似墨卷”，可能是对第一副而言，第二副感情内敛，措辞也似乎更加沉稳。湖口水师昭忠祠联，确如曾国藩自评“出句自寓感慨，对句寓奖于哀”，而塔齐布祠堂联，更是寓褒贬于典故之中，都堪称上乘之作，只是不知道心高气傲的左宗棠是怎么评价的。

加鲍超片〔一〕 咸丰八年九月二十日

再，足下数年以来，水陆数百战，开府作镇〔二〕，国家酬奖之典，亦可谓至优极渥。指日荣晋提军〔三〕，勋位并隆，务宜敬以持躬〔四〕，恕以待人。敬则小心翼翼，事无巨细皆不敢忽；恕则凡事留余地以处人，功不独居，

过不推诿。常常记此二字，则长履大任，福祚无量矣。

——《曾国藩全集·书信》(一) 第659页

注释

〔一〕鲍超（1828—1886）：字春霆，四川省奉节县人。从湘军水勇积功，官至湖南提督，受封子爵。

〔二〕开府作镇：鲍超此时晋官湖南绥靖镇总兵，官位武职正二品，成为一方大员，有权为自己专属的衙门委任官员，故称“开府作镇”。

〔三〕指日：不久的将来。提军：提督的别称。提督是清朝正规部队绿营在各省的最高长官，官位为武职从一品，与总督、巡抚同为封疆大吏。

〔四〕敬以持躬：心存敬畏，谦虚谨慎。

点评

鲍超是个粗人出身，早年从军，负伤流落长沙，恰逢曾国藩创办水师，从此隶属湘军。鲍超作战英勇，屡立战功，于是临危受命，自立一军，号称霆字营，威震敌胆。本年因为太湖战役战功卓著，朝廷下旨，将鲍超实授湖南省绥靖镇总兵。总兵职位全国仅七十名，湖南仅三名，短短三四年，鲍超从一名普通勇丁蹿升为二品长官。曾国藩深知鲍超的优点和缺点，为此及时去信，教育督导。

对待鲍超这样的赳赳武夫，曾国藩的思想教育、作风要求，没有长篇大论，而是直截了当，三五句话，一百来字：

第一，这短短几年，你江上、陆上大小几百仗，不怕死，有功劳，年年得奖赏，次次得升官，现在已经是堂堂总兵大员，朝廷的赏赐，可谓是极其优厚之至了，你要心里有数才行。

第二，凭你的本事，再升一级，位居武职最高层的提督军门，应该就是指日可待的事情。

那么第三，满招损，谦受益，此时此刻，你鲍超务必谦虚地对待荣誉和官职，务必宽厚地对待下属和同事，不可居功自傲，不可盛气凌人，不可贪功诿过。只要你时刻记住这个“敬”字这个“恕”字，那你必将官运亨通，前途无量。

八年后，曾国藩的新任秘书代拟一封写给鲍超的书信，主题还是作风教育，但是拉扯出一大段历史典故，例如郭子仪如何如何，李光弼如何如何，而这两人的关系与背景都特别复杂。曾国藩在复核时，拿起笔来全部删除，而且写下旁批，教育助手：“武人不识字者，不必与之引古。盖其左右文案讲诵一遍，往往讲解不确，生出多少疑团隔阂。”

量体裁衣，对症下药，具体问题具体分析，特殊对象特殊方式，这真是曾国藩的经验之谈。

加吴国佐片〔一〕 咸丰八年十二月十五日

再，前此面论“高明”、“平实”二义，张杨园先生尝言之矣〔二〕。大抵莅事以“明”字为第一要义〔三〕。“明”有二：曰高明，曰精明。同一境而登山者独见其远，乘城者独觉其旷〔四〕，此“高明”之说也。同一物而臆度者不如权衡之审，目巧者不如尺度之确，此“精明”之说也。凡高明者欲降心抑志以遽趋于平实，颇不易易。若能事事求精，轻重长短一丝不差，则渐实矣。能实，则渐平矣。辄贡区区〔五〕，以备采择。

——《曾国藩全集·书信》(一) 第 732 页

注释

〔一〕吴国佐：字翔冈，湖南省湘阴县秀才。此时统带湘军义字营。

〔二〕张杨园：即张履祥（1611—1674），字考夫，号杨园，浙江省桐乡县（今桐乡市）人。明清之际著名理学家。

〔三〕莅（lì）事：做事，处理公务。

〔四〕乘城：登城。旷：广阔，远大。

〔五〕辄贡区区：于是贡献一点个人浅见。

点评

同样是教育下属，曾国藩对待吴国佐，就与鲍超截然两样。虽然吴国佐也是带兵部将，但他是秀才出身，既然都是读书人，曾国藩就不仅引经据典，而且咬文嚼字了。

信不长，也不到两百字，但是有总论，有分论，有论点，有论证，有因果，有深意。首先说我们俩不久前当面讨论过“高明”和“平实”的话题，这一点，咱们的理学先贤杨园先生早就阐发过。大体说来，管理者处理公务，总要把“明”字放在首位，那什么是“明”呢？一是“高明”，二是“精明”。接着，曾国藩一连打了两个比方，用来论证什么是“高明”和“精明”，如何做到“高明”和“精明”。然后，曾国藩话锋一转，指出高明者自恃聪明，往往难以平实做事，唯一的办法，只有从“高明”转入“精明”，从“精明”达到“确实”，逐渐确实不差，逐渐平易近人，人无二言，这样也就事事顺遂，没有波折了。

单看这几句话，局外人可能看不出头绪，而查看曾国藩的《日记》与《批牍》，则来龙去脉一目了然。本月初二日，曾国藩在日记中写道：“与翔冈言，识见高明者，特患践履不平实。高明则崇效天，平实则卑法地。因进之以脚踏实地，事事就平实上用功。”十天后，曾国藩给吴国佐写信，再次叮嘱“平实”，而仅过六天，吴国佐却轻敌冒进，遭受重创，伤亡过百，军械损失一大半。为此，曾国藩严厉批评：你“屡称此贼不足平”，我一直“以‘平实’二字教之”，本以为“此次必能虚心求益，谋定后战”，没想到你如此“草草”。你“生手而自居于熟手，无学而自诩为有学”，你既然不服约束，还赌气辞职，那就随你便吧。

回过头来再说曾国藩的这封信，其实也太多文绉绉的文人气息。带兵打仗是很凶险的事，部下心高气傲，主帅必须军法严明，号令决绝，不可以拐弯抹角去引申，更不可以说什么“辄贡区区，以备采择”的。

复郭昆焘　咸丰九年四月初二日

芝房遽归道山〔一〕，哀愕曷极〔二〕！少为才人，长为学者，朴实华茂，两擅其胜，而至于是而止于是耶？去年六月面嘱为其太公作墓表〔三〕，情甚谆挚，冬间又以书督促，国藩因循未及为之〔四〕。今此接其遗书，不忍卒读，负我良友，疚憾何极！拟即送微仪百金〔五〕，以五十赙佐丧具〔六〕，以五十助刊遗集，是否有当，祈阁下与仲云酌之。位西一函〔七〕，即当专丁送杭〔八〕。慧业清明〔九〕，属纩不乱〔一〇〕，往年接刘茮云遗书，处分后事，曲当情礼，今复于芝房见之。临绝之音，一何琅琅〔一一〕，尤足恸惋！

——《曾国藩全集·书信》(二)第143—144页

注释

〔一〕芝房：即孙鼎臣（1819—1859），字子余，号芝房，湖南省善化县（今属长沙市）人。翰林院侍读，辞官回家，专心古文创作，著有《苍筤文集》。遽归道山：突然去世。

〔二〕曷（hé）极：无极，非常。下文“何极”同此。

〔三〕太公：对他人父亲的尊称。墓表：刻在墓碑上的死者传纪。

〔四〕因循：拖延耽误。

〔五〕微仪：微薄的人情礼金。百金：一百两银钱。

〔六〕赙（fù）：见咸丰三年四月十六日《与陈源兖》注〔一四〕。

〔七〕位西：即邵懿辰（1810—1861），字位西，仁和（今属浙江杭州）人。举人，历任内阁中书、刑部员外郎。此时出京居家，两年后杭州城失守于太平军，骂敌而死。

〔八〕专丁送杭：专人送到杭州。

〔九〕慧业清明：神志清醒。

〔一〇〕属（zhǔ）纩（kuàng）：临终。古人临终前，家人以丝絮置其口鼻，观其是否气绝。

〔一一〕一何琅琅：多么清彻。

点评

孙鼎臣比曾国藩小八九岁，中进士入翰林也晚了七八年，但同为湖南京官，又都爱好古文，因此两人早有诗文交往。曾国藩公务缠身，古文进步较慢，孙鼎臣宦情淡泊，而古文创作则后来居上，所以曾国藩称之为“少为才人，长为学者，朴实华茂，两擅其胜”。孙鼎臣也推重曾国藩的文笔，曾当面请求曾国藩为其父作墓表，后来又写信敦促。曾国藩回信，既称赞朋友文笔高妙，又感叹自己创作荒废，同时也为孙鼎臣体弱多病而担心。谁知不到半年，孙鼎臣却英年早逝，而且临终遗书，再次托付为其父母作墓表，请邵懿辰为自己作墓志，令曾国藩不忍卒读。与这封信同时收到的，还有郭昆焘的来信，告知孙鼎臣去世，曾国藩在当天日记中一再感叹“如此美才”，“可悲可悯”，并想到了同样遭遇的亡友刘传莹，“将死之时，亦先为一书寄京以为别，请余为作墓志”，更加心酸不已，因为“凡内伤病，神气清明不乱，使生者愈难为情”。在这封信中，曾国藩强忍哀痛，托付郭昆焘转送银钱，一半用于料理丧事，一半赞助刊刻遗集，不让亡友的遗文散落湮灭。一个月后，曾国藩便接连两天，为孙鼎臣父母写下墓表，完成对亡友的承诺，并再次抒写心中的痛惜之情。

这封信从头到尾，曾国藩都写得情深意长，从开头的“遽归道山，哀愕曷极”，中间的“接其遗书，不忍卒读，负我良友，疚憾何极”，到结尾的“慧业清明，属纩不乱”，“临绝之音，一何琅琅，尤足恸惋”，句句饱含深情，更有那句“而至于是而止于是耶”的长叹，尤其令人为之动容。

复葛封泰〔一〕　咸丰九年五月十二日

温甫舍弟虽不幸早逝〔二〕，而得附忠义之林，诏书褒异〔三〕，上邀封诰〔四〕，下荫遗孤，差称完节。惟家叔病体未复，弟妇哀痛过情，尚望足下设法劝慰，日臻平善，庶几迓方来之福〔五〕，而释征人之念。足下至性淳厚，明德之后，定卜远到〔六〕。

吾辈读书，惟“敬”字、“恒”字二端，是彻始彻终工夫。去岁揖别时，曾以“敬”字相勖；今年致芝生书，亦以“有恒”为告。盖鄙人生平欠此二字工夫，至今老而无成，深自悔憾，故凡友人有下问者，辄以己之所悔为言，劝人及时自勉。尊府祖德为一乡之望，言坊行表〔七〕，实克修“敬”字之全体。足下绍衣发闻〔八〕，于进德则持之以“敬”，于修业则贞之以“恒”，即时文一事〔九〕，亦不可少有间断，久之自然精进，犹长日加益而人不觉也。

——《曾国藩全集·书信》（二）第171—172页

注释

〔一〕葛封泰：字睾山，湖南省湘乡县人。曾国藩姻亲。

〔二〕温甫：即曾国华（1822—1858），字温甫，曾国藩之弟，战死于安徽省三河镇（今属肥西县）。舍弟：见道光二十一年《与朱蓂》注〔四〕。

〔三〕诏书：皇帝的布告。褒异：特别的褒奖。

〔四〕封诰：封建时代的一种奖赏，即朝廷对官员亲属赐予一定的官爵与名誉。

〔五〕庶几：差不多。迓：迎接。方来：将来。

〔六〕卜：本义是“占卜”“预测”，此处是“预期”“希望”的意思。远到：稳妥周到。

〔七〕言坊行表：一言一行都是大家的表率和楷模。

〔八〕绍衣发闻：继承先辈的教育与传统。

〔九〕时文：八股文，科举考试的专用文体。

点评

葛封泰的祖父是曾国藩父亲的老师，葛封泰的姐妹又嫁给了曾国藩的弟弟曾国华。去年十月，曾国华战死于安徽省三河镇。曾国藩当即给葛封泰写信，请他关照孤儿寡母。葛封泰这封来信，一是汇报家中情况,二是向曾国藩请教修养和学业。曾国藩的回信，就是对这两方面的回应。

曾国华过继给叔父曾骥云为子，战死之后，朝廷给予的荣誉，除了对曾国华追赠为道员官品，谥号“愍烈”，还有给曾骥云的诰封，儿子曾纪寿为中书科中书。但是，这对于老年丧子、青年丧夫、幼年丧父的一家老小来说，并不能解除心中的哀伤和悲痛。所以，曾国藩说过“虽不幸早逝，而得附忠义之林，诏书褒异，上邀封诰，下荫遗孤，差称完节”，还是要重点说“家叔病体未复，弟妇哀痛过情”，希望葛封泰经常劝慰这苦难的一家老小，藉以消减出征在外的亲人的思念，并且特意加上一笔，先生您可是秉性善良，家风淳厚，一定会处理得法，细致周密的。

接着，曾国藩以“吾辈读书”呼应来信的学业切磋，围绕“敬”“恒”二字反复讨论。先说这是读书人的“彻始彻终功夫”，再说去年的临别赠言，今年的朋友通信，而且反省自己“平时欠此二字功夫”，所以凡有朋友问到这个话题，我都用自己的悔恨来劝勉对方，以我为戒。曾国藩还特别指出，你家祖上德行高尚，远近闻名，一言一行都是大家的楷模，“敬”字功夫做得非常出色。您一直以继承先辈的光荣传统为己任，那么，就从“敬”字来培养品德，从“恒”字来提高学业吧。

复李鸿章〔一〕 咸丰九年五月十七日

阁下此行，其着意在察看楚军各营气象〔二〕，其得处安在，其失处安在，将领中果有任重致远者否，规模法制尚有须更改者否？一一悉心体察，在阁下既可量而后入，在敝处亦可度德而处。

阁下闳才远志，自是匡济令器〔三〕，然《大易》之道〔四〕，重时与位，皆有大力者冥冥主持，毫不得以人力与于其间〔五〕。昨揖别时以此相箴，盖亦近岁阅历之余，见得一二，非谓能夙以自持也。

——《曾国藩全集·书信》（二）第 177 页

注释

〔一〕李鸿章（1823—1901）：安徽省合肥县（今合肥市）人。早年入曾国藩幕府，后创建淮军，历任江苏巡抚、两江总督、直隶总督、文华殿大学士等职。

〔二〕楚军：此处指曾国藩统帅的湖南民兵部队。

〔三〕匡济令器：安邦治国的难得人才。

〔四〕《大易》:《周易》，先秦儒家经典。

〔五〕与于其间：参与其中。

点评

李鸿章的父亲，与曾国藩同年考中进士，李鸿章做秀才时，曾以晚辈的身份向曾国藩请教学问。十年后，曾国藩带兵在江西助剿，李鸿章随安徽巡抚南北游击，两人处境都不顺利。不久前，李鸿章的哥哥李瀚章被曾国藩调到江西，参与后勤保障，李鸿章也借口看望母亲，乘机离开安徽，来到江西，曾国藩也就把他招呼到大营，协助文秘与军务调度。湘军一直是湖南人为主，李鸿章初来乍到，两手空空，难免受到冷落。这时曾国藩的弟弟曾国荃率部进攻景德镇，曾国藩便打发李鸿章随营见习。途中李鸿章来信汇报，曾国藩于是写信回复。

不知道李鸿章来信是否得当，反正曾国藩这封信似乎不冷不热。先说你这次随军，我的用心是让你帮我察看部队的作风深浅，他们有哪些长处、哪些短处？军官中有没有堪当大任的人才？行军打仗有没有需要改进的地方？这些都需要你一个一个地去观察体会，这对你可以观摩学习，对我也可以量才使用。这才是你这次外出的主要工作。

接下来，曾国藩话锋一转，说出另外一番话来：你才大志高，当然是安邦治国的一流人才，但是人的命运不由自主，时机与势位，都是冥冥之中不可知的力量主宰着的，丝毫不可以掺杂个人的努力来一赌胜负。你还记得吗，几天前我就告诫过这些道理的，这是本人近几年的阅历心得。

当时就有传闻，都说李鸿章心高气傲，曾国藩如何磨砺陶铸，这封信应该是一个较好的例证吧。

复邓汪琼〔一〕 咸丰九年六月二十四日

小儿纪泽颇事看书〔二〕，不好制艺〔三〕。吾意学者于看、读、写、作四者缺一不可。看者涉猎宜多、宜速，读者讽咏宜熟、宜专。看者“日知其所亡”〔四〕,读者“月无忘其所能”。看者如商贾趋利，闻风即往，但求其多；读者如富人积钱，日夜摩挲，但求其久。看者如攻城拓地，读者如守土防隘〔五〕。二者截然两事，不可缺，亦不可混。至写字，不多则不熟，不熟则不速，无论何事，均不能敏以图功。至作文，则所以瀹此心之灵机也〔六〕。心常用则活，不用则窒，如泉在地，不凿汲则不得甘醴；如玉在璞，不切磋则不成令器。今古名人，虽韩、欧之文章〔七〕，范、韩之事业〔八〕，程、朱之道术〔九〕，断无久不作文之理。张子云〔一〇〕：“心有所开，即便札记，不思则还塞之矣。”小儿于每三、八课期〔一一〕，敬求先生督令作文，约以五百字为率〔一二〕，或作制艺，或作赋，或作论，或作经解、札记，断不可一字不作，将来文理不通，被人姗笑。或逢三作制艺，逢八作赋、论、经解，亦尚妥善。未有无一字之常课，而可以几于成者也〔一三〕。

——《曾国藩全集·书信》(二)第194—195页

注释

〔一〕邓汪琼：字寅皆，湖南省湘乡县人。曾国藩为子女聘请的家庭教师。

〔二〕小儿纪泽：曾纪泽(1839—1890)，字劼刚，曾国藩长子。后任出使英法大臣、兵部侍郎、海军衙门帮办大臣、户部侍郎。颇事：喜欢从事于某事。

〔三〕不好制艺：不喜欢做八股文(明清两朝科举考试的规定文体)。

〔四〕日知其所亡(wú)：每天都学到一些自己以前不懂的东西。孔子的学生子夏说："日知其所亡，月无忘其所能，可谓好学也已矣。"

〔五〕守土防隘(ài)：防守边关要塞。

〔六〕瀹(yuè)：疏通、灌溉。

〔七〕韩、欧：韩愈，字退之，唐代文学家。欧阳修，字永叔，宋代文学家。

〔八〕范、韩：范仲淹，字希文，宋代政治家。韩琦，字稚圭，宋代政治家。

〔九〕程、朱：程颢，字伯淳，宋代哲学家。程颐，字正叔，程颢弟，宋代哲学家。朱熹，字元晦，宋代哲学家。

〔一〇〕张子：即张载，字子厚，宋代哲学家。

〔一一〕每三、八课期：每月初三、初八、十三、十八、二十三、二十八日上课的日期。

〔一二〕率：标准。

〔一三〕几（jī）：接近，达到。

点评

在新式学校传入之前，古人主要是通过私塾（家塾或村塾）接受基本教育。曾纪泽这年已经二十岁，还在接受家塾教育，原因就是科举制度。科举考试是约束性很严、竞争性很强、淘汰率很高的层级考试，胜出者分别称为秀才、举人与进士。在明清时代，科举几乎是进入文官队伍的必由之路。曾纪泽是高官子弟，将来也要进入官场，而科举出身是做官的正途，所以曾国藩即使身在军营，仍不忘给孩子的家庭教师通信，商定教学重点与方式。

在信中，曾国藩首先指出，我这儿子喜欢看书，不喜欢写八股文，但是我认为，看书、背书、写字、作文，这四样是缺一不可的。接着，曾国藩用了一连串的排比和比喻，论述这四门课程的意义、目标与方法。他自己就是过来人，青少年时代就是在父亲与其他书院先生的指导和要求下，一步步考上秀才、举人和进士，所以，一涉及这种科举应试教育，他就说得头头是道，津津有味。而且，曾国藩在宋明理学上也下过很大的功夫，开通身心灵机，发挥意识的主观能动性，正是理学大师们的修习心得与成功诀窍。

而另一方面，八股文是非常严格的程序化写作，需要对四书五经有充分的记忆和理解，需要对审题、立意和篇章结构有纯熟的写作训练，年轻人一般都不愿吃这份苦。为此，曾国藩在书信的后半部分，态度更加明确，布置更加具体：心越用越灵活，越不用越笨拙，历数古来成大事业的伟人，“断无久不作文之理”。你是孩子的老师，你要严格要求，每月六次课，每次都要有一篇五百字的作文，决不可任其偷懒。现在一字不作，将来文理不通，肯定受人嘲笑。当然，对于自己礼请的家庭教师，曾国藩还是很注意下笔的语气，“敬求先生督令”，一连六个“或”字，都体现出对家庭教师的尊重。而最后一句，“未有无一字之常课，而可以几于成者也”，又再次流露出一名父亲对儿子成才与出路的真切牵挂。

致季芝昌〔一〕　咸丰九年八月初六日

门下士曾国藩顿首谨启仙九夫子大人座右〔二〕：

六月二十九日委员自松江至〔三〕，接奉赐书〔四〕，敬悉春间肃启已达钧听〔五〕。猥以戋戋不腆上蒙齿记〔六〕，且念荒庄寒窘，未荷纳存〔七〕。二十余年门生，久甘委弃于风尘澒洞之中〔八〕，虽师门在望〔九〕，亦不获修一介之使、勺水之敬〔一〇〕。今日惊涛粗定，收召魂魄，乃克重进缨矢之赞[一一]，损辱教言[一二]，远见屏却[一三]，愧悚奚任[一四]？辄借松江之便，专使再进，伏冀莞纳[一五]，以鉴微忱，不胜祷切。

国藩于六、七两月屡奉防蜀之命，初以景镇未复[一六]，碍难撤动，据实复奏。既而江西肃清，乃派张观察以四千人合春间派去之萧观察一军共援湖南[一七]，而自率万人由鄂赴蜀。师行甫及半月[一八]，闻宝庆解围，湘事已纾[一九]，贼踪无缘入蜀，计后命当有变更[二〇]，容即续报。

贱目昏涩如故，难作楷字，余托平善，足慰垂注，恭请钧安。九江舟次[二一]。

——《曾国藩全集·书信》(二)第218页

注释

〔一〕季芝昌（1791—1860）：字云书，号仙九，江苏省江阴县（今江阴市）人。由进士官至闽浙总督。1838年任会试同考官，推荐曾国藩试卷入选。

〔二〕门下士：封建时代科举考生对考官的自称。顿首：叩头。谨启：旧时书信客套语。

〔三〕委员：旧时官场临时委派的人员。

〔四〕赐书：您的来信。

〔五〕肃启：给您的信。已达钧听：已经被您接到。

〔六〕戋（jiān）戋：形容小的样子。不腆（tiǎn）：不丰厚。齿记：提及，说到。

〔七〕未荷纳存：没有被您收下。

〔八〕委弃：抛弃。风尘：代指世俗之事。澒（hòng）洞：弥漫，漫延。

〔九〕师门在望：离老师的住处不太远。

〔一〇〕不获修一介之使、勺水之敬：没有能够派个专人、送点礼物表达敬意。

〔一一〕缨矢之贽（zhì）：行军途中仓促敬献的薄礼。

〔一二〕损辱教言：书信客气话，略同于“谢谢您写下的教诲”。

〔一三〕远见屏却：我的礼物被您退回。

〔一四〕愧悚（sǒng）奚任：我感到十分的惶恐不安。

〔一五〕伏冀莞（wǎn）纳：敬请收下这份礼物。

〔一六〕景镇：江西省景德镇。复：攻克，克复。

〔一七〕观察：清代对道员的别称。道员，又称道台，省之下、府之上的高级行政官员，一般为正四品。

〔一八〕师行：行军。

〔一九〕纾（shū）：缓和，解除。

〔二〇〕后命：接下来的指令。

〔二一〕舟次：船行途中。

点评

会试同考官是进士考试的阅卷人，负责把合格的试卷推荐给当年的会试总裁，以备录取。因此，他就是那位即将成为进士的人之幸运神，这些幸运儿也将对自己的座师终生感激。季芝昌六十二岁辞去闽浙总督，回到江阴养老，曾国藩自从离开北京后，这些年转战湖北、江西，兵荒马乱，军情不顺，与座师通信也不多。本年正月和四月，曾国藩三次托付在松江做知府的亲家袁芳瑛，专人给季芝昌送去问候信和二百两白银。季芝昌给曾国藩写来回信,但将礼金交来人带回松江。曾国藩从袁芳瑛来信得知此事，八月初六日一大早，在从九江赶赴湖北的船中，分别给袁、季二人回信，重申心意，请季芝昌收下再次送来的孝敬之礼。

在这种情况下，曾国藩这封信就写得既诚恳而又字斟句酌，还要带上当年的高材生在荐卷考官面前应该具有的文采与学问。这些在信中都一一做到了。尤其值得赞扬的是那句“缨矢之贽”，曾国藩借《礼经》“行军作战礼仪从简”的明训，不露痕迹地引经据典，而“损辱教言，远见屏却，愧悚奚任”，“专使再进，伏冀莞纳，以鉴微忱，不胜祷切”等句，措辞也更加谦恭恳切，而且行文简洁精炼，不作过多辩白和劝解，分寸得当，恰到好处。

书信的第三段，汇报自己近况与军情动向，这既是书信往返的题中应有之义，也为近年书信不勤、礼数不周找到了客观原因，朝廷一会儿命令东征福建，一会儿命令西援四川，君王朝令夕改，臣子疲于奔命。末尾“九江舟次”四个字，也显出行军途中“缨矢之贽”的诚意来。

复胡林翼　咸丰九年九月十六日

手示敬悉〔一〕。安乐弃予〔二〕，世态之常。侍去年过此〔三〕，与今年情形迥异。所示莫危于渐〔四〕，诚为笃论，然此时只当用老僧“不见不闻”法。天下惟忘机可以消众机，惟懵懂可以祓不祥也〔五〕。来示四字异闻、枢中主使云云，正不必猜疑及此耳。

“万事无成”四字，是鄙人一生考语，公安得攘而有之〔六〕？一入鄂境，军事庶政井井有法，官绅印委多用正人〔七〕，优劣得所，此岂无成者之所为？糜烂江汉〔八〕，整成一个崭新日月、太和世界，是多大事，在公只算一笔外销账？谦固美德，太谦则占却他人地位。特我辈指目者多〔九〕，须保得此后不大错谬为佳耳。

——《曾国藩全集·书信》（二）第 245 页

注释

〔一〕手示敬悉：您的亲笔书信我收到了。

〔二〕安乐弃予：语出《诗经·谷风》诗句：风雨恐惧之时我帮助你，一旦安乐无忧，你就把我抛弃。

〔三〕侍：见咸丰三年九月初六日《与骆秉章》注〔二〕。

〔四〕莫危于渐：字面意思是，凡事最危险的莫过于微小渐变而人不知觉。

〔五〕祓（fú）：消除不祥之事。

〔六〕公：您，古人对有官职或名望之人的尊称。安得：怎么能够。

〔七〕印委：朝廷正式任命的官员、军政官员临时委派的人员。

〔八〕江汉：此处代指整个湖北省。

〔九〕特：只是，不过。指目：十手所指，十目所视，即受人指责苛求的意思。

点评

胡林翼是曾国藩一生最贴心的朋友，尤其是这几年，对曾国藩的支持可谓是不遗余力。去年即说服湖广总督官文，上下疏通，为曾国藩第二次出山创造条件；曾国藩滞留江西，朝廷命令忽而援闽、忽而援蜀，进退两难，胡林翼在八、九两月之间，两次接待曾国藩过境大军，日夜畅谈十几天，最后商定联合上奏朝廷，不去四川，进攻安徽，并且全力保障湘军的后勤供应，这才有后来攻克安庆和南京的结局，成就曾国藩一生最大的功业。

胡林翼做官比曾国藩早，但官运不如曾国藩好，胡林翼军政谋略比曾国藩高明，但政治气度不及曾国藩沉稳。大约是胡林翼来信涉及一些官场不顺心事，曾国藩这封信一开头就是劝解之词：第一，人情世故就是这样，没有办法的事，随它去吧。第二，我们何不学习那些老和尚的方法，不听，不看，不想，不烦。第三，这世界，只有不会用心机的人才可以让那些擅长心机的人无用武之地，只有懵懵懂懂才可以消减不祥。到底谁是上层主使，我们不要费心去猜了，涉及上层政治的事，还是离它远一点好。

胡林翼比曾国藩小一岁，但中进士、点翰林却比曾国藩早一科，按照翰林院的规矩，曾国藩必须恭恭敬敬称呼胡林翼为“老前辈”，以“侍”自称，所以自己对“老前辈”的提醒只能点到为止。紧接着他就用几分玩笑的口气逗胡林翼开心一乐：“万事无成”这是不才我的一生考评，您怎么可以冒名顶替据为己有？您把一个长毛贼三进三出的湖北省改天换地打造成响当当的模范省，这是多大的本事和功劳？难道可以这样一笔勾销？不行的，太谦虚就叫别人没法活了！胡林翼最擅长夸人，曾国藩等人甚至专门想出了“益阳米汤”这个词语来形容，意思是益阳胡公最会给人灌米汤，就像夸奖小孩子一样哄你开心后乖乖听话，所以，曾国藩在这里也冷不丁投桃报李回敬一个。

复莫友芝〔一〕 咸丰九年十一月二十三日

自丁未年瞻近光仪〔二〕，忽忽十载，不独干戈扰攘，时切陵谷之感〔三〕，即曩游如刘茮云、魏将侯、邹叔绩诸君次第沦谢〔四〕，亦复怆恻不可为怀〔五〕。侧闻阁下与郑君息影穷山〔六〕，搜讨遗经〔七〕，六合之奇〔八〕，揽之于一掬[九]；千秋之业[一〇]，信之于寸心。每览尊集及子尹兄所著书，窃幸并世幽人已有绝学，西南儒宗殆无他属，钦企不可言喻！

国藩承乏戎行[一一]，倏逾六载，同袍才俊，凋谢略尽。昨岁墨绖复出[一二]，易舟而陆，浙、闽、楚、蜀，蹙蹙靡定[一三]。比奉会剿皖北之命[一四]，以所部萧、张诸军为广西、湖南所留，此间现兵无多，难当大敌。皖中粤、捻联合[一五]，蚁聚蜂屯[一六]，不可爬梳[一七]，未卜生民何日稍得苏息。

承命作太公墓表，学殖浅薄[一八]，本不足揄扬盛德，又以戎马仓皇，多窘拘之况，少闲适之味，姑为纪述一二，以答雅属，伏希鸿裁改正，不胜至愿。令弟善徵在此[一九]，诸臻妥善。此间尚无军中积习，略似塾师约束，期共纳于轨范耳。足慰廑注[二〇]，肃泐布复[二一]。

——《曾国藩全集·书信》(二)第314页

注释

〔一〕莫友芝（1811—1871）：字子偲，号郘亭，贵州省独山县举人。目录学家，曾国藩旧友。

〔二〕丁未年：古人以十天干与十二地支错杂纪年，六十年一轮，周而复始。这一轮丁未年是1847年。瞻近光仪：

客气话，与您相识。

〔三〕陵谷之感：感叹世乱巨变。

〔四〕曩游：从前交往的朋友。刘茉云：见道光二十八年《致刘传莹》篇注〔一〕。魏将侯：即魏承柷，字黄生、将侯，湖南省衡阳县举人。历任贵州省普定、荔波、天柱县令，1854年战死。邹叔绩：即邹汉勋，字叔绩，湖南省新化县罗洪（现隆回县）举人。地理学家，1854年战死。次第沦谢：先后去世。

〔五〕怆恻不可为怀：心中感伤难以承受。

〔六〕侧闻：谦词，听说。郑君：即郑珍（1806—1864），字子尹，贵州省遵义府（今遵义市）举人。学者、诗人。息影穷山：隐居在荒山野岭。

〔七〕搜讨遗经：钻研前人著作。

〔八〕六合：天地四方，普天之下。

〔九〕一掬（jū）：两手合捧。

〔一〇〕千秋之业：学者著书立说。

〔一一〕承乏：谦词，暂时担任某项职责。戎行：军事。

〔一二〕墨绖（dié）复出：守丧期间再次戴孝从军。

〔一三〕蹙（cù）蹙：局促，不舒展。靡定：难以确定。

〔一四〕比：近来。

〔一五〕粤、捻联合：“粤匪”（太平军）、“捻匪”（捻军）联手造反为敌。

〔一六〕蚁聚蜂屯：形容人群聚集之多。

〔一七〕爬梳：梳理整治。

〔一八〕学殖：学问，知识。

〔一九〕善徵：即莫祥芝，字善徵，莫友芝弟。此时以候补官为湘军供应后勤。

〔二〇〕廑注：见咸丰三年四月十六日《与陈源兖》注〔一三〕。

〔二一〕肃泐（lè）布复：旧时书信结尾套话，略近于“我恭敬地给您写下这封回信”。

点评

1847年，莫友芝在北京参加会试后，某一天在琉璃厂旧书店与曾国藩相遇，以学问深厚为曾国藩所敬，随即由二人共同的朋友刘传莹介绍订交。莫友芝落选后南归，曾国藩还有诗追送。一别十二年，东南半壁，战火纷飞，曾国藩转战漂泊，此时接到西南山乡诗文旧交的来信，感触由衷而发：

我们共同的朋友，年轻好学的刘传莹病死了，忠勇奋发的魏承柷、专精地理的邹汉勋战死了，令人伤痛哀婉，悲怆不已。所幸先生您还能与亲友避乱于荒山野岭，专精学问，著书立说，天地之间，文化传统将绝而得以继承发扬，你们也将成为西南首屈一指的儒学宗师。“六合之奇，揽之于一掬；千秋之业，信之于寸心”，看似信手拈来，而文采与情感都表达得恰到好处。感时伤怀，称述对方，当时书信往返，大多如此开头。

朋友之间通信，当然会互相关心，问讯近况，因此，回信者需要汇报自己这一方的大体情况。而书信的第二段，则写得非常简要概括，两次戴孝从军，浙、闽、楚、蜀，疲于奔命，处境不顺，前景不明，只好从简，但落笔到对东南百姓受苦受难的怜悯关切，却又显示出忧国忧民的儒臣气象。

书信的结尾，是对来信的两件答复，一是戎马倥偬之中，仍遵嘱写出太公墓表，并谦虚地请对方指正，曾国藩对一介寒儒的礼敬也由此可见;二是简单表示对朋友之弟的肯定与关照,那句“略似塾师约束，期共纳于轨范”，既不失尊长风范，又体现朋友情谊。

复朱金权〔一〕 咸丰九年十一月二十八日

金权姻兄同学足下〔二〕：

顷接惠书，猥以贱生揽揆之辰〔三〕，远辱齿芬〔四〕，愧谢无似。国藩在外年余，诸托平顺，足慰廑注。

舍间凡事费用日趋奢靡〔五〕，殊以为虑。莳蔬〔六〕、养鱼二事，先人累代皆时时认真经理〔七〕，敬求足下代我照料。各种书籍，亦求常拂尘埃，勿令潮湿。即贱兄弟在外寄回信缄奏稿等件，亦宜聚置一处，免致散失。至人客来往〔八〕，非房族即亲友，切不可稍稍怠慢，求恭敬相待，虽舍弟等不在家〔九〕，亦可款留酒饭也。

至杉木之事〔一〇〕，弟在远难管，尚祈原亮。

——《曾国藩全集·书信》(二)第325—326页

注释

〔一〕朱金权：小名建四，湖南省湘乡县人。曾国藩少时同学，曾国藩一度聘其为旧居管家。

〔二〕姻兄：朱金权是朱蓂族人，因曾国藩之侄儿与朱蓂侄女订亲，曾、朱两家成为姻亲，此处故称“姻兄”。两人以前受同一个私塾教师启蒙，故称“同学”。

〔三〕揽揆：语出屈原《离骚》“皇览揆余初度”，后人以“览揆”或“揽揆”代指生日。

〔四〕远辱齿芬：客气话，劳您记挂称颂。

〔五〕舍间：自谦之词，我家。

〔六〕莳（shì）蔬：栽种蔬菜。

〔七〕先人：家中去世的长辈。累代：一代又一代。

〔八〕人客：客人，多指亲友之间的走访。

〔九〕舍弟：谦词，我弟弟，此处当指曾国藩在家主事的大弟弟曾国潢。

〔一〇〕杉木之事：似是涉及曾府家庙地基与各房利益之事。

点评

朱金权是曾国藩的邻居，小时候曾在一起半耕半读。曾国藩科举顺遂，进京做官，出外带兵，朱金权因科举无成，只能困守山乡，后来承蒙曾国藩看得起，在曾府旧居当管家。此时来信，一则为曾国藩庆贺生日，二来汇报曾府内外各事。

曾国藩回信，先是致谢，兼及年来近况，但都是一笔带过，接着就是对管家工作的指示：我家子弟不太节俭，各种开支慢慢变得大手大脚，我很不开心。把菜园里的菜种好，把水塘里的鱼养好，这是我曾家历代先人的一贯作风，他们都是非常认真地做好这些事的。恳请你代我督促，代我管理，帮我把家管好。书房里的书，要经常打扫灰尘，不要让它们受潮。哪怕是我和国荃寄回家的家信和奏折副本，你们也要专门归做一处，以免丢失。至于平时的人客往来，不是曾家族人，就是姻亲朋友，你们切不可怠慢了人家，而是要笑脸相迎，恭敬相待。即便是我老弟不在家，你也可以出面，款留酒饭。

这是对朱金权工作的要求和指示，至于朱金权来信回报的“杉木之事”，因为涉及族人财产与家人感情，曾国藩一语回绝，我隔得远，不好说。

由此可见，曾国藩对老家事务的处理态度，一是开支从俭，二是劳作从严，三是人情从厚，四是远离纠纷。

加何栻片〔一〕 咸丰十年闰三月十六日

阁下此次次韵大篇〔二〕，似较上年三迭尤为卓绝。“秋长消人”四发端句，何减前贤，后有千年，自此开也。愈唱愈高，几欲去天三尺〔三〕，其谓是乎！

承询及欲购书目，鄙人尝以谓四部之书[四]，浩如渊海，而其中自为之书，有原之水，不过数十部耳。经则“十三经”是已[五]，史则“二十四史”暨《通鉴》是已[六]，子则“五子”暨管、晏、韩非、淮南、吕览等十余种是已[七]，集则《汉魏六朝百三家》之外，唐宋以来二十余家而已。此外入子、集部之书，皆赝作也[八]，皆剿袭也[九]；入经、史部之书，皆类书也[一〇]。不特《太平御览》《艺文类聚》等为类书，即“三通”亦类书也[一一]，《小学》《近思录》《衍义》《衍义补》[一二]，亦类书也。故尝谬论，修《艺文志》《四库书目》者，当以古人自为之书，有原之川渎，另行编列，别白而定一尊[一三]。其分门别类，杂纂古人成书者，别为一编，则荡除廓清，而书之可存者日少矣。

敝处现无多书，江西如有殿板初印《十三经》《二十四史》[一四]，无论或全部或零种，均乞代买。非初印者，则不必买。此外，嘉道以来所刻诸影宋本书[一五]，亦祈购觅，不惜重价。琐渎清神，不安之至。

——《曾国藩全集·书信》（二）第502—503页

注释

〔一〕何栻（1816—1872）：字廉昉、莲舫，江苏省江阴县（今江阴市）人。以进士历任江西建昌、吉安知府，一度为曾国藩军营供应后勤，擅长诗赋创作。

〔二〕次韵：依据诗韵对他人格律诗的唱和之作。

〔三〕去天三尺：离天三尺，形容非常高。

〔四〕四部：中国古代的目录学分类，分为经、史、子、集四个大类。“经”是儒家经典，“史”是历史传记，“子”是思想论著，“集”是文学创作。

〔五〕十三经：儒家的十三部经典著作，即《易》《书》《诗》《周礼》《仪礼》《礼记》《春秋左传》《春秋公羊传》《春秋穀梁传》《论语》《孝经》《尔雅》《孟子》。

〔六〕二十四史：清朝乾隆年代对中国历史上的二十四部正史的总称，即《史记》《汉书》《三国志》《后汉书》《晋书》《宋书》《南齐书》《梁书》《陈书》《魏书》《北齐书》《周书》《隋书》《南史》《北史》《旧唐书》《新唐书》《旧五代史》《新五代史》《宋史》《辽史》《金史》《元史》《明史》。《通鉴》：即宋代司马光《资治通鉴》。

〔七〕五子：即北宋五子，指周敦颐、程颢、程颐、邵雍、张载五位北宋思想家、理学家。管、晏、韩非、淮南、吕览：《管子》《晏子春秋》《韩非子》《淮南子》与《吕氏春秋》，春秋战国与秦汉的诸子论集。

〔八〕赝作：伪作，假托别人名字的作品。

〔九〕剿袭：沿袭、抄袭。

〔一〇〕类书：中国古代的百科全书，分类节抄汇编历代诗文论著。

〔一一〕三通：唐代杜佑《通典》（历代政法、经济文化文书汇编）、宋代郑樵《通志》（纪传体通史）与宋元之际马端临《文献通考》（历代政法、经济文化文书专论）。

〔一二〕《小学》：宋代思想家朱熹编撰的青少年修身读物。《近思录》：朱熹与吕祖谦合编的理学四子（周敦颐、程颢、程颐与张载）语录。《衍义》：即南宋理学家真德秀所编《大学衍义》，通过对先秦儒家经典《大学》的讲解发挥，阐述人生思想道德修养的必要性。

〔一三〕别白：区别。定一尊：确定一个最重要的。

〔一四〕殿板：即清代武英殿官刻本。

〔一五〕嘉道以来：嘉庆、道光以来。嘉庆是清仁宗的年号（1796—1820），道光是清宣宗的年号（1821—1850）。影宋本：明清时代对宋刻本影照摹写后的翻刻本。

点评

文人通信，有时总少不了这几件事：谈论你我的诗文，寻访远近的书籍。这封信，就是这两样。

先说第一样：何栻早年与曾国藩同官京城，长于诗文而劣于命运，京官出京，到任一月，太平军破城，他几乎全家死难，本人仅存而被革职。何栻重振旗鼓，誓死复仇，曾一气写下《感怀述事》七律组诗十六首。曾国藩敬其为人，伤其遭遇，花下三天时间，逐一次韵唱和。幕府之中，李元度等上十人群起唱和。何栻也一发而不可收，再叠、三叠直至四叠前韵，送呈曾国藩鉴赏。

所以曾国藩提笔就说，这一次第四叠，比去年第三叠更为卓绝，尤其是“秋长消人”那几篇，不仅超越前贤，而且今后千年也都从此而开，愈唱愈高，越写越好，简直就是离天三尺了。文人夸人，首要就是夸奖对方的文才，不仅要夸得高，而且要夸得妙。曾国藩这几句，真是既高又妙。

再说第二样：何栻爱好藏书，小有名气，来信中提请曾国藩开具书目，以便代为访购。对此曾国藩则略有不同意见，藏书家以富有珍稀藏品为贵，而他却认为无论是珍稀还是富有，首要问题在于原著的独创价值。古往今来，经史子集，浩如烟海，如何买得全，如何买得起？只能盯住“自为之书，有原之水”几十部。然后就据此立论，哪些是“自为之书”，哪些是“有原之水”，除此之外，哪些是“赝作”，哪些是“剿袭”，还有，哪些是类书。甚至还把早年的豪迈主张再一次响亮宣称，国家今后若编辑《艺文志》和《四库书目》，“当以古人自为之书，有原之川渎，另行编列”，而“分门别类，杂纂古人成书者，别为一编”，把那些“赝作”与“剿袭”一律“荡除廓清”。从此，书既可存者少，则书生也可买者多，可读者精，岂不快哉！

一番痛快议论之后，曾国藩回到书目采购:“殿板初印《十三经》《二十四史》”可买，影宋本不但要买，而且“不惜重价”。前者当然是“有原之水”，而后者呢，想来也有点珍稀为贵的心态吧。

致罗忠祜〔一〕 咸丰十年闰三月二十六日辰刻

昨夕得来书，知已抵平头嘴丧次〔二〕，应少停住，候尊府料理就绪，择日由舟次扶榇至宿城一宿〔三〕，次日由宿至乡。仆出城八里郊迎〔四〕，设席路祭。府县迎毕〔五〕，至城设祭。次日均送出城外。到乡后一切布置，仆再至乡恭吊，候尊信约期可也。二小姐忠榇，行时须在后二十里许，到城到乡，亦宜另围一幕，其大舆抬夫，须由令兄虚筠雇募。

丧事重大繁多，令兄一人照料不到，须择贵族中亲者、贤者帮同办理。足下宜亲笔写信，再三恳求，即人品或不甚纯，平日或不甚洽，均宜恳求联络。孝道莫大于收族〔六〕，处乱世莫大于睦邻，二者尚祈留意。宿松黄明府明日再至舟次〔七〕，可熟商也。

——《曾国藩全集·书信》（二）第 515—516 页

注释

〔一〕罗忠祜：字少村，已故浙江巡抚罗遵殿之子。罗遵殿（1798—1860），字有光，号澹村，安徽省宿松县人。由进士自知县官至浙江巡抚，本年杭州城破，自杀殉国。

〔二〕丧次：丧家归葬的途中。

〔三〕榇（chèn）：棺材。宿城：宿松县城。

〔四〕郊迎：出城至郊外相迎，以示尊重。

〔五〕府县：知府、知县。

〔六〕收族：联络亲族。

〔七〕明府：明清时代对知县的敬称。

点评

罗遵殿本来是湖北巡抚胡林翼的同僚，在湖北按察使、布政使任内，尽心竭力，对曾国藩湘军多有支持。去年升任浙江巡抚，到任短短数月，便遭大难，以死殉职，与妻女同时服毒自杀，此时归葬宿松。而宿松正是曾国藩大营驻扎之地，所以与罗遵殿之子书信往返，叮嘱“到乡后一切布置”。信不长，但很贴心。

首先指示行程起止，何处停留，何时到家，要等老家料理出一个头绪，否则杂乱无章，顾此失彼，有损礼仪。

其次约定吊唁细节，何时进城，何处迎接，何人路祭、公祭，何时出城，何时到家会吊，一一布置周详。甚至连二小姐的棺木摆放都预先告诫。

第三安排助手相帮，除了家族中的亲者、贤者，曾国藩特意指派宿松黄县令，明日再来船上，与你熟商。

这一切，都是因为“丧事重大繁多”，年轻人新遭家难，难免手足失措，而这时曾国藩、胡林翼等人的关照，就显得特别重要。

胡林翼此时驻军黄梅，也是临近宿松，除了与曾国藩等人亲临胡家吊丧，还大力张罗募捐，罗遵殿及其妻女这才得以归葬家乡。曾国藩日记记载，罗遵殿“历官直隶、湖北、浙江等省，凡二十五年，家无一钱，旧屋数椽，极为狭陋。闻前后仅寄银三百两到家，其夫人终身未着皮袄。真当世第一清官，可敬也”。

复胡林翼　咸丰十年四月二十九日巳刻

二十八日酉刻接二十七惠缄，是日又接补寄官帅之缄〔一〕。二十九早接二十七夜两次手教并丁、汪二公之信〔二〕。当此大局震骇之际，读二君信，为之气壮。应即抄一通于坐右，气馁时一为省览，鞭顽起懦〔三〕，或者矮子一夕暴长也。大缄未蒙详示一切，兹将鄙见条上一二，如小学生未做破承起讲〔四〕，遽作全篇出考，敬求先生改正。

一、侍虽办两江之事，而前日咨商三省合防之局，仍不可变。固上游以为图下游之根本，一定之理也。江北、江南，总求呼吸相关。侍驻南岸，求阁下移驻宿松，相距较近，以便随时飞商一切。仍拟造渡船一百号，每号可载六七十人，置于东流、安庆之间，南北两岸有非常之警，则渡兵过江，互相救应。

一、……

一、……

一、……

一、……

一、……

以上各条，如大段不差，即请将细处核改。如大体全错，即请一笔涂抹，全行改正，俾得考取头场为感〔五〕。

——《曾国藩全集·书信》(二) 第546—547页

注释

〔一〕官帅：指湖广总督官文（1798—1871），王佳氏，字秀峰，满洲正白旗人。因湘军攻破太平军天京而受封一等伯爵。清代总督一般都兼兵部尚书衔，所以称“帅”。

〔二〕手教：旧时称对方的亲笔来信。丁、汪二公：指胡林翼幕僚丁果臣、汪士铎。

〔三〕鞭顽起懦：对顽冥、懦弱之人的鞭策与激励。

〔四〕破承起讲：明清时代八股文术语，破题、承题、起讲，都是应试作文的前半部分。

〔五〕头场：科举考试第一场，成败往往在此一举。

点评

一个月之前，太平军第二次攻破清军江南大营，帮办江南军务的提督大臣张国梁战死，稍后，两江总督何桂清被革职，曾国藩奉旨署理两江总督。上谕说，当前军情紧急，曾国藩务当兼程前进，迅速驰往江苏，保卫苏州、常州，并依次收复失陷各地，重振军威，肃清丑类，“朕实有厚望焉”。对此，曾国藩实在是又喜又怕，愁苦不堪。

喜的是时来运转，官运大发，自从守孝出京之后，七八年来，曾国藩一直顶着个兵部侍郎的虚衔，到处受人冷落，现在突然鸿运当头，坐上了两江总督的宝座，成为首屈一指的封疆大吏。怕的是兵力太单，对手太强，南京久为敌窟，苏州危在旦夕，杭州也岌岌可危，江南大地，一片糜烂。“目下军情紧急”自是不言而喻，“迅速驰往江苏”则是生死未卜，收复失地，重振军威，此时谈何容易！

于是，曾国藩在这封信中，以小学生还未学完如何开篇，突然接到应考指令做譬如，“遽作全篇出考”，于是仓促上场，第一第二如何，第三第四如何，“敬求先生改正”。第二天，曾国藩又追写一信，说“昨日奉询各条求先生改正者，皆固上游以规下游、防三省以图吴会之计。果如所议，则鄙人一半年内尚不能履江苏境内，恐苏人始而望、继而痛骂矣”。怎么办？只好“求公一言为定”，“二者孰优，求公决定，乃发折也”。胡林翼接信，对同僚说，奉旨已经三天，竟然一个字都没有上奏，“其筹度之苦可知”。于是，胡林翼给曾国藩回信，“此时惟有破格请将，放胆添兵，倾湘中之农夫以为兵”，“放胆放手，乃可有济”，“放胆放手大踏步，乃可救人”，切莫学诸葛亮过于谨慎。由此看来，曾国藩信中所说的“鞭顽起懦”，“矮子一夕暴长”，确非虚语。

加沈葆桢片〔一〕 咸丰十年五月初八日

四月之季，胡润帅、左季高俱来宿松，与国藩及次青、筱荃、少荃诸人畅谈累日〔二〕，咸以为大局日坏，吾辈不可不竭力支持，做一分算一分，在一日撑一日，庶冀挽回于万一〔三〕。因屈指海内贤者，朋辈志士，惟阁下高卧林泉〔四〕，置身事外，因定计坚请台从出山〔五〕，一奏再奏，以至三五奏，数十缄请，总以出而握手之日为止。

次青体气羸弱，惫于戎事，本不欲更以介胄之事苦之〔六〕，因弟初膺艰巨，逆氛日炽，不得不浼其复出御侮〔七〕，为弟干城腹心之助〔八〕。阁下若能慷慨投袂〔九〕，助鄙人即助次青也。且计贼踪若由浙省而蔓及衢、信〔一〇〕，即珂乡亦万无独全之理也〔一一〕。而阁下菽水之资、稻粱之谋〔一二〕，固当不足于三年之蓄，早迟终不免于一出，不如趁此时机犹是贤者众志交孚之时〔一三〕，伏冀上念国家，下念桑梓，中念友朋，翻然遽起，以慰喁喁之望〔一四〕，翘企何既！

——《曾国藩全集·书信》(二) 第564—565页

注释

〔一〕沈葆桢（1820—1879）：字幼丹，福建省侯官（今福州市）人。此前担任九江知府，深受曾国藩信任，第二年破格晋升为江西巡抚，官至两江总督。

〔二〕次青：即李元度，见咸丰七年闰五月初三日《与李元度》注〔一〕。筱荃：即李瀚章（1821—1899），字筱荃，安徽省合肥县（今合肥市）人。李鸿章之兄。此时在江西为曾国藩供应后勤。少荃，即李鸿章，见咸丰九年五月十七日《复李鸿章》注〔一〕。

〔三〕庶冀：差不多可以希望。

〔四〕高卧林泉：在山林间悠闲隐居。

〔五〕台从：旧时书信对受信人的尊称。

〔六〕介胄之事：军旅之事。

〔七〕浼（měi）：恳求。

〔八〕干城：盾牌和城墙。

〔九〕投袂（mèi）：形容书生投笔从戎。

〔一〇〕衢、信：浙江衢州、江西广信（今上饶市）。

〔一一〕珂乡：旧时对他人家乡的敬称。

〔一二〕菽水之资：日常生活所需的豆子和饮水，与下文“稻粱之谋”都是泛指家庭的生活开支。

〔一三〕众志交孚：志同道合、互相信任。

〔一四〕喁（yóng）喁之望：殷切的期望。

点评

沈葆桢是林则徐的外甥，也是他的女婿，为人忠勇刚正，在广信知府任内，坚守孤城，誓死不去，深受百姓爱戴。后因父母年迈而离任回家。此时曾国藩新任两江总督，胡林翼建议曾国藩广招英才，尤其是有才干而负气节者，不惜一切代价，强迫他们出山，而沈葆桢就是他心目中的独当一面之才。他甚至说你哪怕是死缠烂打，每天一封信，“闹得山中人不耐烦，即当投袂而起”。曾国藩此时日理万机，每天一信做不到，但是接下来的几个月，每到月初，他就给沈葆桢写出一封亲笔信，每封信都列出几个不同的理由，但主题却是万变不离其宗，你快到来，我等你来。我们且看这封信是怎么写的——

先说我们大家都想你了：胡润帅从湖北来，左季高从湖南来，还有李筱荃、李少荃兄弟，加上我和李次青，都是你熟知的朋友，大家一连几天高谈阔论，可是唯独缺了你一个。接着说我们大家都赖上你了：我们都“以为大局日坏，吾辈不可不竭力支持，做一分算一分，在一日撑一日”，可是大家扳起手指计算，四海之内的贤者，朋辈之中的志士，唯独只有先生您还在隐居山林，置身事外。天下兴亡，匹夫有责。我等受恩深重，岂能袖手旁观？怎么办？我们已经合计好了，一定要拉你出山，哪怕是再三再四上奏朝廷，外加几十封书信敦促，总以相见握手之日为止，不达目的，誓不罢休。

说完硬话，再说软话。软话也分两层，第一层，先拿沈葆桢的朋友李元度说事：你知道的，次青体弱多病，长年征战，本不应该再让他身受行军打仗之苦，可是因为老弟我临危受命，我这才不得不求他出山相助。你如果能够挺身而出，帮我就是帮次青了。第二层，再拿军情大局说理：如果我们不能力保江西，那你的福建家乡也“万无独全之理”，保家卫国的道理你不可能不清楚。而且，你身为人子，身为人夫人父，一家老小，一日三餐的生活开支，总得有个资金保障。你既然早晚总要出山谋生，何不“趁此时机”答应我们的请求？“上念国家，下念桑梓，中念友朋”，你可要幡然悔悟，千万不要辜负了我们的一片苦心啊！

曾国藩说到做到，果真是每月一信骚扰，到了第五个月，沈葆桢终于松口，答应来做幕僚。

复郭昆焘 咸丰十年五月十七日

季公在湘〔一〕，足当数面，诚如尊指。国藩颇思其来皖一次，一则商定大概规模，一则钦奉谕旨，亦须面面俱到。如其世兄尚未全愈〔二〕，亦未敢遽以相强也。

次青任防剿于衢、信，筱泉办牙厘于江西〔三〕，少泉办水师于淮扬，国藩左右仍是孤单介特〔四〕，孑立无助。季公若不遽出，即求阁下翩然命驾〔五〕，速来敝营，并恳预告二亲家母〔六〕，无令长夫日日梭巡敝营〔七〕，征召追呼，声震遐迩。顷季公在营，吾戏之曰："意城讥君有惧内癖〔八〕。"季曰："彼则自癖而反诬人以癖。"孰癖孰不癖，请以此行卜之〔九〕。

——《曾国藩全集·书信》(二) 第 584 页

注释

〔一〕季公：即左宗棠，见前咸丰三年十月二十一日《与左宗棠》注〔一〕。

〔二〕世兄：旧时客套，用来称呼朋友之子。

〔三〕牙厘：对民间商户抽取的百分之一营业税。

〔四〕孤单介特：孤立无助的样子。

〔五〕命驾：启程。

〔六〕二亲家母：曾国藩与郭昆焘的兄长郭嵩焘为亲家，郭昆焘排行第二，故此处称其夫人为"二亲家母"。

〔七〕长夫：当时军队中的勤杂兵。

〔八〕惧内：男人怕老婆。"惧内癖"就是把怕老婆当成一种癖好了。

〔九〕卜：占卜，测验。

点评

郭昆焘、左宗棠都是湖南湘阴人，都在湖南巡抚衙门担任高级幕僚，深受几任巡抚的信任和依赖，而他俩也确实在省府之内运筹帷幄，在省府之外呼风唤雨，为此，曾国藩每当军情调度之际，总是依靠郭、左二人。无奈这两人总是有点婆婆妈妈，左宗棠多少还有点舐犊情深，而郭昆焘则纯属儿女情长了。于是，曾国藩懊恨不已，只好用语言文字来挖苦一番，算是一解心中之恨。

在熟知的朋友之间，曾国藩其实是个非常喜欢开玩笑的人，谐谑之词，简直就是信手拈来，妙趣横生。就拿这封信来看，先是以子之矛攻子之盾，你说季公在湖南一人抵得好几个人用，那他确实走不开，何况人家的儿子还在生病，我们不好强人所难。怎么办呢，当然只好有请你二先生的大驾光临了。曾国藩真是嘴巴不饶人，你二先生不仅要火速赶来，而且我们还得来个君子协定：二亲家母一定要遵守合约，不要再像以前那样，三天两头派人来大营追索老公，而且声音还大得远近皆知。最后冷不防搬出郭昆焘与左宗棠的一段扯皮官司，"郭意城讥笑你有惧内癖"，左宗棠当然反唇相讥："那人自癖，反而诬陷别人有癖！"这时曾国藩又摆出一副公正的面孔：谁癖，谁不癖，就看这一次了。可想而知，郭昆焘见信，大概只能是啼笑皆非了，这位曾大帅，真是叫人防不胜防啊。

复官文〔一〕 咸丰十年六月十七日

六月十六得初六手示，敬悉一切。

求治不可太速，进兵不可过锐，两言谨当刻骨〔二〕，不止书绅也〔三〕。初到皖南，不特地方事件难遽着手，即军务亦难过问。此间风气与两湖迥异〔四〕，欲求挽回之方，难免更张之迹〔五〕。将来尚须逐条请示，仿照尊处成法行之。目下谨遵雅意，必不轻言"整顿"二字。

国藩于初四日自建德启行，十一日抵祁门县。霆营前帮于十六日赶到，后帮十八九可到。新募南省之勇与张凯章营〔六〕，大约七、八月先后可齐。

左季高京堂不愿入蜀〔七〕，国藩得此将伯之助〔八〕，可以高枕无忧。已会列台衔〔九〕，于十六日复奏，折稿咨达冰案〔一〇〕。闻润之宫保业经缄商〔一一〕，相距过远，不及先行送稿，伏希鉴亮〔一二〕。

——《曾国藩全集·书信》(二) 第613页

注释

〔一〕官文：见咸丰十年四月二十七日巳刻《复胡林翼》注〔一〕。

〔二〕刻骨：此处形容牢记在心。

〔三〕书绅：写在腰带之上。

〔四〕两湖：湖南、湖北两省。迥（jiǒng）异：大不相同。

〔五〕更张：调整变化。

〔六〕南省：湖南省。张凯章营：湘军张运兰（字凯章）的部队。

〔七〕京堂：本来是对京城中央机关长官的称呼，清朝后期称中级官员而临时负责军政要务者为京堂。

〔八〕将（qiāng）伯之助：来自别人的及时帮助。

〔九〕会列台衔：会同写上您的官衔。

〔一〇〕咨达冰案：抄送给您备案。

〔一一〕润之宫保：即胡林翼，润之是其字，宫保是其官衔。当时对有太子太保、太子少保加衔的人，称为“宫保”。

〔一二〕伏希鉴亮：敬请原谅。

点评

这封信，写得很老练。为什么这样讲？还得从头说来。

官文是满清权贵，由宫廷侍卫逐渐提拔到荆州将军、湖广总督的高位，不久后还官拜文渊阁大学士，职位相当于副宰相。因此，曾国藩、胡林翼等湘军统帅对他非常恭敬。总督本来有督军之责，而官文则长期安居武昌城内，坐享其成，但是他为人比较宽厚，对胡林翼、曾国藩等汉人统帅较为信任和支持。曾国藩新任两江总督，官文以老领导的身份，来信提示，曾国藩当然需要恭敬回复。

第一段，感谢官文的亲笔指示，“求治不可太速，进兵不可过锐”，不仅当做座右铭，还要刻骨铭心，牢记谨遵。不仅如此，将来治理两江，我还要逐条向您请示汇报，仿照您治理两湖的成功经验，现在谨遵教诲，决不轻言整顿。

第二段，介绍行程，三言两语，军政近况，通报而已。

第三段，忽然说到左宗棠，与前面的应酬拉扯不同，曾国藩似乎刻意轻描淡写。这是因为，一年前左宗棠在湖南闹出大官司，案子甚至惊动了朝廷，负责查问的人就是官文。多亏郭嵩焘等湖南官员相帮，左宗棠不仅转危为安，而且逢凶化吉，咸丰皇帝进而破格重用，将左宗棠任命为三品京堂，交曾国藩量才任用。大概是官文来信中涉及了左宗棠，曾国藩这才在回信中说，左京堂不愿意去四川，我也只能顺水推舟，乐得让他来做个帮手。昨天我已经就此事与您联名上奏朝廷，现将奏折专文抄送给您备案。因为胡宫保与您商量在先，我这里与您相距太远，事先来不及向您通气请示，敬请原谅。

官场信函，看似应酬拉扯，实际上章法井然。一般来说，前面是嘘寒问暖，中间是近况通报，核心的内容往往放在最后。这封信就是如此，左宗棠是与官文结下了恩怨的人，此刻忽然又变成了朝廷的红人，自己又给朝廷复奏，让这个惹上通天大案的人留在自己身边，确实很有些扎眼。怎么办？反正有胡林翼与你书信往返商讨，具体的操作细节，我也不得而知，我只负责例行公事，与你会衔复奏，奏稿送你一份。

官文的宽厚，在此也可见一斑。

致邵懿辰〔一〕 咸丰十年六月十八日

顷孙省斋观察来敝处〔二〕，略询近状，惊悉伯母大人锦堂弃养〔三〕，哀愕曷胜。阁下至性纯笃，又值乱离之际，举目怆怀，膺兹大故，尤虞哀毁过情，或捐生理〔四〕，驰系无量。

国藩于四月杪奉承乏两江之命[五]，菲材疏浅，本无远图，又当精力极疲之后，全局败坏之余，前乎此者，轻车骏马，覆辙相寻，况以驽骀继之[六]，泥潦纵横，大惧陨越[七]，诒知已羞。

敝部万人围攻安庆，关系淮南之全局，即规复金陵之张本[八]，未敢轻率撤退，留舍弟在彼统之。而另调鄂兵万人，率以南渡，已于十一日驰抵祁门县，暂联徽、宁二郡之声援，而保江右东北之门户[九]。仍派人回湘，调募二万人，悉赴皖南，俟秋间取齐。拟分三路进兵，北路由池州以规芜湖，中路由宁国以规东坝，南路先赴广德，或由湖州以趋太湖之东，或出宜兴，并趋湖西，届时再行商酌办理。

惟幕府一二贤者，均已散布他处，分治一方，欲得高手代为草奏，殊难其选。不揣鄙薄，欲屈老兄枉过，其大者匡拂咎愆[一〇]，余枝则代作章奏[一一]。内外交益，冀幸何极。先此布达，容即专人奉迓。外托孙观察寄奠仪二百金[一二]，祈呈几筵[一三]。

——《曾国藩全集·书信》(二)第614—615页

注释

〔一〕邵懿辰：见咸丰九年四月初二日《复郭昆焘》注〔七〕。

〔二〕孙省斋：即孙观（？—1889），字国宾，号省斋，安徽省舒城县人。由翰林出官浙江道台，官至直隶布政使。观察：见咸丰九年八月初六日《致季芝昌》注〔一七〕。

〔三〕弃养：老年人去世。

〔四〕捐生理：损毁身体健康。

〔五〕四月杪：四月末。承乏两江：担任两江总督，“承乏”是自谦之词。

〔六〕驽骀：劣马。

〔七〕陨越：颠覆，比喻官员失职。

〔八〕张本：预先布置。

〔九〕江右：古代对江西省的别称。

〔一〇〕匡拂咎愆：纠正错误。

〔一一〕余枝：行有余力。

〔一二〕奠仪：送给丧家的礼金。

〔一三〕几筵：灵座，祭祀的席位。

点评

邵懿辰是曾国藩早年在北京的好朋友，谈诗论文，性情相投，往来十分密切。后来分别离开北京，曾国藩在江西带兵打仗，邵懿辰在杭州整理古籍。兵荒马乱期间，邵懿辰还到江西看望过曾国藩。三天前，孙观来自浙江，曾国藩询问邵懿辰近况，于是写下这封信。信不长，但是包含四层意思。

一是吊唁邵懿辰母亲去世，字句之间，情深意长，饱含着对多年老友的深切关怀。

二是通报个人近况，新任两江总督，但自思力小任重，生怕有负朝廷厚望，失职误事，愧对好友。

三是解释行军迟缓的原因，大营远在安徽南部万山丛中，精锐部队围攻安徽当时的省城安庆，因此，救援江苏、浙江，还需一段时间。

四是此信重点，即邀请邵懿辰前来，担任起草奏稿的幕僚。在此，贵为总督的曾国藩对官场失意的邵懿辰体现了很诚恳的姿态，先说幕府中仅有的一两个好帮手已经分派出去独当一面，匆促之间，难以找到合适的人选，不得已委屈您这位老朋友，屈尊下就。进而措辞更加婉转，说你的到来，最主要的就是帮助我纠正错误，指点迷雾，至于起草奏稿，对于你这样的高手更是小事一桩，而我却受惠无穷了。今天先来信相邀，稍后还会派专人前来迎接。另外，委托孙省斋送上二百两银子，请代为呈献在伯母大人灵位之前。

总的来说，这封信不仅写得层次分明，而且有情有义，措辞尤为婉转得体。

复邵懿辰 咸丰十年七月初四日

昨由王中丞封内寄呈一函〔一〕，恭唁孝履〔二〕，不知何日可达。

国藩自抵祁门，已逾二十日，所部万人中，惟四千七百人系久战之士，余皆新募之卒，未曾见仗。江水盛涨封峡，舟不得行，鲍镇军登舟逾月〔三〕，至今无抵鄂消息。张凯章观察一军，又为江抚咨留袁州〔四〕。此间宁国望援极切，不克分拨一旅，就近拯救，实深歉仄。

时事弥艰，责望弥重，精力弥惫，友助弥寡。幕中诸友分散各处，各羁职守，不能还聚，特专弁二人奉迓，敬求不我遐弃〔五〕，翩然西来，为我经理奏疏事件，俾弟得以全力综核营务，兼筹饷项，不致陨越诒讥，亦故人夙所期于不肖者也〔六〕。

敝处奏报稀阔，去岁月仅一次，近数月极繁，亦不过每月二次。阁下如有公私未了之事，俟来此相见后，仍可伺隙假归〔七〕，往返以月余计，彼此皆无废旷，翘幸何既〔八〕。附寄程资五十金〔九〕，伏希哂纳。

——《曾国藩全集·书信》（二）第 637 页

注释

〔一〕王中丞：此处指浙江巡抚王有龄。王有龄（1810—1861），字英九，福建侯官（今福州市）人。由州县官至浙江巡抚，太平军攻城，自杀以殉。“中丞”见咸丰七年闰五月初三日《复李元度》注〔七〕。

〔二〕孝履：守孝之人的日常起居。

〔三〕鲍镇军：此处指时任湖南绥靖镇总兵的鲍超。镇军是对总兵的尊称。

〔四〕江抚：江西巡抚。咨留：公文商请截留。袁州：即今江西省宜春市。

〔五〕不我遐弃：不遐弃我，不要疏远抛弃我。

〔六〕不肖：不好，无才无德之人，此处作为对自己的谦称。

〔七〕假归：请假回家。

〔八〕翘幸何既：不胜期盼感激之至。

〔九〕程资：路费，旅途开支。

点评

相比前一封信，这封信言辞更加恳切，态度更加急迫。

先说军情紧急，调度艰难，看起来是为进军迟缓做解释，其实更是强调为人手短缺，急需高手相帮，为下文敦促启程做铺垫。

接下来，曾国藩一连写下四个排比短句，“时事弥艰，责望弥重，精力弥惫，友助弥寡”，简直就是一迭连声地恳求呼唤，一声比一声恳切，一声比一声急迫。随后就是特派二人前来迎接，恳求你不要抛弃我，迅速到来，为我分忧，让我腾出精力，指挥调度，不至于张皇失措，惹人讥笑，给你们这些老朋友带来羞辱，而这不也正是你们这些多年好友对我这个德薄才短之人的期望吗？

说完了这一层，曾国藩继续补充理由，我这里上奏朝廷的奏报，其实很少，以前一个月只有一次，现在大量增加，其实也不过是一个月两次。你要是手头还有公私没有了结的事情，来了之后，还可以抽空回去，往返也不过就是个把月的时间，你我都没有误事，多好呢。接驾的人来了，启程的路费也带来了，赶快动身吧，我实在等不及了。

一个月后，八月初十日，邵懿辰赶到了曾国藩的祁门大营。可是帮办奏折不到一月，因皖南军情危急，邵懿辰一时惊慌，曾国藩随即将其送回杭州。第二年，杭州再次落入太平军之手，邵懿辰不屈而死。

致李桓李瀚章〔一〕 咸丰十年七月十七日

前寄一缄，道及求人之法，须有操守而无官气，多条理而少大言。日来以此广告各处，求荐才以辅我不逮，尚无应者。两君物色得人否？求人之道，须如白圭之治生〔二〕，如鹰隼之击物〔三〕，不得不休。又如蚨之有母〔四〕，雉之有媒〔五〕，以类相求，以气相引，庶几得一而可及其余。

大抵人才约有两种：一种官气较多，一种乡气较多。官气多者好讲资格，好问样子，办事无惊世骇俗之象，语言无此妨彼碍之弊。其失也奄奄无气，凡遇一事，但凭书办、家人之口说出〔六〕，凭文书写出，不能身到、心到、口到、眼到，尤不能苦下身段去事上体察一番。乡气多者好逞才能，好出新样，行事则知己不知人，语言则顾前不顾后，其失也一事未成，物议先腾〔七〕。两者之失，厥咎维均〔八〕。人非大贤，亦断难出此两失之外。吾欲以“劳苦忍辱”四字教人，故且戒官气而姑用乡气之人，必取遇事体察，身到、心到、口到、眼到者。赵广汉好用新进少年〔九〕，刘晏好用士人理财〔一〇〕，窃愿师之。

请两君仿此格式，各荐两三人，如假包换为荷。

——《曾国藩全集·书信》（二）第663—664页

注释

〔一〕李桓（1827—1891）：字叔虎，号黼堂，湖南省湘阴县人。两广总督李星沅之子。以举人官至江西布政使。李瀚章（1821—1899）：见咸丰十年五月初八日《加沈葆桢片》注〔二〕。

〔二〕白圭：战国时期著名商人，贸易经营，人弃我取，人取我与，出奇制胜。治生：经营谋生。

〔三〕鹰隼（sǔn）：两种凶猛的鸟类。

〔四〕蚨（fú）：古代传说中的一种虫子，母子分离后，还能聚合。

〔五〕雉（zhì）：野鸡。雉经训练后，往往能招来同类。

〔六〕书办：古代官府中的下级文秘人员。家人：古代富贵人家的勤杂人员。

〔七〕物议：众人的批评议论。

〔八〕厥咎维均：他们的错误是一样的。

〔九〕赵广汉：汉代名臣，号称能吏。

〔一〇〕刘晏：唐代著名理财家。

点评

曾国藩新任两江总督，一方面急需人才，充实各级军政管理岗位，另一方面，训练各级官员的行政作风，也是总督的职责所在。江西既是他多年征战的地方，现在更是他直接管辖的省份，所以他对负责全省行政的江西布政使李桓以及在江西省城负责湘军后勤保障的李瀚章作出如下训示：

首先是指导求才之法，我的标准，那就是“有操守而无官气，多条理而少大言”，两句话，四件事，历年心得，个人秘诀，说得斩钉截铁，不容置疑。这两句话，不仅是对你们说，而且是对所有的下属说，可是他们一直没有完成指令。你们两人是否物色到了合格的人选？唉，有没有？言外之意就是，如果有了人选，报上来，经我验收；如果没有，那你们必须加倍努力了。怎么做？要像白圭经商那样，人弃我取，出奇制胜；要像鹰隼猎食那样，志在必得，不得不休；要像青蚨还钱、雉媒引雉那样，同类相求，源源不断。

其次，曾国藩指出，普天之下，人才不外两种，一种是官气较多，一种是乡气较多。然后逐层分析，娓娓道来，官气较多的人如何如何，乡气较多的人如何如何，种种表现，各自弊病，说得具体入微，毫发无隐。然后，话锋一转，人非圣贤，谁能无过？如非大贤之人，那是很难超出这两种偏才之外的。我教育人才的方针，只是“劳苦忍辱”四个字，所以在官气与乡气之中，我是力戒官气，宁可选用乡气较多之人，他们多少还可以做到亲历亲为、身到心到、口到眼到。在这封信的末尾，曾国藩还引经据典，列举出汉代的赵广汉好用新进少年、唐代的刘晏好用士人理财，作为上述劳苦忍辱、遇事体察的参证。

最后，曾国藩再次紧盯：你们二位，给我仿照上述格式，各荐两三人，如假包换。这才真是“如鹰隼之击物，不得不休”。

复毓科〔一〕　咸丰十年八月十四日

初十日接奉初四惠复一缄，敬聆所示。

邓联请优叙李君〔二〕，似应请加臬司衔〔三〕，仍从阁下原议，以劳绩之多寡，分奖叙之高下，庶为允叶〔四〕。至李君捐银五千，应另为其子弟请奖，俾劳绩与捐项二者不淆。邓联如有捐款，亦另为其子弟请奖，照银定级，乃为公允。是否有当，敬求卓裁。

闻七月初五天津兵败，洋酋入城〔五〕，僧邸退至通州〔六〕，京师大震，圣心焦劳〔七〕。弟与阁下凡办一事，皆彼此谨慎，悉心商酌，奏牍尤宜加敬，无拂天意〔八〕。弟处各事如有不当，望阁下常常指示，免致圣心既虑北极〔九〕，又忧南服也〔一〇〕。

兵勇同处〔一一〕，易生衅端，须择一好将官统之，以资调护。兵丁之太疲者，尽可另募挑补，略厚其口实〔一二〕，亦未见兵之必不如勇也。经费若少，尚可增加，此事却不宜太省。

养素请裁撤水陆各勇〔一三〕，敝处业已批准，其禀词语气，骄矜太甚，殊非所宜。阁下以为何如？

——《曾国藩全集·书信》(二)第708页

注释

〔一〕毓科：字右坪，满洲正蓝旗人。历官镇迪道、江西按察使、布政使、巡抚，官至西宁办事大臣。

〔二〕优叙：清代官员的政绩考核制度之一，从优议叙者得以提升。

〔三〕臬司：按察使的别称，主管一省司法。

〔四〕允叶（xié）：和谐恰合的意思。

〔五〕洋酋：此处指英法联军。

〔六〕僧邸：此处指僧格林沁（1811—1865），科尔沁郡王，晚清名将，后为捻军所杀。

〔七〕圣心：皇帝的心意。封建时代称皇帝为"圣人""圣上"。

〔八〕无拂天意：不要违背皇上的心意。封建时代称皇帝为“天子”。

〔九〕北极：此处指代首都。

〔一〇〕南服：此处指长江以南地区。

〔一一〕兵勇：国家正规部队的士兵与地方保安的勇丁。

〔一二〕口实：此处指口粮军饷。

〔一三〕养素：即刘于浔（1807—1877），字养素，江西省南昌府（今南昌市）人。此前在江西倡办水师，随曾国藩征战，颇有战功，官至甘肃按察使。

点评

巡抚与总督同为封疆大吏，但官品略低一级，而且在行政上归总督领导。毓科是本年闰三月升任江西巡抚，次月，曾国藩担任两江总督。督抚通信往返，一般都是客客气气，立意、措辞都是比较平稳的。曾国藩对毓科的这封回信，有答复，有提示，有商谈，让我们逐一来看。

开头是一句客气话，你的回信我接到了，“敬聆所示”，每一句都很客气。接着就是对来信请示汇报的具体答复：邓联请求给李君加个官阶，你的办法是可以的，就按你说的办吧。至于他们二人想用捐款给自家子弟谋个一官半职，则应该分别办理，毕竟功绩与捐款是两回事吧。至于我说的行不行，全都听你高见决断。

答复这件具体事项后，曾国藩把话题转到了英法联军攻占天津之事，我军节节败退，首都面临强敌，皇上圣心焦劳。在此国家危急关头，我们二人务必小心谨慎，遇事商量，上报的奏折尤其需要字斟句酌，不可惹得圣上不高兴。兄弟我这里如果有做得不妥当的，也请你随时指出批评，免得皇上既忧外患，又为内乱分心。说是请对方给自己提示警醒，其实是曾国藩作为上级给下级提要求，做指示。皇上最近烦着呢，你我可得处处加倍小心。

不知是不是毓科来信中提到了军费不足的问题，曾国藩信中的意思很明确，目前不能让兵勇闹事，经费不够，可以增加，只要现在这个紧要关口不出事就行。

信尾最后一句，曾国藩说，刘于浔禀请撤军，我已经照准了。只是他的口气过于骄横，很不像样。你觉得呢？防患于未然，我先给你通个气吧。

复李续宜　咸丰十年十月二十二日

接初十日环章〔一〕，具悉一切。

皖臬一篆〔二〕，前经翁中丞奏委蒋守署理〔三〕。如不送来，自不必与之计较；如其送来，阁下仍以受篆为是。盖安徽糜烂之区，人人裹足远避，前此七、八年间〔四〕，福中丞告病告假〔五〕，奏疏近十次，其避抚篆如避虎狼〔六〕。近翁中丞思卸抚篆，前后亦具疏数次。恩廉访不肯接臬篆〔七〕，曾经严旨申饬〔八〕。此皆三年以内之事。阁下若坚执不受，则与三君子规避之迹，无甚区别，祈细酌之。

——《曾国藩全集·书信》（三）第 33 页

注释

〔一〕环章：旧时对他人来信的雅称。

〔二〕皖臬一篆：安徽省按察使这个官职。篆，此处代指官印，又用官印代指官职。

〔三〕翁中丞：此处指安徽巡抚翁同书。翁同书（1810—1865），字药房，江苏省常熟县（今常熟市）人。大学士翁心存长子。"中丞"见咸丰七年闰如月初三日《与李元度》注〔七〕。蒋守：寿州知府蒋某。太守是当时对知府的雅称。署理：代理。清代官制，官员在正式授予官职之前，一般有一个署理的阶段。

〔四〕七、八年间：此处指咸丰七年（1857）、咸丰八年（1858）之间。

〔五〕福中丞：此处指前任安徽巡抚福济（？—1875），字符修，必禄氏，满洲镶白旗人。官至云贵总督。

〔六〕抚篆：巡抚的职位。

〔七〕恩廉访：此处指安徽按察使恩锡，字竹樵，满洲正白旗人。官至江苏布政使。此时担任安徽按察使，廉访是当时对按察使的别称。

〔八〕严旨申饬：皇帝下旨严词训斥。

点评

这封信开门见山：你的来信所说，我都知道了。你不想接受安徽按察使这个职务，理由好像很多，我的意见，很明确，不要推辞，此时推辞，几乎就是推脱，更像逃避责任。

为什么这么说呢？因为这样的例子不乏其人。安徽全省被太平军瓜分得四分五裂，一片糜烂，人人裹足不前。咸丰七年、八年，福济反反复复近十次，每次都是借口生病，要求请假回京，躲避皖抚职位如同畏惧虎狼。近来翁同书也是一心想着交卸，前前后后几次上奏朝廷。这个省的按察使恩锡，当时竟然不肯就任，曾经遭到朝廷的严词训斥。这些都是近三年之内的事例，你这次如果也是坚辞不受，那就与上述三位毫无区别了，你可得想清楚了。

两江总督管着安徽，安徽军情紧张，军务不振，而前后几任省级大官，人人贪生怕死，个个畏葸不前，曾国藩心里当然很生气。现在自己的多年部下李续宜也要重蹈覆辙，曾国藩也就拉下面子，正色教导。不仅立意如此，而且行文也很有分寸，举例不嫌其多，不嫌其切近，说理则惜墨如金，“规避之迹”，刚正冷峻。脑后一针，百病消散。

一年之后，曾国藩专折参劾翁同书，历数翁同书种种失守逃避之罪，“请旨将翁同书革职拿问”，“刑部议罪，以肃军纪”。

复许振祎〔一〕 咸丰十一年三月十一日

来示询及古文之法，仆本无所解，近更荒浅，不复厝意〔二〕。

古文者，韩退之氏厌弃魏晋六朝骈俪之文〔三〕，而反之于六经、两汉〔四〕，从而名焉者也。名号虽殊，而其积字而为句，积句而为段，积段而为篇，则天下之凡名为文者一也。国藩以为欲着字之古，宜研究《尔雅》、《说文》、小学训诂之书，故尝好观近人王氏、段氏之说〔五〕；欲造句之古，宜仿效《汉书》《文选》，而后可砭俗而裁伪；欲分段之古，宜熟读班、马、韩、欧之作〔六〕，审其行气之短长，自然之节奏；欲谋篇之古，则群经诸子以至近世名家，莫不各有匠心，以成章法，如人之有肢体，室之有结构，衣之有要领。大抵以力去陈言、戛戛独造为始事〔七〕，以声调铿锵、包蕴不尽为终事。仆学无师承，冥行臆断〔八〕，所辛苦而仅得之者，如是而已。

自顷群贼逼处，无日不在危机骇浪之中，偶一展卷，都无意绪〔九〕，不足仰报故人。勉惜分阴，以光绝业〔一〇〕，瞻企不尽。

——《曾国藩全集·书信》（三）第 270—271 页

注释

〔一〕许振祎（yī）（？—1899）：江西省奉新县人，曾为曾国藩幕府文秘人员，后中进士，官至广东巡抚。

〔二〕厝（cuò）意：措意，留心，在意。

〔三〕韩退之氏：即韩愈，字退之，唐代著名文学家。

〔四〕反：返回。六经：即儒家《诗经》《尚书》《礼经》《周易》《乐经》与《春秋》六部经典。两汉：此处指西汉、东汉之文。

〔五〕王氏：此处指清代文字学家王念孙、王引之父子。段氏：此处指清代文字学家段玉裁。

〔六〕班、马、韩、欧：汉代史学家班固、司马迁，唐代文学家韩愈，宋代文学家欧阳修。

〔七〕戛（jiá）戛独造：自出心裁，别有创见。

〔八〕冥行：夜晚在黑暗中行路。

〔九〕都：全。意绪：情绪。

〔一〇〕绝业：将要绝续的学问。

点评

许振祎曾经两度进入曾国藩幕府，代为起草往来书信，去年考中举人，此时在北京参加会试。而曾国藩这三四个月，困于皖南万山丛中，四面受敌，警报不断。在给许振祎写信的当天，曾国藩在日记中还特意写下一笔：“写许仙屏信，与之论古文之道。”

两天后，曾国藩日记又说："写信与纪泽儿兄弟，略似写遗嘱之式样。盖军势不振，旦夕恐蹈不测。"其中特别指出，"此次若遂不测，毫无牵恋……唯古文与诗，二者用力颇深，探索颇苦，而未能介然用之，独辟康庄。古文尤确有依据，若遽先朝露，则寸心所得，遂成广陵之散"。由此可见，曾国藩在"无日不在危机骇浪之中"的生死关头，除了给儿子写遗嘱，还有意给后辈学人许振祎留下最后的古文指导。

这封信总共不到三百字，真正论述古文创作只有两百多字，堪称高度凝练。首先追溯古文命名的来历及其含义，接着指出古文是何以积字成句，积段成篇，然后针对这一"古"字，从"着字之古"、"造句之古"、"分段之古"与"谋篇之古"四个层面，逐一指导创作经验，归根结底，就是"以力去陈言、戛戛独造为始事，以声调铿锵、包蕴不尽为终事"，既要言之有物，又要声调铿锵，这才让人百读不厌。

作为一种自谦之词，曾国藩一再说"仆本无所解，近更荒浅"，"仆学无师承，冥行臆断"，半生"辛苦而仅得之者，如是而已"。但是他在两天后的遗嘱中，坦然自许"古文尤确有依据"，可见他对自己的古文创作及其研究是深信不疑的，而其"寸心所得"，也就包含在写给许振祎的这二百字中。

在信的末尾，曾国藩说，大敌当前，以身报国，唯一可以"仰报故人"的，就是希望你"勉惜分阴，以光绝业"。

复文希范周开锡[一]　咸丰十一年九月初四日

顷接来缄，知胡宫保于二十六亥刻仙逝，痛心之至。忧国之诚，进德之猛，好贤之笃，驭将之厚，察吏之严，理财之精，何美不备，何日不新？天下宁复有逮斯人者耶[二]？附身附棺[三]，得阁下妥为料理，自必诚信弗悔。此外诸事，亦不必过于耗费，以符润帅晚年醇朴之指，外间奠金概存积为箴言书院之用。书院诸事，鄙人当与希庵中丞主持一切[四]。倘有余资，则惠及胡氏宗族，以佐书院所不逮。国藩前批书院条约时，亦曾略引其端，不识润帅曾别有布置否。

灵柩还湘，应请两君护送。如族党有更须泽润之处[五]，即早为筹及。在鄂预定一切，到益阳后，两君自措置裕如矣。

贱躯日益脆弱，彻夜不寐，公务丛杂，殊难支撑。顺问近祉。

——《曾国藩全集·书信》（三）第517页

注释

〔一〕文希范：字任吾，湖南省益阳县（今益阳市）人。早年在京，曾国藩一度聘为家中塾师，此时为胡林翼幕府。周开锡：字寿山，湖南省湘阴县人。此时也在胡林翼幕府中。

〔二〕逮：赶得上，比得上。

〔三〕附身附棺：为死者料理入殓安葬诸事。

〔四〕希庵中丞：即李续宜，两个月前，因胡林翼病重，清廷命安徽巡抚李续宜代理湖北巡抚。

〔五〕族党：家族亲戚与同乡故旧之人。

点评

胡林翼缠绵病榻一年多，终于一病不起，去世之时，只有四十九岁。接信当天，曾国藩在写给左宗棠的信尾，就加上了“痛心之至，赤心以忧国家，小心以护友生，苦心以护诸将，天下宁复有斯人哉”，其中第三句说的就是胡林翼对自己的全力护持，同日写给弟弟曾国荃的信中，就有“从此共事之人，无极合心者矣”的感叹。三年之后，曾国藩还对心腹幕僚赵烈文旧事重提：这些年我历尽艰辛，只有“胡润芝事事相顾，彼此一家，始得稍自展布，以有今日，诚令人念念不忘”。而“赤心”、“小心”两句，其注脚也可在曾国藩写给李续宜的信中找出，“古来似此绝大关系之人亦不多也”，“不特为同时辈流所不逮，即求之古人，实亦不可多得”。而在此前后写给李鸿章、官文等人的信中，反复出现的就是本篇的“忧国之诚，进德之猛，好贤之笃，驭将之厚，察吏之严，理财之精”这六个四字赞语，再加上“何美不备，何日不新”的反问，再加上“天下宁复有斯人哉”的长叹。一个月后，曾国藩还接连两天，亲笔写下《沥陈前湖北抚臣胡林翼忠勤勋绩折》，将胡林翼攻克武昌、肃清湖北、救援邻省、供应军饷以及战略谋划、将帅调和种种功德，一一据实上奏。确实，在曾国藩的一生交友之中，再也没有比胡林翼更加肝胆相照的了。

在这种情况下，曾国藩远隔千里，不能为故友附身附棺，于是，只能托付文、周二人，务必“妥为料理”，“诚信弗悔”，而灵柩还湘，也嘱咐此二人一路护送。信中提到的箴言书院，则是胡林翼病中在家乡建立的义学，曾国藩自告奋勇，主持一切，力求遵照胡林翼生前遗愿。其他事项，也叮嘱此二人“在鄂预定一切”，“及早筹及”，这样，到时才能“措置裕如”。

曾国藩在做出上述布置之际，正是他身体“日益脆弱”，“公务丛杂”而且“彻夜不寐”，“殊难支撑”的时候。患难见真情，更为难能可贵。

加彭玉麟片〔一〕 咸丰十一年十一月初九日巳刻

来缄仍称“谨禀”字样，万不敢当。至谦不过称“启”字足矣。阁下英侠盖世〔二〕，愚劣本不足以为师，纵以师论，督抚于师前亦不称“禀”〔三〕，京官则翰、詹、科、道于师前概不称“禀”[四]，此皆通例，众所共知者。阁下纵过执㧑谦[五]，而国家体式不可违也，特此奉商，以后望勿再施。或画梅屏六幅见惠，捐免“禀”字，即以此纸预发执照何如？再颂雪弟勋安。

初四日至城外奉送行旌[六]，又落后着。阁下之谦固美德，而失信亦未始非凉德也[七]。似亦当画一小幅，以赎微愆，乞酌之。

——《曾国藩全集·书信》（三）第581页

注释

〔一〕彭玉麟：见咸丰七年闰五月初三日《与李元度》注〔一七〕。

〔二〕盖世：天下第一，超过所有人。

〔三〕督抚：总督与巡抚。

〔四〕翰：翰林院编修、侍讲等职。詹：詹事府詹事、左右春坊庶子等职。科、道：督察院的下属机关，分吏、户、礼、兵、刑、工六科，各有给事中掌管；又有按省区划分的十五道，如京畿道、江南道等，各有监察御史，负责稽查该省司法案件。

〔五〕㧑（huī）谦：谦逊。

〔六〕奉送行旌：为远行之人送行。行旌，以车船上的旗帜代指行客。

〔七〕凉德：薄德，少德。

点评

古时候通信，非常讲究辈分与官阶上的礼节，如曾国藩给自己的会试座师写信，首先就要说“门下士曾国藩顿首谨启仙九夫子大人座右”,但是也有人习惯使用更加谦恭的写法,就是把“谨启”写成“谨禀”。在曾国藩面前，彭玉麟一直是执弟子礼，书信往返，更是恭敬有加，曾国藩一再指示改正，彭玉麟就是不改。于是，曾国藩只好再做具体阐释。

先是表示谦虚，“万不敢当”，“阁下英侠盖世，愚劣本不足以为师”。然后告知官场惯例，即便有师生因缘和名分，你现在已经官居巡抚，巡抚在老师面前也只是说“谨启”，而不是“谨禀”，这是人所共知的通例。你就是再谦恭,也不能违反国家的一贯体式。怎么样，咱们好好商量，以后不要再违反规定了，好不好?

写到这里，曾国藩忽然童心大发，你不是擅长画梅吗？那就给我画上几幅梅花屏风吧,不多不少,六幅,就算给你捐免这个“禀”字了，这封信就是给你的捐免执照，以后你也就不要内心不安了。咱们两清，再见。已经画上句号了，曾国藩忽然又翻出前几天的一件事：说好给你送行的，你却提前出发了，让我白跑一趟。在你这里是谦虚,是美德,但是失信于人,岂不又是“道德减分”的事?看起来，你可能还得加画一幅，赎回你的过错。

一个月后，曾国藩收到了彭玉麟寄来的梅花九幅，曾国藩称之为“生气远出,变态万端”,因此回信,说“不特应捐免‘禀’字，并应捐免‘启’字，以后用‘顿首’二字代之可也”。

曾国藩诙谐，湘军旧部刘长佑，官至总督，仍用旧例称“禀”，曾国藩也是如法炮制，索取上等田七等土特产，换取改“禀”为“启”。刘长佑拘礼不改，曾国藩也就一再“索贿”。当然，也有脾气刚正的，例如左宗棠，坚持与曾国藩平辈相处，不称“晚生”，曾国藩也只好网开一面，而且借用戏文中的台词，潇洒地来上一句：“恕你无罪。”

复李续宜　咸丰十一年十一月二十七日

接二十二日惠书并奏稿一件、告示稿一件，而令酬以一二赞词，谨遵命赞之。

一赞曰：疏稿则分肌擘理〔一〕，诚贯金石；告示则词严义正，字挟风霜，纯是一种正气弥纶其中〔二〕，故无影响嗫嚅之处〔三〕。二赞曰：寓刚劲于和平之中，可与曾文节并驾齐驱〔四〕。昨左季帅寄示祭润帅文，余赞之曰：“几欲与韩昌黎、曾文节（你道是谁）鼎足而三〔五〕。”所以酬左公者优矣，渥矣，今之酬阁下者足乎，否乎？

至前承惠良马，并拟于一二赞词之外，又加三四赞之，五六赞之。因拙作“润帅荩绩”阒然未闻世人一字之赞〔六〕，人之多吝，余亦何独不吝？宁令此马之抱屈，不愿鄙人之先施也。

——《曾国藩全集·书信》(三)第 618 页

复李续宜　同治元年五月二十七日酉初

二十三日大疏，欲以益阳浓品奉赠[七]，则前此初三日拙疏未蒙一勺之施，难忘复仇之义。欲不以益阳浓品奉赠，则事理之精当、辞气之和厚，有难以恝然置之者。再四踌躇，因思昔人有极赞其姨之美者[八]，诧而叹曰："与内人并坐，几不能辨别高下矣。"鄙人之诧叹尊疏，得毋类是[九]？

——《曾国藩全集·书信》(四)第 336 页

注释

〔一〕分肌擘(bò)理：形容分析严密。

〔二〕弥纶：充满，笼罩。

〔三〕影响嗫嚅：形容说话含糊不清，吞吞吐吐。

〔四〕曾文节：此处是曾国藩自比。"忠节"一般是朝廷给战死大臣的谥号，曾国藩私下与友朋戏谑，自许为"曾文节"。

〔五〕韩昌黎：即唐代文学家韩愈，自称昌黎是其祖籍，人称"韩昌黎"。

〔六〕“润帅荩绩”：此处指曾国藩所作《沥陈前湖北抚臣胡林翼忠勤勋绩折》。荩（jìn），忠诚。阒（qù）然：寂静无声的样子。

〔七〕益阳浓品：民间称甜言蜜语夸人为“灌米汤”，胡林翼是益阳人，喜欢褒奖朋辈，曾国藩等人就用“益阳米汤”、“益阳浓品”当作褒奖话的代称。

〔八〕姨：此处指妻之姐妹。

〔九〕得毋类是：岂不是与此相同。

点评

曾国藩生性诙谐，与亲朋好友相处，不拘形迹之时，时常说些玩笑话。此外，军情不振的时候，他也时不时幽默几句，算是苦中作乐，如同他需要排遣愁闷的时候，就去下围棋、读古诗一样。知己朋友知道他这个特点，有时还特意逗他开开玩笑。这里节选的两篇，就是其中的例子。

按照当时官场的规矩，各省大官对于重要文件，都要互相抄报通气。关系疏远的，也就例行公事，抄送了事。曾国藩、李续宜等人则不同，遇到重要文件，事前事后都会往返征求意见，有时还要互相评比。大概是对这一次的奏稿和告示比较满意，李续宜特意请曾国藩夸奖几句。谁知道，曾国藩夸着夸着就开起了玩笑，先是说李续宜的文章可与那曾文节并驾齐驱，接着说左宗棠可与韩昌黎、曾文节三足鼎立，然后还插上一句：“你知道这个曾文节是谁吗？”我让你们与曾文节平起平坐，你们该满足了吧？说完这些，曾国藩再次拿自己的文章说事，你送战马给我，我本来要一赞二赞以至三四五六赞，可是，一想到我的那篇《沥陈前湖北抚臣胡林翼忠勤勋绩折》，你们这些人读过之后，竟然一个字的好评都没有，你们也太吝啬了吧。既然你们吝啬，那我也就不想大方地夸奖了，就算是委屈了这匹好马吧。

半年之后，李续宜又抄送过来一份奏折的副本，曾国藩故态复萌，而且是先抑后扬：给你赠送“益阳浓品”吧，你又没有夸过我的近作；不给你灌点米汤吧，你这次又实在写得不错。想来想去，忽然想起一件事，以前有个人，想极力赞美自己的小姨子，最后说出一句“哎呀，她和她姐姐坐在一起，我真难判别她们哪个更漂亮”。

致许振祎 同治元年二月初五日

上年七月，李芋仙与莫偲兄谈及宝名堂有殿板初印《廿四史》〔一〕，闻之神王〔二〕。遂专差二人赍四百金入京购之〔三〕，外备包箱、车价等费百金。七月二十八日成行，至腊月十五归来，则并无所谓《廿四史》者，仅携《旧唐书》一套作样书，索价八百金，云须补银四百而后交书。尤可恶者，另寄《学津讨源》一部〔四〕，索价百六十金，《通鉴辑览》一部〔五〕，索价百二十金，竟以国藩为全不知书籍者，任意欺讹。刀锯桎梏〔六〕，殆正为是人而设！

请阁下邀请时贤藏书鉴别之家，并约抚州书贾之久住京师者，评论是非。试问，天下有挈五百金与书坊〔七〕，而仅携样书一套以归者乎？又试问，天下有不甚爱惜之丛书如《学津讨源》者，而可索价至百六十金之昂者乎？除用费途次之百金不复索还外，其余存四百金，概求阁下向宝名堂索偿。若其不还，则请送交兵马司比追〔八〕，决不宽贷〔九〕！该坊所付来之《学津讨源》《通鉴辑览》及《旧唐》样书一套，应如何交还之处，祈卓裁酌示。来南时，余已枉费百金，退北时，余不愿再费矣。外李芋仙寄宝名堂一缄，求一并附致。

闻山东桂未谷先生之《说文》〔一〇〕、郝兰皋先生之《尔雅》先后刻成〔一一〕，便中恳代购一二部。

——《曾国藩全集·书信》(四)第63页

注释

〔一〕李芋仙：即李士棻，字芋仙，四川省忠州（今重庆市忠县）人。曾任江西彭泽知县。莫偲兄：即莫友芝，字子偲，详见咸丰九年十一月二十三日《复莫友芝》注〔一〕。宝名堂：当时北京的一家书店。《廿四史》：见咸丰十年闰三月十六日《加何栻片》注〔六〕。

〔二〕神王：神旺，神往。

〔三〕赍（jī）：携带。

〔四〕《学津讨源》：清初学者张海鹏整理汇编的一部综合性丛书。

〔五〕《通鉴辑览》：清乾隆年间谕旨指定汇编的一部历代简史。

〔六〕桎梏（zhì gù）：脚镣与手铐。

〔七〕挈（qiè）：拿着。书坊：书店。

〔八〕兵马司：都察院的下属机构，掌管京城治安与民事案件。

〔九〕宽贷：饶恕。

〔一〇〕桂未谷：即桂馥，字未谷，山东省曲阜县（今曲阜市）人。清初著名文字学家，著有《说文解字义证》等书。

〔一一〕郝兰皋：即郝懿行，字恂九，号兰皋，山东省栖霞县（今栖霞市）人。清代文字训诂学家，著有《尔雅义疏》等书。

点评

读书人爱书，爱读书，也爱买书，但书籍出版源源不断，穷秀才往往困于财力，只能望洋兴叹。而一旦学而优则仕，科举顺利，官运亨通，此时就会四处求购，出手大方了。家有藏书，一来可以充实家庭的文化建设和文化氛围，二来也可显示达官贵人的一种风雅与气派。所以，当曾国藩听说北京宝名堂书店可以买到殿板初印的《二十四史》，当即闻风而动，马上派出两位专差，带上五百两银子进京，书费、包装费、托运费一分不少，诚心诚意要做这笔大买卖。

大出意料的是，半年时间过去，书商让专差带回的只是《二十四史》中的一部《旧唐书》，而且开价八百两，另外自说自话夹带一部《学津讨源》，要价一百六十两，外加一部《通鉴辑览》，要价一百二十两。这下可把曾国藩气坏了，于是，先是要求中间人李士棻出面，给宝名堂写信退货，接着给许振祎写信评理，要求他“邀请时贤藏书鉴别之家，并约抚州书贾之久住京师者，评论是非”。

在这封信中，曾国藩先是介绍事情的原委，接着诉说书商的可恶，“竟以国藩为全不知书籍者，任意欺讹”，一气之下，甚至说出“刀锯桎梏，殆正为是人而设”的狠话了，而且一连写下两个“试问”的反诘问句，要求书商退回书款，如其不然，那就要押送首都警察厅了，“绝不宽贷”。一腔热情被奸商作弄，一趟专差反损银百两，曾国藩不能不生气，但同时也不能不说，这封信还是写得有理有节的。

值得注意的是信末的那句话，听说山东新近刻印了“桂未谷先生之《说文》、郝兰皋先生之《尔雅》”，那恳请帮我代购。这边上当的事情还没了结，一转身又在托人代购了。

复李鸿章　同治元年三月二十四日

二十一日接三月十五日惠书，敬悉一切。所应复者，条列于左：

一、夷务本难措置〔一〕，然根本不外孔子忠、信、笃、敬四字。笃者，厚也。敬者，慎也。信，只不说假话耳，然却极难，吾辈当从此一字下手。今日说定之话，明日勿因小利害而变。如必推敝处主持，亦不敢辞。

一、羽毛不丰，不可高飞，训练不精，岂可征战？纵或洋讥绅恳，中旨诘责〔二〕，阁下可答以敝处坚嘱不令出仗。二三月后各营队伍极整，营官跃跃欲试，然后出队痛打几仗。

一、阁下此次专以练兵学战为性命根本，吏治、洋务皆置后图〔三〕。

一、火药必按月协解，请派洋舟来接〔四〕。

一、翻刻营制营规、《爱民歌》《劝诫浅语》之类〔五〕，皆系从外面说去，不从骨里用功。阁下此时除选将、练兵、筹饷，别无政事；除点名、看操、查墙〔六〕，别无工夫〔七〕。诸件若未刻，则停刻，已刻，则停散。少一分播扬标榜，即多一分真实蕴蓄也。至嘱，至嘱！

——《曾国藩全集·书信》（四）第 169—170 页

注释

〔一〕夷务：涉外交涉。夷是先秦以来中原地区对四周少数民族的蔑称，明清以后中国朝野用来称呼西洋各国。

〔二〕中旨：朝廷下旨。

〔三〕洋务：有时等同于“夷务”，此处则泛指仿造洋枪洋炮等事项。

〔四〕洋舟：西洋各国所造机器轮船。

〔五〕《爱民歌》：曾国藩用来规范湘军军纪的军歌。《劝诫浅语》：曾国藩对各类军政官员下达的工作条例与奖惩规定。

〔六〕查墙：巡查战壕与岗哨。

〔七〕工夫：此处指“紧要工作”。

点评

李鸿章在曾国藩幕府两年，很快显示出超群脱俗的个人才干，因此，当上海官绅请求曾国藩派兵援救时，曾国藩便授权李鸿章组建淮军，并且上奏，推荐李鸿章堪当江苏巡抚的重任。李鸿章人马刚刚到达上海，朝廷的任命就到了。而曾国藩的这封回信，就写在任命发出的前三天。

回信是对李鸿章来信汇报请示的逐条批复，曾国藩用毋庸置疑的口气，给李鸿章下达了非常果决的指示，每一条都是手把手的悉心教导，而且极具针对性。

第一条，第一次鸦片战争之后，五口通商，上海很快成为对外交往的重要城市，“夷务”交涉，盘根错节，一有不慎，动辄惊动朝廷。曾国藩相信，用孔子当年忠、信、笃、敬处理四夷的法宝，可以应对当前的外交关系，而李鸿章颇不以为然，往往说的是一套，做的又是一套。曾国藩首先就针对这一点，一针见血地指出，“信”就是不说假话，这对你可能“极难”，但是就是要“从此一字下手。今日说定之话，明日勿因小利害而变”。

后面几条，看似散乱，其实都有一个主旨，那就是“此次专以练兵学战为性命根本”。先说羽毛不丰，不可高飞，训练不精，岂可征战？哪怕是洋人讥笑，绅士恳求，甚至是圣旨责问，你都不要松口，就说是我坚决命令，不准你淮军匆促出战。一定要等到两三个月后，部队训练极为整齐有力，这才可以“痛打几仗”，要打就打出个威风来。

在信的末尾，曾国藩还特意教导，你现在翻刻我的《爱民歌》《劝诫浅语》干什么？那些都是面子功夫，赶快给我住手。你要记得，你这次新军出征，“除选将、练兵、筹饷，别无政事”，“除点名、看操、查墙，别无工夫”，行军打仗是要拼个你死我活的，花拳绣腿怎么行？你是我一手提拔的，一旦失手，岂不让天下人笑话？

这看似是总督对巡抚的批复，其实纯粹是老师对学生的指导。

致鲍超 同治元年八月二十四日

闻贵部病者极多，伤悯之至。兹送去高丽参三十两〔一〕，烦阁下择弁勇之病重而应补剂者酌量匀给〔二〕，以表鄙人区区爱士之心。此参自上海购来，价比平常略贵，惜参枝太嫩，过伏以后力稍弱矣〔三〕。各营官、哨官全好否〔四〕？念念，手此。

——《曾国藩全集·书信》（四）第501页

注释

〔一〕高丽参：高丽是朝鲜的古代国名，故将出产于朝鲜半岛的人参称为“高丽参”。以前作为大补药剂，以为它具有提高人体免疫力的功效。

〔二〕弁（biàn）勇：士兵。补剂：用药剂来医治疾病。

〔三〕伏：伏天，农历夏至以后最热的三四十天，一般是七月中旬到八月中旬之间。

〔四〕营官、哨官：湘军营制，十人为一队，八队为一哨，四哨为一营，各立一人为长官。

点评

由于长年战争，加上天气酷热，安徽、江西与江苏的各路部队，都开始流行瘟疫。鲍超的部队，从他本人到将官、士兵，成群结队地病倒。在这种情况下，曾国藩不惜拿出当时视为救命金丹的高丽参，专人送给霆军将士。这除了霆军是湘军的主力部队，劳苦功高之外，更多的是体现主帅对前线将士的满腔关爱之心。

按照当时的价格，一两高丽参，大约是银价二十两，三十两高丽参，就是六百两白银。曾国藩一方面告知，“此参自上海购来，价比平常略贵”，另一方面，又坦陈相告，“参枝太嫩”，且经过一个伏天，它的药力可能有些挥发，但是，用在那些“弁勇之病重而应补剂者”身上，哪怕只能“酌量匀给”，这也是“鄙人区区爱士之心”。最后还特意关切地询问，“各营官、哨官全好否？念念”。话不多，但是心意到了。

有意思的是，在此前后曾国藩写给文人们的信中的那些话，例如“今年军事稍顺而疾疫繁兴，天意茫茫，不可推测。猥以菲才忝此高位，彼苍降罚不于庸陋之身而于无辜之众，益增惶悚”的自责之词，在这封信中，则一字不提。这是因为，鲍超是军中猛将，只知道攻城略地，杀敌立功，不习惯文人雅士的应酬礼仪。曾国藩看准这一点，不说什么漂亮话，而是真金白银买来进口大补良药，而且只送给这支转战南北的劳苦之师，曾国藩的带兵之道，于此可见一斑。

加李鸿章片　同治二年二月十八日

再，闻郭松林在沪置妾五人〔一〕，亏空口粮至六七千两之多。令弟季荃因其战守可恃〔二〕，颇加信任，郭松林遂骄恣自喜。程学启亦不免于骄〔三〕。将骄蹇而帅好远略，本非佳征，而军中置妾、亏空口粮二者，皆湘勇近日所无之事，不可因郭松林一人而坏此风气。郭在舍弟沅甫营中，声名极劣，舍弟因其能战而姑容之。

厥后背此而赴沪[四]，沅军诸将即抱公愤，恶其凉薄[五]，舍弟冀其立功于沪而含忍之[六]。今在沪行径意象，如此不大，偾事不止[七]，应请阁下撤营参办[八]，追缴口粮，不宜姑息。

——《曾国藩全集·书信》（五）第432页

加李瀚章片 同治二年二月二十七日

再，闻淮勇在沪，近日声名不如初去之时。张树声等新招五营[九]，去冬截留防守无为州城，驻州三个月，商民颇有违言，城市不敢贸易。顷该五营调回上海，派韦志俊接防[一〇]，名誉反远胜于淮勇，市上始照常买卖。又舍沅弟部将郭松林，现隶令三弟季荃麾下，闻其骄恣妄为，置妾五人，亏空口粮七八千两，季荃倚信颇深。程镇学启闻亦恃功骄蹇。国藩昨曾致书少荃，以将骄而帅好远略相诫，更望阁下于竹报之便[一一]，谆谆勖劝[一二]。或致书刘、潘诸君子，反复以禁止骚扰相规。湘勇初起之时，盖亦几经摧挫。与王璞山失欢[一三]，系因湘潭铁行一案。厥后罗、王力禁扰民，盖亦国藩厉辞诘责，有以激之。淮勇风气刚劲，名声颇好，然不力戒骚扰，则贤昆仲未必能造福于珂乡子弟矣。

——《曾国藩全集·书信》（五）第450页

加李鹤章片 同治二年二月二十九日

再，郭松林在贵处，闻其恃功恃宠，颇涉骄恣，又有置买多妾、亏空口粮之事。如果属实，务望立加惩究，无令独坏风气。阁下经过淮扬〔一四〕，及到沪上，声名极好，以后禁止骚扰，幸无改初心也。又行。

——《曾国藩全集·书信》（五）第456页

注释

〔一〕郭松林（？—1880）：字子美，湖南省湘潭县人。初为曾国荃军中猛将，后转入李鸿章淮军，官至直隶提督。

〔二〕季荃：即李鹤章（1825—1880），字季荃，安徽省合肥县（今合肥市）人。李鸿章弟。此时协助李鸿章，联络淮军各将官，官至甘肃甘凉兵备道。

〔三〕程学启（1829—1864）：安徽省桐城县（今桐城市）人。太平军降将，归附曾国荃，后转入李鸿章淮军，战功显赫，官至南赣镇总兵，战死于苏州。

〔四〕厥后：后来。

〔五〕凉薄：道德有亏。

〔六〕含忍：宽容忍耐。

〔七〕偾（fèn）事：败坏大事。

〔八〕参办：检举揭发，上报惩处。

〔九〕张树声（1824—1884）：字振轩，安徽省合肥县（今合肥市）人。以书生随李鸿章创建淮军，官至两广总督。

〔一〇〕韦志俊（1826—1884）：原名韦俊，广西省桂平县人。太平军北王韦昌辉之弟，任右军主将。后期投降湘军，升至副将。

〔一一〕竹报：家信的代称。

〔一二〕勖（xù）：勉励。

〔一三〕王璞山：见咸丰三年九月初六日《与骆秉章》注〔七〕。失欢：失和，决裂。

〔一四〕淮扬：江苏淮安与扬州一带。

点评

曾国藩创建湘军，特别注重军纪，重视对军官的思想作风建设，重视对士兵的精神灌输和军纪督察，这与他本人的儒臣出身、理学修养和文人带兵有密切的关系。而李鸿章则缺少这种思想高度，认定会打仗、立战功就是硬道理，军纪督察在他看来，几乎就是舍本逐末，小题大做。因此，淮军的将官骄奢、士兵扰民，几乎是人所共知的。一年前，淮军刘铭传部甚至发生士兵枪杀县令的骇人之举，面对曾国藩的一再查办指令，李鸿章竟然软磨硬泡，反复强调该部打仗奋勇，最后也就大事化小小事化了了。

这一次，针对湘军旧部郭松林的军中置妾五人、贪污军粮六七千，曾国藩十天之内，给李家三兄弟一连写下三封亲笔信，追查此事，而且每一封信，各有侧重。

李鸿章是淮军统帅，但是颇为护短，于是曾国藩特别强调“不可因郭松林一人而坏此风气”，如此坏事不止，你要下狠手，撤掉他的部队，向朝廷检举揭发他的种种劣迹，直至剥夺他的官职，并且追缴他贪污的军粮，不可姑息了事。

李瀚章是李家大哥，多年以来一直追随曾国藩，小心谨慎，任劳任怨。曾国藩一一列举淮军各将领的种种违纪事件，重点强调李鹤章对郭松林包庇和纵容，要求李瀚章拿出当家大哥的身份，在家书中谆谆教诲，并且还要致书刘铭传、潘鼎新等淮军高级将领，“反复以禁止骚扰相规”，甚至不惜举证自己与王鑫当年失和决裂之事，从而激励李瀚章重视淮军军纪问题，最后警告，淮军如不整顿军纪，那你们李家兄弟也就难以造福家乡，愧对父老乡亲了。

李鹤章是郭松林的顶头上司，对郭松林的重大违纪事件负有直接责任，曾国藩敲山震虎，直言“如果属实，务望立加惩究”。

一连三封信发出，对淮军的军纪军风，是否起到了相当的作用，不敢过于乐观。

复唁何栻 同治二年三月初五日

二月晦日〔一〕，接展素书〔二〕，惊悉尊慈太恭人示疾珂乡〔三〕，归真瑶岛〔四〕。值连天之烽火，未遂循陔〔五〕；得隔岁之音书，遽悲陟屺〔六〕。其为摧迫〔七〕，如何可言！惟太恭人钟礼郝法〔八〕，孟训陶规〔九〕。子既克家〔一〇〕，孙能取义，萃一门之忠节；凡妇孺辈，皆奉母仪，开九秩而康强〔一一〕。在干戈中，亦邀天眷〔一二〕。迨骖鹤驭〔一三〕，已福寿之全归；早受鸾封〔一四〕，洵哀荣之备至。有炜彤管〔一五〕，无憾黄泉〔一六〕。尚望节哀顺变，无过毁伤，是所至祷。

弟驻军皖垣，未获躬申奠醊〔一七〕，谨具薄赙百金，聊代束刍〔一八〕，即希察收。专泐奉唁，顺候礼安。不备。

——《曾国藩全集·书信》（五）第 472 页

注释

〔一〕晦日：农历每月最后一天。

〔二〕素书：讣告。

〔三〕太恭人：古代称得到朝廷诰封官员之妻为恭人，得到朝廷诰封官员之母或祖母则称太恭人。示疾：生病。珂乡：见咸丰十年五月初八日《加沈葆桢片》注〔一一〕。

〔四〕归真瑶岛：旧时称老年人去世的一种礼貌用语，意思近于“得道成仙”。

〔五〕循陔：指奉养父母。

〔六〕陟屺（zhì qǐ）：代指思念母亲。

〔七〕摧迫：伤痛。

〔八〕钟礼郝法：指妯娌和睦。东晋王浑、王湛兄弟，分别娶妻钟氏、郝氏，钟、郝互相敬重，不以家族贵贱而自傲自卑。

〔九〕孟训陶规：战国时代的孟子、东晋时代的陶侃，都因受到母亲严厉的教育而成才。此处泛指母亲对子女的训诲。

〔一〇〕克家：子弟能够继承家业。

〔一一〕九秩：九十岁。

〔一二〕天眷：来自朝廷的优遇。

〔一三〕迨骖鹤驭：等到骑着仙鹤飞升，指老人去世。

〔一四〕鸾封：形容夫妻和睦恩爱。

〔一五〕有炜彤管：鲜红的笛子，古代作为爱情的信物。

〔一六〕无憾黄泉：死而无恨。黄泉，古人以代指墓穴。

〔一七〕躬申奠醊（zhuì）：亲自来祭奠。

〔一八〕束刍：祭品的代称。

点评

这是一封骈体书信，这种书信一般是用于庆贺或者吊唁。骈体文讲究骈词丽句，声韵协和，频繁使用典故而且运用恰到好处，因此，骈体书信，一般都是出现在富贵人家的应酬礼仪之中。

书信开头，首先是对太夫人病逝表示哀悼，“示疾珂乡，归真瑶岛”，对仗工整，措辞雅洁。然后用“值连天之烽火，未遂循陔；得隔岁之音书，遽悲陟屺”，顺势引出“其为摧迫，如何可言”。接着话锋一转，说老夫人一生治家有方，子孙成才，而且享年九十，荣膺诰封，生荣死哀，福寿双全，再来一句“有炜彤管，无憾黄泉”的对句做结。因此，希望你节哀顺变，不要过于哀伤，是所至祷。书信末尾，当然是说军务在身，难以亲临吊唁，特此奉上白银百两，聊代香草致祭，敬献灵座。

复李世忠〔一〕 同治二年六月十八日

阁下以二浦既克〔二〕，拟即乞居田下〔三〕，安居守业，披肝沥胆，出于至情，阅读之余，良深企佩。

古来握兵柄者，总以全始全终为贵，阁下及时引退，具征知足之怀，保身之哲。惟现当军务未定之时，骤然归农〔四〕，亦尚有为难之处。

阁下桑梓之地并未安静〔五〕，贵郡附近各县，亦皆捻氛纵横〔六〕，苗党逼处〔七〕，或思报复嫌隙，或来掳掠资财，何处可以安身？若谓解职之后，不必还乡，或于两湖、江西等省，别择善地卜居〔八〕，至问又与阁下还家守业之本意不合，此一难也。

贵部各军人数尚多，平时不免骚扰，今年败挫之后，饷项尤绌〔九〕，弁勇贫困，时有怨言，择人接统，颇难其选。阁下或择一二人统之，或择三五人统之，亦须其人平日物望足以服众〔一〇〕，庶交替之时，不至哗噪生事，此又一难也。

请阁下再四筹思，如决志解职归田，即将退休之果居何地、接统之果派何人，一一详复，再行代为陈奏，以遂阁下息肩之愿〔一一〕，而副朝廷始终优待之意。

——《曾国藩全集·书信》（六）第 27 页

注释

〔一〕李世忠（？—1881）：原名李昭寿，安徽省固始县人。早年武装反清，并投奔太平军，后投降，改名李世忠，官至江南提督。后因涉嫌谋害人命，被逮捕处死。

〔二〕二浦：江苏省浦口县（今南京市浦口区）与江浦县。

〔三〕乞居田下：告老还乡。

〔四〕归农：解甲归田。

〔五〕桑梓之地：代指故乡。

〔六〕捻氛：捻军往来骚扰。捻军是当时河南、安徽一带的农民武装部队。

〔七〕苗党：安徽省凤台县书生苗沛霖组建的地方武装，为数众多，时降时叛。

〔八〕卜居：择地而居。

〔九〕饷项：军饷的支出。绌：短缺。

〔一〇〕物望：名声与威望。

〔一一〕息肩：解除责任，得到休息。

点评

李世忠早年为乡里无赖，后来结帮拉起队伍，时而投奔太平军，时而投降清政府，两头得利，几年之间，拥兵七万，横行一方。前任带兵大员投鼠忌器，转而包庇纵容，李世忠竟然官居江南提督，成为堂堂一品大官。此时失去靠山，不得已委曲求全，给曾国藩写来信件，声称交出兵马，只求回家养老，保全末路。

曾国藩回信，首先肯定李世忠的此番举动，“披肝沥胆，出于至情”，并且还附带说了一句客气话，接读来信，确实佩服你的高风亮节。接下来，曾国藩不动声色地指出，你想及时引退，可是条件还不成熟，骤然办理，颇有难处。

第一难，是你想全身而退，可是你的家乡现在还没有完全肃清，你的那些捻军同党还在四处出没，你的仇敌苗沛霖等人坐霸一方，你想安安生生回家享清福，恐怕没有那么容易。如果说想在湖南、湖北或者江西找个安静地方躲起来，这又与你声称的“还家守业之本意不合”。

第二难，是你现在的人马还很众多，平时就多有骚扰不法之事，今年接连吃败仗，军饷欠缺较大，士兵怨气很深。这个时候要找个帮你看家主事的替身，可能没那么容易。你无论是选择一个两个，还是三个五个，都必须名声威望都足以服众，这才可以保证交替之时，不致士兵闹事。

写到这里，结论自然出来了，那就是你再好好想想清楚，如果真的死心塌地要解甲归田，那就要把你到底退居何地、究竟何人接管，一一详细禀复清楚，我这才可以据此上奏朝廷，既是满足你的退休愿望，更是体现朝廷对你的始终优待。

这封信，不仅写得层次清晰，而且行文滴水不漏，体现出曾国藩严明稳健的行政作风。

复李续宜 同治二年七月初八日

接六月十九日惠书，知已返旆旋里[一]，从此安心调养，当可日有起色。

杨朴庵言其戚友苏姓者[二]，道光初患痨病[三]，群医束手告退。苏姓乃移居山寺，亲属概谢不见，仅带一雇工在旁，目不开，口不言，日用百物，开载一水牌之上，有所需则向牌上指点，而令雇工取办，然不服药饵，不食腥荤，每日所需之物亦极少矣。后二年余，痨病已愈，妻子入山迎之，犹不肯归。五年始归，寿至七十有奇。不知阁下可仿照行之否？

此间军事，无论夷险难易〔四〕，千万不必系念〔五〕，此后亦不复以军务相关白，但求设法令逸亭来皖〔六〕，联络萧、毛、成、蒋诸军，俾贵部不至全改旧观而已〔七〕。前此十日一寄尊处信函，此后改为一月一致，以免繁扰。顺问台安。

——《曾国藩全集·书信》(六)第51页

注释

〔一〕返旆旋里：启程回家。

〔二〕杨朴庵：即杨长年（1800—1863），字朴庵，安徽省石埭县（今石台县）人。与曾国藩会试同年，晚年入曾国藩幕府，稍后病逝。

〔三〕痨病：即肺结核病。

〔四〕夷险：安危。

〔五〕系念：惦记，挂念。

〔六〕逸亭：即金国琛（？—1879），字逸亭，江苏省阳湖县人。湘军李续宾、李续宜所统将领，官至广东按察使。

〔七〕俾：使得，以便。

点评

李续宜本来体弱多病，连年征战，肺结核病加重，医药无效，咳血不止，一再请假未批。后来是因为母亲去世，朝廷才赏假百日，回家治丧。安徽军情重大，关系全局，李续宜离去，曾国藩失去一个重要帮手，但是，出于友情，他还是勉为其难，接手李续宜旧部的各路调度。这封信，前后包含两个主题。

第一是为李续宜介绍治病之方，而且竟然是言之凿凿的一个起死回生的特效病例。我的朋友杨朴庵的亲友，姓苏，几十年前患上痨病，久治不愈，所有的医生都束手告退。结果苏某移居山中寺庙，仅带一个仆人跟随，一天到晚，眼不睁，口不言，药不服，要用什么，事先写好，临时用手指点。如此两年，竟然大愈，妻儿进山迎接，他竟然不肯答应，又过了几年才回家，而且活到了七十多岁。说完这件奇事，曾国藩还正面提问：你是不是也可以这样仿效呢？其实，早在一年之前，曾国藩就在写给李续宜的信中，说过大体相同意思，你的病源到底在哪里？“养身之道，以‘君逸臣劳’四字为要”，省思虑、除烦恼，清心寡欲，百事不忧，这就是“君逸”，迈开腿，多走路，这就是“臣劳”，你的病源，可能就是过于偏激，思虑太多，烦恼太重，“以后望全数屏绝”，“当可渐渐奏效”。也许可以说，曾国藩的这个治病之方不一定人人见效，但是，内病之人，清心寡欲，可能还是很有道理的。本书节选的第三篇，曾国藩写给刘传莹的信，不就是说“万虑俱息，七情不动，家事不要管，衙门事不要管，荒废学业不要管，父母忧愁不要管，病或增或减不要管，一切作已死观”，“心死而后身乃得治”吗？

第二个主题，也与前者有关，那就是你既然回家，那么，前线军情，你就一切放弃，我也不会用军务胜败来打扰你，顶多只是告知你的旧部大体现状，以前是十天一封信，以后就是一月一封信了。

然而，不幸的是，李续宜还是在三个月后病逝了，年仅四十。

致朱蓂〔一〕 同治二年七月十二日

久疏笺候，伏审动履康绥，合潭迪吉〔二〕，至为慰祷。

弟忝窃高位，兼窃重名，加以兄弟同时开府〔三〕，并握重兵，揽镜扪心〔四〕，实无德以堪此。惟是夙夜惴惴〔五〕，不敢因虚誉之横集而自忘其丑，不敢因军事之偶利而自诩其能，以是冀免大戾〔六〕，即以是常保本来之面目，以报微时之交知。

数年以来，忧喜情怀，错出互见，家庭骨肉之间，叔父暨一姊、两弟先后沦逝。疆埸干戈之地〔七〕，虽沿江城邑次第克复，而贼数仍不少减，重以西人深入内地〔八〕，实逼处此。逆回炽于秦中〔九〕，有苗叛于淮上〔一〇〕，观其气象，均非仓卒所能戡定〔一一〕。即发逆老巢或能幸克〔一二〕，亦将变为流寇，诒祸南服〔一三〕，故可喜之端无几，而可忧虞者千绪环生，不知所届〔一四〕。所幸贱躯粗适，齿牙初脱，两目眵昏〔一五〕，此外别无所苦。

小儿来营，道及阁下上年六十诞辰，适在舍弟宅中。

兹撰寄一联，副以微物，用申补祝之义，伏希莞纳〔一六〕。舍沅弟在金陵，诸托平安，惟疾疫大作，几与去秋相类。筠仙新拜广东巡抚之命〔一七〕。屈指少年深交〔一八〕，次第登用，俱负时望，独兄与啸山高卧不起〔一九〕，藜床欲破〔二〇〕，而蜡屐方忙〔二一〕，致足慕也。顺问近祉。

——《曾国藩全集·书信》（六）第 57 页

注释

〔一〕朱蓂：见道光二十一年闰三月初四日《与朱蓂》注〔一〕。

〔二〕合潭迪吉：全家安康。

〔三〕开府：古代高级官员可以建立官府，任命助手。清代一般以开府指称出任总督或者巡抚。当时曾国藩任两江总督，曾国荃晋职浙江巡抚。

〔四〕揽镜扪（mén）心：都是内心反省之意。扪，抚摸。

〔五〕夙夜惴惴：从早到晚都小心谨慎。

〔六〕大戾（lì）：重大的罪过。

〔七〕疆埸（yì）：战场。

〔八〕西人：西方人，西洋人，欧美人。

〔九〕逆回：西北造反的回民。秦中：陕西一带。

〔一〇〕有苗：指安徽苗沛霖叛乱武装。“有”字在这里做字头，无实在意义。淮上：淮河地区。

〔一一〕戡（kān）定：指政府用武力平定叛乱。

〔一二〕发逆：指太平军。清代官民结辫，太平军散发，被称为“长毛”、“发贼”。老巢：此处指太平天国首都天京，即南京。

〔一三〕南服：见咸丰十年八月十四日《复毓科》注〔一〇〕。

〔一四〕所届：所止。

〔一五〕眵（chī）昏：形容眼屎模糊目光。

〔一六〕莞（wǎn）纳：笑纳，请人接受礼物的客气话。

〔一七〕筠仙：即郭嵩焘，见咸丰三年十月二十一日《与左宗棠》注〔六〕。

〔一八〕屈指：弯起手指头，一个个计算数字。

〔一九〕啸山：即朱富春，字啸山，湖南省湘乡县人。中举后曾一度担任北京景山官学教习，曾国藩旧友。高卧不起：隐居山林，不接受官职。

〔二〇〕藜床：简陋的坐榻。

〔二一〕蜡屐：为木制雨鞋涂上蜡汁，用以防水。

点评

朱蓂是曾国藩自小结交的朋友，曾国藩进京之后，两家走动也很频繁。曾国藩创办湖南团练，朱蓂也是积极支持，还一度在湘潭督造战船，得以保举为训导虚衔。出征之后，军情不顺，曾国藩与家乡故旧的通信也就日渐稀少。后来再次出山，军政重任集于一身，这几年也就中断了与朱蓂的通讯联系。一个月前，曾纪泽从家乡来到军营陪伴父亲，曾国藩得知朱蓂近况，因此主动去信问候。

此时朱、曾两人的身份，一个是授徒为业的乡绅，一个是贵为总督的高官，而且多年没有联系，此时主动致信，也还是蛮难写的。写些什么好呢？

先是寒暄，问候加祝愿，你这些年“动履康绥，合潭迪吉”，我既感欣慰，又为祝福。然后就要说到自己、汇报近况了：“忝窃高位，兼窃重名”，既定下谦虚的基调，又为下文引出了话头，举镜自照，扪心自问，何德何能，何以堪此？于是，每天都是自我警醒，“不敢因虚誉之横集而自忘其丑，不敢因军事之偶利而自诩其能”，这才有望减少失职，“常保本来之面目，以报微时之交知”。话说得谦虚而真诚，并且还很自然。

上一段从职位说到心态，接下一段便从心情说开。这几年来，“忧喜情怀”,因“家庭骨肉之间”与“疆埸干戈之地”而时有反复，内忧外患，国仇家恨，使得“可喜之端无几，而可忧虞者千绪环生”。所幸身体还无大碍,除了齿松眼花,也还别无所苦。忧乐情怀，迭次翻转，笔锋挥洒自如。

最后当然是写信的动因和如何收尾：儿子来营，我这才得知你的六十大庆已在去年度过，我当时没有及时送上祝福和贺礼，现在我要为你书写一副寿联，(“铁杖寄怀二千余里，金兰结契三十五年。”几年后，曾国藩六十生日，朱蓂回赠寿联:“祝寿于三千里外，挺生在五百年间。”）并伴以微不足道的一点礼物，表达我的心情。国荃位居浙江巡抚，但身在南京前线，筠仙新任广东巡抚。扳起手指来算，我们这些小时候的朋友，一个个都得到了任用，只有你和啸山，高卧不出，家乡闲居，坐享清福，让我羡慕死了。

这样的行文风格和措辞本领，令人佩服，值得学习。

复陈学受〔一〕 同治三年正月二十三日

别来二十载，无缘瞻对，范云吉东来〔二〕，略知尊状。昨寄霞仙书〔三〕，顺问左右曾否入秦，而手缄适至，知由蜀涉湘，拟旋珂里后〔四〕，再作东游。虽把晤尚难定期，而得此消息，已堪一慰。惟闻道体违和〔五〕，比来已否康复？

赐书缅缅千余言〔六〕，抚今追昔，奖饰逾量，且憙且愧〔七〕。自惟德薄能鲜，忝窃名位，谬膺艰巨，日夕惴惴，常恐引重绝膑〔八〕，贻羞朋好。十载以来，吉凶间见，忧乐杂奏，一言难罄。比幸各路军营更番奏捷，天时人事，大有转机。意者大难将夷，澄清可望。惟逆首顾恋老巢，急切难下，忠、侍诸酋穷蹙无归〔九〕，决计冒窜上游，终恐为皖南、江西之患。虽已坚守冲要之城，多备游击之师，究未识能否有裨耳。

柏枧山人已归道山〔一〇〕，其令子名绍箕，以提举衔州同在江南粮台管军火局〔一一〕。朱君濂甫、邵君位西均遘杭州之难〔一二〕。朱有侄方达，前岁曾过敝处，资之往浙。邵之眷属俱在此间，其第二子读书精进，当可继位西未竟之志。知关廑念，顺以奉报。

——《曾国藩全集·书信》（六）第 444 页

注释

〔一〕陈学受：字永之，号艺叔，江西省新城县（今梨川县）人。秀才，平民学者。

〔二〕范云吉：即范泰亨，字云吉，四川省隆昌县人。由进士出任刑部员外郎，因亲丧回家，曾国藩委任办案、征税诸事，不久病故。

〔三〕霞仙：即刘蓉，见咸丰四年正月二十五日《复郭嵩焘》注〔一二〕。

〔四〕珂里：即珂乡，称述别人家乡的客气用语。

〔五〕道体违和：贵体欠安。

〔六〕缅（lí）缅：即"洋洋洒洒"之意。

〔七〕憙（xǐ）：即"喜"。

〔八〕引重绝膑：负担过重，以致折断腿骨，比喻官员不称职责，耽误大事。

〔九〕忠、侍诸酋：指太平军忠王李秀成、侍王李世贤等将领。穷蹙（cù）无归：困厄至极，无处逃身。

〔一〇〕柏枧（jiǎn）山人：即梅曾亮（1786—1856），字伯言，号柏枧山人，江苏省上元县（今属南京市）人。著名文学家。归道山：古人忌讳说“死”，往往讳称“归道山”，意思是说死者得道成仙了。

〔一一〕提举：从五品文官闲职。州同：从六品文官闲职。粮台：当时对军队后勤处的称呼。

〔一二〕朱君濂甫：即朱琦（1803—1861），字濂甫，号伯韩，广西省临桂县人。由进士出官浙江候补道，杭州城破，死难。邵君位西：即邵懿辰。见咸丰九年四月初二日《复郭昆焘》注〔七〕。遘（gòu）：遭遇不幸。

点评

陈学受是曾国藩早年在北京认识的旧友，据曾国藩日记记载，是在朱琦家初识，称之为“知《春秋》学者，论俱不俗”，几天后邵懿辰出面，将曾国藩邀请到陈学受家，畅谈而归。而曾国藩的同乡好友刘蓉、欧阳兆熊随后也与陈学受交往甚欢。曾国藩为欧阳兆熊儿子的遗集作序，纵论桐城文派的渊源发展，其中还特别提到陈学受等人。一别二十年，音讯不通，正在想念寻觅之际，陈学受的书信千里之外翩然而至，洋洋洒洒一千多字，抚今追昔，对曾国藩称颂有加，曾国藩禁不住感慨万千。让我们来看曾国藩的回信是怎么写的：

一是感叹时光飞逝，且喜重会有期，兼带传达不忘故人、辗转打听的情谊，而且询问病情，祝愿康复。

二是谦虚地答谢贫贱旧交的热情称颂，德能有限，谬窃名位，领军十年，艰难困苦，一言难尽，近来捷报频传，或者成功有望，但不敢掉以轻心，还在多方布置之中。应该说，这样的立言角度，这样的措辞口气，可能是最为得体的了。

三是对早年朋友圈中已经去世的故交逐一追念，并告知其家世近况，尤其值得敬佩的是，自己对这些老友子弟的多方关心照顾，曾国藩都只是一笔带过，很是低调。要知道，兵荒马乱之际，需要职位、需要资助的人很多，曾国藩还能尽力关照梅、朱、邵诸友的子侄，尤其邵懿辰妻儿老小，食宿无着，流落上海，曾国藩多方访查，把他们（包括已嫁之女）接到自己的军营，不仅管吃管住，而且还聘请家庭教师，负责邵家两个成年子弟的教育应试，这是非常难得、非常感人的了。

复萧光浩〔一〕 同治三年正月二十七日

沛之尊兄阁下：

客冬折弁回营〔二〕，接诵手书，具悉一切。即维德门多祜，动履胜常，至以为颂。

此间近状，皖南除广德一城未复〔三〕，余皆一律驱除。皖北苗逆就戮〔四〕，余党芟夷殆尽〔五〕，各练平圩缴械〔六〕，淮甸复睹乂安〔七〕。金陵官军已合围十分之八，城贼接济渐断。苏州克复之师分道入浙，规取嘉、湖〔八〕，大局尚称顺适。惟苏、浙群逆别无去路，群思上窜江皖，重扰已复之区，殊多后虑。

前借尊处银项，鄙人壬子丁艰后〔九〕，曾请毛寄云、袁午桥两同年代为结算〔一〇〕，止利归本。频年戎事倥偬〔一一〕，又不知阁下曾否出京，未遽寄归。兹承惠问，特从徽商吴惇成茶行汇兑湘平纹银壹千两，请先验收，仍欠尾数若干，请于复函内开明，随后补寄。惇成处另由渠同乡函致一切〔一二〕。阁下与惇成想非素识，请约同江南提塘李载庵持此信往取〔一三〕。渠与载庵较熟，自可放心照付也。复问台安。

——《曾国藩全集·书信》（六）第445页

复萧光浩　同治三年三月二十六日

沛之尊兄阁下：

弁旋，接展环章，并清单阅悉。就谂尊恙安愈，至以为慰。

汇兑惇成之项，该茶行期至三月汇齐送赵〔一四〕，刻下想已如数察收，即希示复。

国藩于壬子年六月出京，托舍亲欧阳牧云经理家务〔一五〕，厥后差次丁艰回籍〔一六〕，又函托毛、袁两公代为料理一切。贱眷于三年二月出京，毛、袁二公至贵店结算清楚，止利还本。此次尊函寄来之清单，系元年闰八月结算之账，非三年春之账单也，敝处清单虽已失落，而家中人略能记忆。该本银一千二百两有零〔一七〕，将来拟再兑三百金交尊处归款，一面函询毛公及舍亲牧云两处，必能记其梗概。

乔中丞已启节前赴临淮〔一八〕，来函早为递去。专泐。复问近安。

——《曾国藩全集·书信》（六）第 552 页

复萧光浩　同治三年八月二十九日

沛之尊兄阁下：

顷接惠缄，猥以克复金陵，寒门迭邀恩命〔一九〕，远劳盛誉，感悚曷任。就谂尊恙渐愈，动履绥愉，至以为慰。

前接京信，并阅来函，知汇兑惇成之项，该茶行汇银一千两送赵，业经察收。此尾数询毛公及欧阳舍亲两处，均称照癸丑春结账之单〔二〇〕，应找二百两有零。兹交折弁带去银三百两，送至尊处归款，即希照收示复。泐此。复问近祺。

——《曾国藩全集·书信》（七）第 141 页

注释

〔一〕萧光浩：字沛之，在北京经营西顺兴钱庄的安徽商人。

〔二〕客冬：去年冬季。折弁：专程给朝廷呈送奏折的下级军官。

〔三〕复：攻克，收复被敌人占领的地方。

〔四〕苗逆：即苗沛霖叛乱武装。就戮：被处死。

〔五〕余党芟（shū）夷殆尽：残余死党基本上被歼灭。

〔六〕各练：各处团练保安武装。平圩（wéi）：拆毁村落自行修筑用于战守的围墙。

〔七〕淮甸：泛指淮河地区。乂（yì）安：太平，安定。

〔八〕规取：计划进攻。嘉、湖：浙江嘉兴、湖州。

〔九〕壬子：当时的这一个壬子年是 1852 年。丁艰："丁"是"（不幸）遭到"的意思。古人把父祖辈去世、子孙守孝称为"丁艰"，又叫"丁忧"。

〔一〇〕毛寄云：即毛鸿宾（1811—1867），字寄云，山东省历城县（今属济南市）人。官至两广总督。袁午桥：即袁甲三（1806—1863），字午桥，河南省项城县人。官至漕运总督。袁世凯是其侄孙。同年：明清时代，同一年参加科举并且榜上有名的人，互称“同年”。

〔一一〕戎事倥偬（kǒng zǒng）：军务紧急匆忙。

〔一二〕渠：即“他”。

〔一三〕提塘：清代各省驻京负责与朝廷各部门往来公函的下级武官。

〔一四〕送赵：归还，“完璧归赵”的意思。

〔一五〕舍亲：在别人面前对自家亲戚的谦称。欧阳牧云：即欧阳秉钧，字牧云，湖南省衡阳县人。曾国藩妻兄。

〔一六〕差次：出差途中。

〔一七〕该：亏欠他人钱财。

〔一八〕乔中丞：即乔松年（1815—1875），字健侯，号鹤侪，山西省清徐县人。与曾国藩同年中举，此时担任安徽巡抚，故称“中丞”。启节：高官启程出行。节是古代官员表明身份的旗帜。

〔一九〕寒门：贫寒人家，古人对自己家族的谦称。恩命：朝廷恩宠，赏赐官爵。

〔二〇〕癸丑：此处指咸丰三年，即1853年。

点评

清朝官员的额定薪酬并不高，而官场又特别讲究场面应酬，各种开支往往入不敷出，因此，借债周转，寅吃卯粮，尤其成为京官常态。据稍后张之洞专门上奏，请求为京官提高工资待遇，特别说到，即便是十分节俭，也要每天一两银子才能“勉强自给”。曾国藩做京官十几年，起初年薪只有九十两，八年后官居二品，连同各种收入补贴，一年也只有四百六十两，那也比“勉强自给”的每天一两高不到哪里去。而就在这一年，在他写给老家兄弟的家书中，他已经借欠了“京账将近一千”，即便是日夜思念回家探望年迈的祖父、父母，他也无力周转回家的路费与各种人情开支。后来他离开北京，还是因为被朝廷钦派为江西乡试主考官，只身南下，中途接到母亲去世的消息，改道回家守孝，在北京留下上千的欠债，全凭毛鸿宾、袁甲三两位科举同年（毛会试，袁乡试）以及自己的妻舅欧阳秉铨左右腾挪，还清少量较为急迫的欠债，他的夫人与几个孩子这才得以出京还湘。当然，这里还有西顺兴钱庄主人萧光浩的宽厚与信任。

现在又是十一二年过去，当年的债主开始催债，此时曾国藩贵为大学士、两江总督，朝廷额定年薪两千一百六十两，也确实到了应该给萧光浩还钱的时候。接下来，我们就看他是怎样处理这笔债务的。

第一封信，除了开头的一两句寒暄问候，曾国藩先用了一半的篇幅，通报江南军情，从皖南说到皖北，从苏北说到苏南，甚至超出两江的辖区，说到了浙江的防守调度。这应该是曾国藩行文的特别用心之处。这是因为萧光浩就是安徽人，曾国藩首先告知安徽南北同时告捷，应当是体贴萧光浩对家乡的牵挂，也许还有一点“我为你这位安徽债主的家乡是做了贡献的”的意思。至于介绍东南全局，更可以视为对萧光浩的尊重和抬举，半壁江山，苦战十年，国家即将金瓯复原，这当然是每一个关心国家大事的人最想听到的。曾国藩让萧光浩提前分享这种喜悦，这也是萧光浩的一种荣耀吧。说完这一层，回信的后半这才简单而明晰地回答，欠债还钱，连本带息，先付一千，尾数差额多少，请你算明告知，“随后补寄”。现银何人送交、如何接头，曾国藩在信中一一都有稳妥的布置交代。

第二封信，是对萧光浩第二次来信的回复：中间商约期三月交割，现在想来已经践约。来信所附借还清单，略有出入，是我出京前一年结算之账，不是两年后我的家属离京前所结之账。因为双方都找不到原始单据，现据妻儿回忆，本金、利息一共一千二百两出头，我准备干脆补足到一千三百两，同时询问当时参与其事的毛大人与欧阳先生。附带一句，你托我转信乔中丞的事，我已经给你办好了。

第三封信，写在攻克南京、受封侯爵之后，曾国藩首先答谢对方的贺喜，并且祝福对方早日康复。其次，照应上次回信所说，一千之外，尾数二百出头，毛、欧都已证实，现在折差送上三百，请你查收，再问近好。

总之，曾国藩写给债主的这三封信，既大气体面，又条理清晰，从不直呼其名，而是称呼字号，外加“尊兄阁下”，用的都是平辈旧识的礼节，这就是教养。

致僧格林沁[一] 同治三年三月初六日

曾国藩顿首上书僧亲王钧座：

客腊十四日因李世忠事肃泐芜函[二]，以备采择。新正初四接奉密寄[三]，抄示腊月十八大疏[四]，始知尊处复奏在先，尚未接到敝函，而所论办法，与鄙见适相符合。仰见权衡至当，凡愚虑所及，悉在荩筹之中[五]，莫名佩服。

正拟遵旨调该提督来营，详示一切，适因初一、初三等日接李军门两次咨呈[六]，皆有自行引退之志。敝处即因势利导，复咨令将各营妥为遣散，犹恐其游移不定，并给以复函，俾知悚惧，自求保全末路。原函附抄呈览。

顷于十一日复接该提督呈，称已将驻守五河兵勇撤遣回籍，其滁、全、来各城[七]，亦拟次第交出。前后来文，均已录咨冰案。果遂如此，消患无形，办理全不费力，盖仗尊处威棱，有以震慑之也。专肃奉报，敬请勋安。不宣。

——《曾国藩全集·书信》（六）第508页

注释

〔一〕僧格林沁：见咸丰十年八月十四日《复毓科》注〔六〕。

〔二〕客腊：去年腊月（农历十二月）。芜函：在尊者面前对自己所写书信的谦称。

〔三〕新正（zhēng）：今年正月（农历一月）。密寄：清朝军机处给外省督抚加密寄发的机要文件。

〔四〕大疏：您给朝廷的奏疏。

〔五〕荩（jìn）筹：忠诚的筹划。

〔六〕军门：当时对提督的尊称。咨：高级官员之间的平行公文。呈：下级给上级的汇报请示。

〔七〕滁、全、来各城：安徽省滁县、全椒、来安等县。

点评

僧格林沁是蒙古族亲王，地位高贵，历任御前大臣、满洲都统、汉军都统等要职，在第二次鸦片战争中，曾数次与英法联军激战。按照当时不成文的条例，外省督抚尤其是汉族大臣，与皇族亲贵不得有过于密切的接触，所以曾国藩的这封信，有意对僧亲王保持一点敬而远之的态度，措词谦谨，但就事论事，简明扼要。

除此之外，第二个原因，就是李世忠土匪出身，叛将行径，背景复杂，牵涉面广，与满洲权贵胜保等人多有牵连，而胜保去年刚被朝廷论罪处死。李世忠曾经拥兵数万，现在大势已去，不得已"自求保全末路"，曾国藩受命处理这一棘手事件，究竟何去何从，处置轻重，都必须极为慎重。与僧亲王书信商讨，白纸黑字，曾国藩不得不字字小心。

信分三段，第一段说我去年专门为此事向您汇报过，现在从朝廷密寄得到您的奏疏意见，而且是在接到我的信件之前拿出的方案，尽管是不谋而合，但这正说明您的权衡之精与谋国之忠。第二段，说我正要遵旨调动该提督前来，指示一切，恰逢他两次来文请示，重申自行引退的决心，我也就给他去文去信，督促他不得犹疑不决，自食恶果，复李之信抄呈您备查。第三段，汇报李世忠已经遣散部队，回到家乡，其余占据地盘，也将依次交出，他的几次公文，我也都抄送给您备案。最后还来了这么一句，如果真的从此安分守己，那就都是仰仗您的威望了。

复李鸿章　同治三年五月十五日

五月十四日虎臣归〔一〕，接奉惠书，具悉一切。

承许以令弟酌带数将于七月中旬会攻金陵〔二〕，总揽全局，相维相助，感仰无既〔三〕。是日恰奉初九日寄谕〔四〕，饬尊处派人酌带炮队会攻金陵，并有大纛亲莅之命〔五〕。不揣冒昧，特备咨请阁下亲至金陵会剿，并请不待长兴克复〔六〕，亦不俟七月中旬，即日遄发〔七〕，雷轰电掣，总以六月初间赶到为妙。

洪酋坚忍异常〔八〕，援尽而粮未绝。舍弟掘地洞十余处，志在拼命一攻。此等百战悍贼，岂地洞所能奏功？若以开花炮与地洞同时并举〔九〕，而辅以尊处洋枪骁悍之队，当可济事。闻地洞定于六月初告成，国藩嘱其少待旬日，以俟雄师之至。

舍弟所部诸将，素知阁下与贱兄弟至交多年，无不欣望大旆之西来，而所疑畏者亦有两端：一则东军富而西军贫，恐相形之下，士气消沮；一则东军屡立奇功，意气较盛，恐平时致生诟谇〔一〇〕，城下之日，或争财物。请阁下与舍沅弟将此两层预为调停，如放饷之期，能两军普律匀放，更可翕和无间〔一一〕。先此函恳，即日专疏具奏，再行知照〔一二〕。

——《曾国藩全集·书信》（六）第 627—628 页

注释

〔一〕虎臣：即陈艾（1820—？），字虎臣，安徽省石埭县（今石台）人。贡生，曾国藩幕僚。

〔二〕令弟：此处指李鸿章的三弟李鹤章。金陵：南京的旧名。1853 年被太平军攻破，成为太平天国首都，号称“天京”，本年七月被湘军攻克，恢复旧名。

〔三〕无既：无极，没有穷尽。

〔四〕寄谕：见咸丰三年十月二十二日《与郭嵩焘》注〔二〕。

〔五〕大纛（dào）：古代军队出征的旗帜，有时借指军队统帅。此处代指李鸿章。

〔六〕长兴：浙江省长兴县，在南京东南二百公里以外。

〔七〕遄（chuán）发：迅速出发。

〔八〕洪酋：此处是对太平天国天王洪秀全的蔑称。

〔九〕开花炮：指西欧国家近代所造的火炮。

〔一〇〕诟（gòu）谇（suì）：辱骂，恶言相向。

〔一一〕翕（xī）和无间：协调一致，不分彼此。

〔一二〕知照：告知，照会。

点评

南京原本是明朝的首都，迁都北京之后，仍留有部分中央机关，后来成为两江总督的驻地。太平天国1853年建都于此，号令四方。擒贼先擒王，国家正规部队八旗绿营先后围攻，皆遭惨败。曾国荃是曾国藩的同胞兄弟，所统吉字营逐渐成为湘军主力，1862年五月，曾国荃以不到两万人的兵力，突击到南京城外，与太平军开始了长达两年的血肉拼杀,战况十分惨烈。南京地势险要，历来号称虎踞龙盘，高墙环城而立，确实易守难攻。湘军的作风，就是“扎硬寨，打硬仗”，但是缺少新式洋枪洋炮，一味蛮拼，两年之间，战役始终呈胶着状态。

在这种情况下，朝廷不高兴了，起初还顾及曾国藩的面子，也默认曾家军抢占这天下第一号战功，但如此旷日持久，何时才能攻克？于是，军机处发来上谕，命令李鸿章率领淮军洋枪洋炮精锐部队前来会攻，结束战局，重享太平。从战略全局和国家稳定的高度来看，淮军会攻，无疑是很有必要的，开挖地道蛮攻，显然不及火炮攻城。但是，在曾国藩湘军这个角度，却大有功亏一篑、拱手让人的委屈。拼死血战，南京城近在咫尺，眼看到手的胜利果实要被淮军前来瓜分，当然不能服气。更何况，在此期间，曾国荃攻城部队还遭遇前所未有的瘟疫摧残，曾国藩最小的弟弟曾国葆也病死在南京城外。

理清了这些背景和来龙去脉，我们可以更清楚地理解曾国藩这封信的写作主旨和层次结构了：

朝廷谕旨，明确指派李鸿章亲率炮队会攻南京，曾国藩显然只能明确表态，遵旨照办，并且公事公办，移送公文，以示郑重。而且，曾国藩还特意表示，越快越好，不要犹豫，不要顾忌。如此宽宏大量，其实是让对方很难为情的。接着，曾国藩又一再话里有话地说，我兄弟开挖地道十几处，“志在拼命一攻”，我的意见，是地道与火炮“同时并举”，但马上又接着一句，洋枪队只是为辅，地道六月初可以直通南京城墙，我让他再等个十天左右点火炸城，“以俟雄师之至”。言外之意，非常明显。最后一段，曾国藩又对李鸿章开出了价码：城破之日，两军会不会发生冲突，你要和我兄弟事先预防，淮军富，湘军穷，你能不能在军饷方面做些补偿？咱们两个先商量好了，我再给朝廷专题汇报。

李鸿章当然也要在朝廷的旨意与恩人的难处之间，字斟句酌地周旋应付。传送书信的陈艾，当年与李鸿章同在曾国藩幕府，私交不错，两头带信，曾国藩都与之深谈。通过陈艾的私下沟通，曾、李二人也就基本达成共识。一来二去之际，曾国荃十几条地道布雷，同时点火炸城，湘军冲进了南京城内。人非圣贤，谁都有个一己之私，但是曾国藩在面临这个棘手难题的时候，大体上还是实话实说，有些言外之意（发送之前，先专人面交曾国荃认可），也都是点到为止。这就是他的写信技巧了。

复郭嵩焘　同治三年六月初三日

承示别纸所询，此古今难判昏晓之事。鄙人半生与世龂龂〔一〕，所争大率在是。盖大非易辨，似是之非难辨。窃谓居高位者，以知人、晓事二者为职。知人诚不易学，晓事则可以阅历黾勉得之〔二〕。晓事则无论同己异己，均可徐徐开悟，以冀和衷。不晓事则挟私固谬，秉公亦谬；小人固谬，君子亦谬；乡原固谬〔三〕，狂狷亦谬〔四〕。重以不知人〔五〕，则终古相背而驰，决非和协之理。故恒言皆以分别君子、小人为要，而鄙论则谓天下无一成不变之君子，无一成不变之小人。今日能知人，能晓事，则为君子；明日不知人，不晓事，即为小人。寅刻公正光明，则为君子；卯刻偏私晻暧〔六〕，即为小人。故群誉群毁之所在，下走常穆然深念〔七〕，不敢附和。阁下之于某公，亦不随曹好为推移〔八〕，得毋有类于此乎？

——《曾国藩全集·书信》（七）第14页

注释

〔一〕龂（yín）龂：争辩的样子。

〔二〕黾（mǐn）勉：努力、尽力去做。

〔三〕乡原：见识短浅、不辨是非之人。

〔四〕狂狷：志向远大，不同流俗之人。

〔五〕重（chóng）：再加上。

〔六〕晻（ǎn）暧（ài）：昏暗不明。

〔七〕下走：奔走供役之人，此处是对自己的谦称。穆然深念：冷静沉思的样子。

〔八〕曹好：众人都看好、都喜好的人或事物。

点评

曾国藩很早就与郭嵩焘结识，对郭嵩焘的性格与才能有很深的了解。当年郭嵩焘离开北京曾寓返回湖南时，曾国藩就特意写过一篇《送郭筠仙南归序》，一方面肯定郭嵩焘有过人的才学，另一方面又指出他的性格缺陷，那就是偏激急躁。为此，曾国藩引经据典：孟子曰："五谷不熟，不如荑稗。"这话说得多好，筠仙你要努力啊，努力消除性格的偏激急躁，避免动辄与人格格不入，这才可以成为有用之才啊。但是不幸而言中，郭嵩焘后来因为与僧亲王合不来，一气之下，竟然辞去了皇帝南书房行走这个天子近臣的职位，让曾国藩叫苦不迭。稍后，曾国藩还给郭嵩焘书写了一副有点刺眼的对联："好人半自苦中来，莫图便宜；世事皆因忙里错，且更从容。"

郭嵩焘一年前升任广东巡抚，两年的时间，先后与两任总督发生很大的矛盾。从时间上看，他给曾国藩写信诉苦，可能是涉及当时的两广总督毛鸿宾。毛鸿宾是曾国藩的会试同年，早年在北京交往很密，后来担任安徽按察使、江苏布政使，成为曾国藩的下级，曾国藩对他的工作成绩大加赞赏，直接促使毛鸿宾升任湖南巡抚，很快又晋升到两广总督。毛鸿宾投桃报李，郭嵩焘越级出任广东巡抚,据说就是毛鸿宾的大力推荐。就是这样一种关系，毛鸿宾居功自傲，郭嵩焘不能容忍，矛盾逐渐加深以致公开，郭嵩焘甚至给曾国藩写信，要求评理。

曾国藩写这封信，态度很明确，说理尤其透彻。首先表明自己的基本观点：谁是谁非，这是古往今来最难说清楚的。然后简单一两句来论证：因为很多事情，往往是似是而非的。大是大非容易分辨，似是而非，神仙也没办法。接着又提出一个观点：在我看来，当上大官的人，一定要知人、要懂事。如果不懂事，那就不管是小人还是君子，不管是挟私还是秉公，全都是一无是处。随即又抓住“君子”、“小人”继续生发：论点是“天下无一成不变之君子，无一成不变之小人”，论证则是“今日”“明日”、“寅刻”“卯刻”几个排比句，语气果决，绝不含糊。最后在信末，曾国藩委婉地表示，我不卷入你们之间的是非。理由是，是非好坏，每当众口一词的时候,“下走”我往往是冷静沉思,从不轻于附和的，而且，你对于那位先生，不也是不以众人的好评为转移吗，想来都是一个道理吧。

加冯志沂片〔一〕 同治三年七月初八日

再，承惠书以鄙人与涪翁相提并论〔二〕，此何敢当？宋代文人如欧、苏、曾、黄诸公〔三〕，皆以大儒之学术，兼名世之襟度〔四〕，岂区区所能攀跻？若谓下走遭逢际会〔五〕，得与平寇之役，则彼数君子者特未遇其时，得一借手耳。假令秉斧钺之任〔六〕，成李、郭之勋〔七〕，在数君子视之，固当如蚊虻鹳雀之过乎前〔八〕，曾不置有无于胸中〔九〕。弟无数君子之学识，而颇愿师其襟怀。所憾久托兵间，终不得宴处静观，媚我幽独〔一〇〕。而昨者东来金陵〔一一〕，目睹万室烧焚，白骨山积，益复惨不成欢。自五季以来〔一二〕，生灵涂炭〔一三〕，殆无逾于今日。国藩忝窃兵柄，又窃虚名，乃一筹之莫展，如何，如何！梅言翁及各世家室庐荡然〔一四〕，而贡院幸存〔一五〕，亦可异也。

——《曾国藩全集·书信》（七）第 41 页

注释

〔一〕冯志沂（1814—1867）：字述仲，号鲁川，山西省代州（今代县）人。由进士官刑部主事，后出任安徽庐州（今合肥市）知府。

〔二〕涪翁：指黄庭坚，字鲁直，号山谷道人，晚号涪翁，洪州分宁（今江西省修水县）人。宋代著名文学家。

〔三〕欧、苏、曾、黄：指宋代文学家欧阳修、苏轼、曾巩、黄庭坚。

〔四〕名世：扬名于世。襟度：胸怀与气度。

〔五〕遭逢际会：幸逢其时，得遇良机。

〔六〕斧钺之任：率军征战的大任。

〔七〕李、郭之勋：平定叛乱、扭转乾坤的功勋。李、郭：指唐代名将李光弼、郭子仪，二人都是平定安史之乱的功臣。

〔八〕蚊虻（méng）鹳（guàn）雀：此处比喻不值一提的微小之事。

〔九〕曾："根本不"、"哪里会"。

〔一〇〕媚我幽独：让我的内心得到纯净安宁。

〔一一〕昨者：几天前。

〔一二〕五季：唐末之后兴起的后梁、后唐、后晋、后汉、后周五个割据一方的小朝代。

〔一三〕生灵：老百姓。涂炭：身陷泥塘和火坑。

〔一四〕梅言翁：即梅伯言，见同治三年正月二十三日《复陈学受》注〔一〇〕。荡然：大受毁坏。

〔一五〕贡院：科举考场。

点评

冯志沂是曾国藩早年在北京结交的文友，二人诗文志趣相投，冯志沂师从桐城派传人姚鼐的学生梅曾亮，曾国藩当时对梅曾亮不太佩服，一再宣称自己是直接私淑姚鼐的文学主张。姚、梅二人都大力推崇黄庭坚奇崛诗风，曾国藩后起，也一度摇旗呐喊，稍后还作诗自夸“自仆宗涪公，时流颇忻向”。不久前，曾国藩还应冯志沂之请，书写黄庭坚诗并写下跋语相送。现在，曾国藩统帅湘军，攻克南京，纵横十四省、横行十四年的太平天国灰飞烟灭，曾国藩受封一等侯爵、太子太保，作为从前的文友，现在的部下，冯志沂来信祝贺，并且把曾国藩与黄庭坚“相提并论”，在发信者看来，这是恰如其分的。

不过，曾国藩一面谦虚地辞谢“此何敢当”，一面却又抬出了欧阳修、苏轼、曾巩，第四才是黄庭坚。确实难怪，黄庭坚起于县官，一生官职不显，尽管开创了诗歌上的“江西诗派”，但政治上没有什么大作为，而韩愈、欧阳修、司马光与范仲淹等人，才是立德、立功与立言三不朽的伟人，他们以文学家的天才而兼政治家的见识，学宗孔孟，文以载道，有思想深度，有人文情怀。尤其是欧阳修，既是文坛领袖，又是朝廷宰相，气度雍容儒雅，为政从容稳健，久已为历代文人所钦慕。

于是，曾国藩顺势接过冯志沂的话头，自己抒发了一番议论，说“宋代文人如欧、苏、曾、黄诸公，皆以大儒之学术，兼名世之襟度”，如果历史给他们提供机遇，那么，他们个个都可以“秉斧钺之任，成李、郭之勋”，而且“在数君子视之，固当如蚊虻鹳雀之过乎前，曾不置有无于胸中”，这几句，不仅文采斐然，而且气势飞动，格调脱俗，再加上“弟无数君子之学识，而颇愿师其襟怀。

所憾久托兵间，终不得宴处静观，媚我幽独”，文气灌注，措辞古雅，就在不经意间，展露了自己的作文才华。“昨者东来金陵”，承前启后，“目睹万室烧焚，白骨山积”，感时伤世，不以一家加官进爵为自喜，而以东南生灵涂炭发感伤，不知不觉之间，一种“先天下之忧而忧，后天下之乐而乐”的仁者情怀，透过纸背，扑面而来。曾国藩的古文修养，在此可见一斑。

复鲍超 同治三年七月十七日

初五日接手书，见贺金陵之捷，此实国家如天之福，将士苦战之功，鄙人碌碌〔一〕，何力之有？阁下前敌十年，转战数省，凡有艰难之事，棘手之处，均赖贵军独当其冲，转危为安。上年进扎孝陵卫〔二〕，同围逆巢〔三〕，旋以江皖传烽〔四〕，不得不徇官民之请，借重威望，移旆驰援上游。今幸仰托朝廷福威，克复金陵，而阁下去此稍远，寸衷深抱不安〔五〕。

伪忠王录供之后〔六〕，业经正法〔七〕。掘锉伪天王逆尸〔八〕，一雪敷天之愤。然巨憝虽平〔九〕，吾辈不可遽生骄心，轻视余寇，愿与诸君子互相儆惕，善持其终，尤愿阁下早日肃清江西，迅奏肤公〔一〇〕，懋赏亦当不远耳[一一]。

——《曾国藩全集·书信》(七)第68页

注释

〔一〕碌碌：形容没有作为的样子。

〔二〕孝陵卫：南京城西南的军事要塞。孝陵是明太祖朱元璋的陵墓，在钟山南麓。

〔三〕逆巢：叛逆敌军的老巢。

〔四〕传烽：报警。

〔五〕寸衷：寸心，内心深处。

〔六〕伪忠王：即太平天国忠王李秀成。李秀成（1823—1864），广西藤县人。因贫加入洪秀全拜上帝会，参加太平军后，积功封为忠王，兵败被俘遇害。因为太平天国造反，与清廷为敌，所以被称为“伪”。

〔七〕正法：受到法律的惩处，处以死刑。

〔八〕伪天王：即太平天国天王洪秀全。洪秀全（1814—1864），广东花县（今广州市花都区）人。创立拜上帝会，发动金田起义，建立太平天国，自称“天王”，建都天京（南京），1864年在城破之前不食而死，湘军将其掘墓扬尸以泄愤。

〔九〕巨憝（duì）：首恶之敌。

〔一〇〕肤公：大功。

〔一一〕懋（mào）赏：激励与奖赏。

点评

打下南京，捣毁太平天国的老巢，曾国藩无疑成为当时天下第一号大功臣，四面八方的贺信雪片一样飞来，曾国藩择其紧要者陆续回复，其中也不乏泛泛应酬的语句。但是，曾国藩给鲍超的回信，却大不一样。

首先，这一次是鲍超亲笔来信，一个大字不识一斗的武夫，要给统帅写出一封语句连贯的贺信，其难度可想而知，这也表明了鲍超对主帅功高盖世、加官进爵的欣喜之情。曾国藩照例要说，这是我们国家的天大福分，是全体将士的血肉苦战，我哪里有什么功劳可言。但是，接下来的几句话，却是曾国藩特别要说给鲍超听的：将军冲锋陷阵整整十年，转战湖南、湖北、江西、安徽，只要遇上危急关头，生死存亡之际，都是依赖你从不畏缩，火急救援，这才一次次转危为安。尤其是，去年你已经率部进驻了南京城边，一起围攻敌巢，可是却因为江西、皖南告警，不得已答应当地官民的恳求，借重你多年的声威，离开南京，挥师南下。现在南京城打下来了，你却没有分享到这个天大的胜利和朝廷的奖赏，我内心深感愧疚。

坦诚表达这个由衷的愧歉之后，曾国藩话锋一转，对自己这员粗犷猛将提出了两个高深层次的指示：伪忠王被依法处决了，伪天王被掘墓抛尸了，这都是他们罪有应得，但是，首恶虽已铲除，而余寇还未扑灭，我们不可萌生骄心，而是要乘胜追击，我要和你们大家一道，互相勉励警醒，这样才可善始善终。更加值得欣赏的是，曾国藩借助剿灭余寇这一话头，提示鲍超，赶紧在江西杀敌立功，朝廷论功行赏，机会就在眼前。

开头真心实意表达歉疚，这样可以服人之心，但是毕竟不能让收信人只想着遗憾和委屈，于是，曾国藩正色说上一句，我们不要得意忘形，我们需要善始善终，然后顺势教导，就地立功，奖赏就在眼前。这封信的最后，是让鲍超这个感到委屈不平的人，一下子看到希望和机遇，而且近在咫尺，唾手可得，这就真的是曾国藩的行文之妙了。

复彭玉麟　同治三年七月二十五日

二十四日接二十一夜惠书，猥以贱兄弟谬膺懋赏〔一〕，远劳奖饰，愧悚曷任。此军之兴，同袍诸君千磨百折〔二〕，零落将尽。惟吾辈数人仅存，而酬庸旷典〔三〕，乃独寒门先邀异数〔四〕，实乖鄙人之初志〔五〕，弥伤已逝之忠魂。往昔患难相从，为日最久者，惟阁下与次青情谊最挚〔六〕。今不才幸了初愿〔七〕，膺此殊荣，所负者惟愧对次青，而于阁下亦钦钦怀歉〔八〕，不能自已。

在金陵小住二十余日，十九日登舟西上，月杪当抵安庆。务望阁下迅速来皖，一倾难言之隐。阁下志抗浮云〔九〕，敝蹝轩冕〔一〇〕，十年前已深知雅尚。待大局初定，长江水师位置就绪，即听阁下长揖还山〔一一〕，并将范少伯之高风代为详奏〔一二〕，断不强为羁留，致负宿约〔一三〕。国藩经手各件，首尾繁多，稍俟料简有方〔一四〕，亦引疾闲居〔一五〕，决不饕情富贵〔一六〕，溺而不返〔一七〕，致负忧劳殉节诸友。

——《曾国藩全集·书信》（七）第 72—73 页

注释

〔一〕猥：自谦之词，近似于“承蒙您抬举”的意思。谬膺（yīng）懋赏：侥幸地得到朝廷的奖赏。

〔二〕同袍：古代用作“好友”“战友”的代称。

〔三〕酬庸：政府对功臣的奖赏。旷典：非常稀有难得的盛典。

〔四〕异数：非常少见的情况，此处指朝廷赐予破格的奖赏。

〔五〕乖：违背。

〔六〕次青：即李元度，见咸丰七年闰五月初三日《与李元度》注〔一〕。

〔七〕不才：古人对自己的谦称。

〔八〕钦钦：内心忧思难忘的样子。

〔九〕志抗浮云：志向高远，视不义的富贵荣华如过眼云烟，毫不在意。

〔一〇〕敝蹝（xǐ）：破败的旧鞋。轩冕：古代的官车与官服。“敝蹝轩冕”意思是说“视官爵如烂鞋”。

〔一一〕长揖还山：脱离官场，回到家乡隐居。

〔一二〕范少伯：即范蠡，字少伯，春秋时代的名臣，辅佐越王勾践打败吴国之后，功成身退，浪迹五湖。

〔一三〕宿约：以前的约定。

〔一四〕料简：料理，布置。

〔一五〕引疾闲居：官员称病辞官，回家过悠闲的生活。

〔一六〕饕（tāo）情富贵：贪恋富贵。

〔一七〕溺：沉迷不悟。

点评

彭玉麟来信祝贺曾国藩荣膺朝廷恩典，曾国藩回信，则似乎有点异样，一是说愧对彭玉麟，二是说要与彭玉麟先后辞官还乡，这是怎么回事呢？

彭玉麟与杨岳斌是曾国藩创建湘军水师时最初的两位分统领，十年征战，攻克武昌、九江，紧急关头，几次救援曾国荃安庆、南京的攻城部队，为湘军陆师收复城池做出了巨大的贡献。但是彭玉麟对官爵几乎毫无兴趣，官职越高，他越是避之唯恐不及，真心实意辞官让位，只肯统带水军，负责长江江防。而且他生性耿介，与杨岳斌、曾国荃都有一些积怨。曾国荃发起总攻之前，彭玉麟甚至托故前往湖北，巡视水军营垒。所以，朝廷论功行赏，曾国藩封一等侯爵，曾国荃封一等伯爵，彭玉麟只是一等轻车都尉，低了几个级别。当年曾国藩坐困江西之时，彭玉麟从湖南孤身一人，头戴斗笠，脚穿麻鞋，千里迢迢，风餐露宿前来陪伴护卫，这种忠诚与情义，让曾国藩刻骨铭心。所以，信中的第一段，就是抒发这种感念故交的激动心情。在此前一天，他在回复郭昆焘的贺信时，也发出过“追思同袍诸君，或百战功高而蚤蘿黄壤，或患难与共而中更差池，或出死力相扶而闻望不彰”的喟叹，其中第二句，就是这封信中提到的“愧对次青”。曾国藩多次说过，这辈子忘不了两个人对他的好，一是彭玉麟，二是李元度，都是患难与共的生死之交。私人通信贵在实话实说，而这封信，更是真情饱满，感慨深沉。

回信的第二个异样，就是急切召唤彭玉麟速来安庆，“一倾难言之隐”。从随后几句话的意思来看，是彭玉麟与官场格格不入，义无反顾要辞官。这一方面说明，彭玉麟不愿高官厚禄，坐享荣华；另一方面，也似乎反映出当时官场的龌龊与险恶。于是，曾国藩明确表态，你的高风亮节，我十年前早已深知，你要效仿范蠡急流勇退，我也决不阻拦，有负旧约。而且，一待经手各事大体了结，我本人也会告病辞职，绝不贪恋富贵，沉迷不休，那就愧对那些为国捐躯的烈士们了。这不是曾国藩故作大言唱高调，因为他与彭玉麟、胡林翼，包括很多部将，都是守孝期间，为国尽忠，戴孝从军，志在灭贼，而今大乱已平而居官不回，那确实近于“饕情富贵”，有负于“本志”与“初愿”了。

复富明阿〔一〕 同治三年八月十四日

顷奉惠书，并另单二件，备悉种切〔二〕。敬谂威望弥隆，荩筹周密，企佩曷任。

驻防旗营亟应修理〔三〕，弟七月初七陈奏及之，旋奉谕旨，饬令筹办，妥商具奏，昨已恭疏复陈。一时大工毕举，筹款实难，拟候贡院工竣，次修江宁旗营〔四〕，又次京口旗营〔五〕。工作有先后之分，庶筹办有措手之处。昔年江宁旗营三万余人尽陷贼中，被害之惨甚于京口，殉节之烈，甲于天下。十余年来陆续增添，合计不过数百人，筹饷尚易为力，现拟概发全饷。京口兵额业已补足，俸饷较巨，应照现章暂给半饷，俟库藏渐裕〔六〕，再议全支。至挑闲散京旗以实江宁兵额，亦俟修盖营房规模粗定，续行会奏办理。均经复奏，录稿奉咨，核与尊函意见相同。弟已复奏在先，请尊处另疏复陈。其调来官兵择有家室者，按户挑拨，及来南盘费由部给发〔七〕，并额设官员分别由京由外挑补之处，统俟弟到金陵后商定，再行入告〔八〕。

——《曾国藩全集·书信》（七）第93—94页

注释

〔一〕富明阿（？—1882）：字治安，袁氏，汉军正白旗人。历任汉军都统、江宁将军，官至吉林将军。

〔二〕种切：一切，所有事项。

〔三〕旗营：清朝以满蒙八旗武装入关，陆续以八旗子弟驻防各地，世代从军，驻地号称“旗营”。

〔四〕江宁：南京的旧名。

〔五〕京口：长江下游军事重地，现属镇江市丹徒县。

〔六〕库藏：地方财政收入。

〔七〕盘费：路费，旅途开支。

〔八〕入告：呈报朝廷。

点评

满族入关，主体是八旗子弟，另将汉人归附旗籍者收编为汉军，富明阿的祖先本来是明末的抗清大将袁崇焕，袁崇焕被冤杀后，子弟充军流放，过了几代之后，竟然入了旗籍。富明阿自小参军，从下级军官步步高升。十几年前，太平军占据南京，富明阿随绿营正规部队南下围剿，历经百战，身负重伤，奉召回京治疗。痊愈后重返部队，一度驻守京口，后奉旨坐镇扬州，并署理江宁将军。此时，太平天国已经被消灭，富明阿给曾国藩接连写信，一则贺喜，另外借机夹带“另单二件”，交涉公事。

将军是旗兵的最高官衔，地位甚至高于总督，但实权较少。京口驻防是江宁将军的管辖范围，他要修复京口旗营，人力物力却无从调配，只能求之于两江总督，所以，他特意用私人通信的方式，与曾国藩协商公事。而曾国藩回信，除了开头的例行寒暄和恭维，其余则是强调规程，公事公办。

公事公办的原因很简单，大乱初平，百废待兴，经费严重不足。对于他的湘军部将，包括汉人大臣，曾国藩都是实话实说，突出一个“穷”字。但是，富明阿早已归附旗籍，又是绿营主帅，深受朝廷亲宠，修复驻防旗营，往高里说，这是一个对八旗子弟重视不重视、关心不关心的问题，是一个政治感情、政治态度的问题，你怎么可以跟他说没钱？曾国藩久经官场历练，当然不会犯这种低级错误，而是棋高一着，拿规程说事。

于是，这封信就是如行云流水般这样展开：

第一点，“驻防旗营亟应修理”，我一个多月前就向朝廷报告过了，而且我还接到了圣旨，指示我“妥商具奏”，我昨天已经“恭疏复陈”。其中涉及相关的内容，就是诸多工程难以同时开工，只能有序实施。江宁贡院第一，江宁旗营第二，京口旗营第三。因为修复江宁贡院，就可以恢复中断了十几年的国家考试，这是为国选拔人才、恢复国民信心的大事。江宁旗营死难最多，“被害之惨甚于京口，殉节之烈甲于天下”，所以，修复京口旗营，只能以后再说。曾国藩位居大学士，新封一等侯，“恭疏复陈”一般都会得到朝廷的允准，曾国藩把这些话写给富明阿看，就是拿奏报当挡箭牌。即便是私人通信，也只能公事公办。

第二点，“京口兵额”，“俸饷较巨”，目前只能“照现章暂给半饷，俟库藏渐裕，再议全支”。

第三点，来信提出挑选闲散京口旗兵补足江宁旗营的缺额，那还要等江宁旗营“营房规模粗定，续行会奏办理”，而且这些都是经过了上奏朝廷，抄送给您的正规程序的。

第四点，旗营官兵军阶的落实，家属的安置，南下的路费，所有这些具体事项，都要等我从安庆进驻南京之后，再来与您逐一商定，然后呈报朝廷批示。

把对方的要求几乎全部否定，而且理由充足，关键在于规程高于私情，整体大于局部，既然照章办事，那就只能公事公办。

复彭玉麟 同治三年十月二十四日

迭接手书六件，敬悉种种。国藩亦有无数事件急欲熟商。

柳寿田曾充敝处戈什哈〔一〕，亲兵营之立，柳寿田及各哨官皆系鄙人自放〔二〕。鄙人现尚有兼辖水师之责，乃昨撤柳寿田之委，阁下竟不令其卸事一日，离营一日，亦不许其来金陵一行，反借成发翔兼管之名〔三〕，俾柳寿田任事如常。此等举动，若他人以施之阁下，阁下能受之乎？

阁下于十一年冬间及此次皆劝鄙人大义灭亲，舍弟并无管、蔡叛逆之迹〔四〕，不知何以应诛？不知舍弟何处开罪阁下，恨之若是？

来示谓国藩将兵则紊乱，鄙人在军十年，自问聋聩不至于此〔五〕。舍弟之贤否，吉中营之好歹〔六〕，鄙心亦自泾渭分明，亦自能访察外间之议论。

痛诋吉中营者，以阁下为最。此外官绅商民、水陆各军，有贬吉中者，亦有褒吉中者。若如阁下之所诋，则安庆、金陵之绅民必痛恨吉中营入骨髓矣。

柳寿田明知阁下与舍弟积不相能〔七〕，而故重责割耳，谓非有意挑衅，其谁信之？吉中之勇，既有所挟以凌人，而反不说出营名，露出号补〔八〕，直待打毕割毕，始行说出“吉中”二字，又谁信之？

——《曾国藩全集·书信》（七）第216—217页

注释

〔一〕柳寿田：曾国藩警卫营侍从卫兵，先后奉派转入曾国荃吉字营与彭玉麟所辖水师，充任营官。戈什哈：满语“侍从卫兵”的音译。

〔二〕放：授予官职。

〔三〕成发翔：湘军水师将官。

〔四〕管、蔡：即管叔、蔡叔，周文王之子，周武王之弟。武王死，儿子平王年幼即位，武王之弟周公旦代管朝政。管、蔡二人叛逆作乱，周公杀管叔，流放蔡叔。

〔五〕聋聩（kuì）：耳聋。此处比喻不知下情，为政混乱。

〔六〕吉中营：曾国荃统带的吉字中营。

〔七〕积不相能：一向不和。

〔八〕号补：清代兵勇军服上标明部队番号的文字。

点评

彭玉麟是曾国藩最亲信的部属和朋友，曾国藩突然写信大发脾气，而且一再牵涉自己的弟弟曾国荃，看似一时动怒，其实是深思熟虑的。在发火之前，曾国藩特意给曾国荃去信，探问口气，商量平息之法，既明文撤除柳寿田在军中的任职，又劝说暂不遣散吉中营，以免湘军“水陆相仇无已时”。十天后，曾国藩对彭玉麟拉下情面争辩、责备。再过二十天，曾国藩又给曾国荃写信，说“柳寿田之事，吾思之再三，若不稍着声色，以后吉中营勇似吃大亏，故于复雪琴之信亦严加诘责。雪琴接信，即踵门叩谢，深自引咎，大约以后渐可相安。吾自有权衡，弟不必挂虑”。而曾国荃十二月初十日回信，说今日“接到十一月十四日手书，备知一切，雪琴处，究以不诘责为妙”，并且再次要求遣撤自己的老部队吉中营，说“从弟部下手”，别的部队就无闲话可说。从这些情况看来，曾国藩兄弟对“柳寿田割耳”事件的处置，还是比较克制的。

再来看“柳寿田割耳”以及彭玉麟对此事件的处理方式。柳寿田来自吉字营，却借故吉字营的士兵“挟以凌人”，把他一顿重打，甚至割去他的耳朵。彭玉麟撤除柳寿田的任职，但不许前往南京请罪，而且给曾国藩连写六封信，其中还对曾国荃及其吉字营多有指责。现在我们来看曾国藩是怎么写出这封回信的。

我连接你的亲笔信六封，你说的“种种”事情，我都一一“敬悉”。“国藩”也有数不清的事情“急欲熟商”：

一、柳寿田以前是我的警卫员，包括他在内的各级军官都是我自己逐一任命的，我现在还有兼管水师的职责，可是你撤销他的委任，竟然不与我通气，而且借故不准他前来南京说明原委，此等举动，如果别人施之于你，你能接受、你能忍受吗？

二、三年前你就要我“大义灭亲”，这一次你又要我“大义灭亲”，我老弟并无叛逆作乱之事，不知道他为什么该当严惩？他到底哪件事得罪了你彭大帅，你竟然这么恨他？

三、你来信说我带兵就混乱，鄙人带兵十年，自问还不至于昏聩至此。我老弟是好是坏，吉字营是好是歹，我心里也是泾渭分明，我也还能够访求别人的议论。

四、痛诋吉字营的人，只有你骂得最厉害。别人对吉字营，有褒有贬，如果真像你诋毁的那样，那安庆、南京的绅士与百姓，岂不是要对吉字营恨之入骨了吗？

五、柳寿田明明知道你和我老弟一向不和，却借故对吉字营士兵施以酷刑，你说他不是有意挑衅，“其谁信之”？

六、你们说吉字营仗势欺人，那当柳寿田拷打之时，他怎么反而会不表明部队番号，一直等到“打毕割毕”，这才“说出‘吉字’二字”，这种鬼话，谁相信？

老夫子发火了，彭玉麟这才感到事情严重，于是亲自赶到南京，上门谢罪。而曾国藩也算是给曾国荃及其吉字营的士兵讨回一点公道和面子。要知道，曾国荃劳苦功高打下南京，却因为太平天国主帅李秀成保护幼天王逃脱，遭受来自朝野各方的责难，不得不主动辞去浙江巡抚的高位，带着一身伤病回到家乡。打下南京前，曾国藩担心老弟急成内伤，攻破南京后，曾国藩又担心老弟气出内伤，刚把老弟送出南京（送出一百里外才分手），马上就发生柳寿田欺负吉字营的“割耳”事件，而彭玉麟又刚直过头，反倒痛斥吉字营军纪混乱，甚至追究曾国荃难辞其咎，进而牵带曾国藩不明下情、不能“大义灭亲”，曾国藩当然受不了，于是回信，据情据理，逐一诘责。

复李元度 同治三年十一月十一日

睽隔以来〔一〕，耿耿至今。顷接惠书，猥以军事粗蒇〔二〕，历举古今勋臣、吾乡先正相况〔三〕，又推及三才之交应〔四〕，勖以百废之待举，崇论闳议，情深文明〔五〕，既感且愧。

此军之兴，同袍诸君千磨百折，零落将尽，而不才遭逢际会，忝窃殊荣，感恩怀旧，百端交集。既伤已逝之忠魂，益念仅存之夙好。往昔患难相从为日最久者，于今已无多人。而事会乘除〔六〕，乖违素志，尤觉钦钦抱歉，不能自已。八月间曾将此忱密达天听〔七〕，以见虽邀旷古之荣，实无解于内省之疚。

九月初自安庆移驻江宁，区画各务〔八〕，碌碌鲜暇。旋奉命赴鄂、皖督剿，正拟束装西行，而发降捻遁〔九〕，皖境肃清，谕令无庸前往，仍驻金陵，督办一切。惟是大难之后，百度繁兴，才识本极薄劣，精力近更衰颓，实不复堪引重致远，行当陈情投绂〔一〇〕，养拙息机〔一一〕，重理经生之业〔一二〕，冀增炳烛之明〔一三〕，斯幸甚也。闻陔余多暇〔一四〕，纂述闳富，不知又添新著几许，至为企仰。复问台安，诸惟心鉴。

——《曾国藩全集·书信》（七）第240页

注释

〔一〕睽（kuí）隔：别离，分隔。

〔二〕蒇（chǎn）：完成，解决。

〔三〕先正：从前的贤人名臣。

〔四〕三才之交应：古人以天、地、人为三才，以日、月、星为三光，天地交感，以成吉凶。

〔五〕情深文明：感情深沉，文采鲜明。

〔六〕事会乘除：事情的各种变化，此消彼长，难以掌控。

〔七〕密达天听：用密折上奏，报告给皇帝。

〔八〕区画：筹划安排。

〔九〕发降捻遁：太平军投降，捻军逃走。太平军不结辫子，当时称为“发贼”、“长毛”。

〔一〇〕行当：即将。投绂（fú）：放弃官位回家。“绂”是官印上的丝带，后代指官印。

〔一一〕养拙息机：脱离官场，不理公事，回家颐养身心。

〔一二〕经生之业：学者为儒家经书做注解传播。

〔一三〕炳烛之明：古人称老而好学如炳烛之明，总比在黑夜中瞎走要强。

〔一四〕陔余：奉养父母的闲暇时间，一般用来形容不在官场之人的乡居生活。

点评

这封信，一反常态，先不说接读来信如何如何，而是劈头一句“睽隔以来，耿耿至今”，其中深意，只有曾国藩与李元度感触最深。想当年，曾、李二人朝夕相处，生死与共，情同手足，谁知道会有半路闹崩的那一出呢？曾国藩一怒之下弹劾，负气之余追查，其实并不是要断送李元度的仕途，可李元度却因此而险些流放充军，急得曾国藩赶紧求请左宗棠等人出面挽回。这些过程，李元度都先后了解，也就逐渐打开了心结。当曾国藩终于平定大乱的时候，李元度主动写来了贺信，而且“崇论闳议，情深文明”，让曾国藩特别感动，也特别惭愧。于是，曾国藩只好用开头那句“睽隔以来，耿耿至今”来表达内心的愧疚。

当然，这还是远远不够的，第二段就是这种感情的继续延伸，深情地回忆建军以来的千磨百折，战友一个个牺牲，我现在“感恩怀旧”，怎能不“百感交集”，“既伤已逝之忠魂，益念仅存之夙好”。而“患难相从为日最久者”，却又阴差阳错，闹成现在这个局面，这实在违背了我的本愿。唯一可以告慰你我的，就是三个月前，我曾经密折将你的情况、我的后悔呈报给皇帝，“以见虽邀旷古之荣，实无解于内省之疚”。这两句话，说得非常感人，但他真的就是这样做的,其《密陈录用李元度折》就说:“今幸金陵克复,大功粗成,臣兄弟叨窃异数,前后文武各员无不仰荷殊恩。追思昔日患难与共之人,其存者唯李元度抱向隅之感。”为此,他一口气写下五百字,不仅缕述李元度的种种功绩和情义,而且说七年前回家守孝,扔下彭玉麟、李元度坐困江西,“几若避弃而不顾”,“此一疚也”,后来我又强迫他“带勇”,这是我“用违其才”,致使他“身名俱裂”,“此又一疚也”。“此二疚者,臣累年以来,每饭不忘,兹因忝窃高爵,拜恩怀旧,惭感交并”。这么重的话说给皇帝听,曾国潘也算是尽心尽力了,但在这封信中,曾国藩却一笔带过了。

最后一段是照例要通报近况,曾国藩简单说完行程动向,接着就从“大难之后,百度繁兴”,顺势过渡到再难以身负重任,即将辞官休养,重理旧业,再又引申出李元度著述不辍,可喜可贺,更值得羡慕和景仰。回信就在这样的气氛中结束,相逢一笑,重归旧好。

复何绍基〔一〕 同治三年十二月二十五日

旧雨惠来〔二〕,翩然别去,私怀驰系,我劳如何〔三〕。接诵惠书,敬审安抵润州〔四〕,甫卸征帆,即蹑游屐。揽胜金、焦〔五〕,怆怀今昔,又添几许新诗?悬知百感交集〔六〕,虽襟抱恬愉,无以掩其声情之激越也。

金陵佳丽，自昔所称。丧乱以来，名都文物〔七〕，为狐兔所窟穴，与风尘而殄瘁〔八〕。今岁幸克孤城，百物荡尽。朝廷下宽大之诏，遐迩上中兴之颂，曾无解于鄙心之忾叹。惟大撰四十诗，丕张盛构〔九〕，发皇耳目〔一〇〕，读之苍凉，殆难为怀。不独此邦人士十手抄疲，抑郦生所谓山水有灵〔一一〕，亦惊知己。惟不才兄弟遭逢际会，何功何能，忝窃非分，损辱盛誉，只增愧悚。

——《曾国藩全集·书信》（七）第287页

注释

〔一〕何绍基（1799—1873）：字子贞，号东洲居士，湖南省道州（今道县）人。由进士官翰林，官至四川学政，以诗歌、书法扬名。

〔二〕旧雨：古人用作“老朋友”的雅称。语出杜甫《秋述》，感叹旧时下雨也有客来，现在再逢雨天，却没人到访了。

〔三〕劳：内心的思念。

〔四〕润州：江苏镇江的旧名。

〔五〕金、焦：镇江的两处名胜金山、焦山。

〔六〕悬知：猜测。

〔七〕文物：此处是“文化悠久”的意思。

〔八〕殄（tiǎn）瘁：枯萎，凋落。

〔九〕丕张：盛大、飞扬的样子。

〔一〇〕发皇：启发、开启。

〔一一〕郦生：即郦道元，北魏地理学家，撰有《水经注》。

点评

何绍基堪称是曾国藩的诗学领路人，当年曾国藩初到北京，何绍基以前辈的身份启发鼓励，曾国藩以后学的热情虚心请教。几年后，何绍基出任四川学政，因事去职，四处漂泊讲学。本年因南京收复，何绍基从湖南来到南京，受到曾国藩接待，然后四处访寻旧踪，抚今追昔，感慨万千，一气写下绝句三十二首，用特长的何氏书法，一笔书就，曾国藩当即交付工人刻写拓印，何绍基随即补足成《金陵杂述四十绝句》。二十天后，何绍基东游镇江，旅途来信致谢，曾国藩于是写下回信。

此处所选，是其前半。诗友通信，当然少不了诗作欣赏，曾国藩根据何绍基游踪，先问“又添几许新诗”，然后展开遐想，说你一定又是“怆怀今昔”，“百感交集”了吧，新作“声情之激越”，也是可以猜测得到的了。因为何绍基给曾国藩的信中，颇有一些“盛誉”，例如“昔日白面书生，今日当朝元老”一类的妙语，所以曾国藩只能谦虚回应，但先把笔墨转向时事，自己也来“怆怀今昔”一番。

现成的话题当然就是南京，于是就有下面这一段妙文：“金陵佳丽，自昔所称。丧乱以来，名都文物，为狐兔所窟穴，与风尘而殄瘁。今岁幸克孤城，百物荡尽。朝廷下宽大之诏，遐迩上中兴之颂，曾无解于鄙心之忾叹。”那么，怎么办呢？曾国藩接着说，唯一能够让我开心的，就是你的大作四十篇，结构宏伟，感慨深沉，江山有灵，莫此为甚。至于封侯拜相，那都是时代给予的机会，在你的佳作面前，这些都算不了什么。

二十年前的一对诗友，乱后重逢，又一次谈诗论艺，此中乐趣，不仅仅是他们两人吧？

复季念贻〔一〕 同治四年正月二十六日

国藩曩在江西〔二〕，亲承师命，属纪丰碑。奄忽数年〔三〕，梁阴遽缺〔四〕，亟思撰述以答遗训而表寸忱。所憾堆案百重，闲身莫掣，每欲泚笔〔五〕，辄有俗缘来败人意。不惟师友宿诺多未遽偿，先祖父母、先严慈行述、墓表亦至今未克敬谨为之〔六〕，负疚何极。

今闻先师卜吉东阡〔七〕，封树有期〔八〕，不敢不力践前言，容俟撰就洁本寄呈。迟钝之愆，伏希鉴亮。转瞬春涨风和，台从来此𢘑叙〔九〕，扫榻以待〔一〇〕。届时如碑文未往，请君坐索可也。

——《曾国藩全集·书信》（七）第 335 页

注释

〔一〕季念贻：曾国藩会试座师季芝昌之子，由进士官至翰林院编修。

〔二〕曩（nǎng）：昔日，以前。

〔三〕奄忽：疾速，倏忽。

〔四〕梁阴遽缺：梁木突然倒塌，形容有德长者突然去世。

〔五〕泚（cǐ）：以笔沾墨。此处“泚笔”的意思是动笔作文。

〔六〕先严慈：先严与先慈，即亡父、亡母。行述：子弟概述故去的先人生平的一种文体，也叫“行状”。墓表：记述死者生平与功德的碑文。未克：未能。

〔七〕卜吉：大意指觅得墓地，准备安葬。

〔八〕封树有期：即将堆土为坟，并植树为记。

〔九〕鬯（chàng）：同“畅”。

〔一〇〕扫榻以待：打扫座席，恭候光临。

点评

季芝昌是曾国藩科举会试的荐卷房师，没有他的认可和上报，曾国藩这一年应该就不会成为进士了。所以，他是曾国藩十几年科举生涯中最重要的一位“命中贵人”，加上他深得道光皇帝信任，官职步步高升，也成为曾国藩初入官场的领路人和保护伞。而曾国藩不仅官运亨通，来势喜人，而且他的古文修养与古文创作，也越来越为人称颂，所以，当季芝昌年老辞官之后，也就把自己的墓志铭托付给了这位得意门生。这当然是对曾国藩莫大的信任。三年前，季芝昌逝世，当时战局紧急，曾国藩根本无暇作文，现在战事结束，而且季家后人也即将安葬棺木，于是敦请曾国藩抽空作文。

作为门生，而且在座师生前就已承诺，曾国藩当然义不容辞。

但是，毕竟是迟延数年，于是，此信需要先表达歉意，当然，更要解释原因，这就是第一段的用意所在。值得欣赏的是，短短三四句话，不仅层次清晰，内容丰富，而且文句清雅，情义深长。

有了“歉意”和“原因”做铺垫，第二段的“如期交卷”就更显出曾国藩对师门托付的重视和对弟子情分的信守。即便其他师友的“宿诺未偿”，亡祖亡父的行述墓表也还没作，因为座师即将下葬，所以，我会“力践前言”，写定正本。转眼春水荡漾，你也将来此相会，届时如果碑文还没寄出，你可以坐地追讨。

查曾国藩日记，可知在二十天后，曾国藩接连三天，用心“经营”，为座师写下近两千字的长篇墓志铭。

致阎敬铭〔一〕 同治四年六月二十二日

十八奉复寸函，附寄申夫一信〔二〕，亮尘朗鉴〔三〕。

刘省三由临淮回防〔四〕，因饬令拔驻周家口。英西林初八、九、十等日在颍州剿贼〔五〕，连获小胜。陈、颍各贼去向〔六〕，尚无确耗。

此间淮流盛涨，浸没民居无数。环垒汪洋，日啮堤埂，抢筑捍卫，差免泛滥〔七〕。驿路阻水，恐不能遽赴徐郡〔八〕，曷胜焦灼。

敝同年杨子厚太守由词馆出守凤阳〔九〕，改简回籍〔一〇〕。昨来此晤叙多日，知在东省主讲〔一一〕，岁入馆谷仅百余金〔一二〕，清苦异常。幸隶仁帡之下〔一三〕，伏祈推爱，惠荐明年书院一席，或济南、武定等处〔一四〕，择其束脩较丰者预为位置〔一五〕，实深感荷。适馆授衣〔一六〕，夙仰司徒好贤之雅〔一七〕；择珉弃瑁〔一八〕，敢诵昌黎荐士之诗〔一九〕。诸惟心鉴。敬请台安。

——《曾国藩全集·书信》（七）第 589 页

注释

〔一〕阎敬铭（1817—1892）：字丹初，陕西省朝邑（今大荔县）人。由进士官至户部尚书、军机大臣、东阁大学士。此时担任山东巡抚。

〔二〕申夫：即李榕（1818—1890），字申夫，四川省剑州（今剑阁县）人。曾国藩幕僚，官至湖南布政使，后遭免职回家。

〔三〕亮尘朗鉴："估计您应该接到此信了"的谦恭表达。"尘"即谦词"尘目"，意思是"有污您的眼睛"。"朗鉴"本义为"明镜"，此处近似于"您的明眼鉴定"。

〔四〕刘省三：即刘铭传（1836—1896），字省三，安徽省肥西县人。淮军名将，积功升任直隶提督，官至台湾巡抚。临淮：此处当指江苏省泗洪县临淮镇。

〔五〕英西林：即英翰（1828—1876），萨尔图氏，字西林，满洲正红旗人。举人出身，官至乌鲁木齐都统。此时任安徽按察使。颍州：即今安徽省阜阳市。贼：此处指捻军。

〔六〕陈、颍：河南省陈州（今淮阳县）、安徽省颍州（今阜阳市）。

〔七〕差免泛滥：“大体避免了决堤”的意思。差，略微地，比较地。

〔八〕徐郡：即徐州。

〔九〕敝同年：我的同年。“同年”见同治三年正月二十七日《复萧光浩》注〔一〇〕。杨子厚：即杨福祺，字子厚，山东人。曾国藩会试同年，由翰林出任安徽凤阳知府。太守：知府的别称。词馆：翰林院的别称。

〔一〇〕改简回籍：清朝回避制度，地方行政官员不能在本省任职，如需回到本籍，需要审批改派。

〔一一〕东省：此处是“山东省”的省称。

〔一二〕馆谷：代指书院薪酬。

〔一三〕帡（píng）：帷幕。“仁帡之下”是说“在您的仁爱管辖之下”。

〔一四〕武定：武定府，今山东省惠民县。

〔一五〕束脩：代指教师的薪酬。

〔一六〕适馆授衣：语出《诗经·郑风·缁衣》的典故，郑桓公、郑武公好贤，经常为到访的贤士安排衣食，并到宾馆看望他们。

〔一七〕司徒好贤：郑桓公、郑武公皆为周朝的司徒，后世作为礼贤爱才的代称。

〔一八〕珉(mín):一种像玉的美石。瑁(mào):一种美玉。

〔一九〕昌黎荐士之诗：即韩愈《荐士》，其中有“幸当择珉玉，宁有弃珪瑁”等句。

点评

阎敬铭是在湖北巡抚胡林翼的提拔下逐渐得到朝廷重用的，曾国藩也就与他有过一些交情；阎敬铭此时担任山东巡抚，而曾国藩两个月前奉旨北上，追剿捻军，所有直隶、山东、河南三省文武官员全都归他领导，因此，这封信的前半部分，就是相关的军情通报。

后半部分，则是一份人情请托，为自己的会试同榜、翰林同官杨福祺代谋一份书院讲席。看起来事情不大，但是位少人多，往往需要花很大的力气才能获得。就像这一次，杨福祺也需要搬出钦差大臣曾国藩出面，曾国藩也需要求请山东巡抚干预，而且还不能保证一定能够如愿以偿。其中要涉及前任的续聘与改约以及他的后台人情一系列问题。所以，曾国藩也需要反复思考，字斟句酌。

首先点明杨福祺的身份和事由，我的会试同年，而且是翰苑同官，做过凤阳知府，离任回家，教书为生。现在因为家累找上门来，一住多日，请求同学出面说情，请你这个一省之长关心顾照，换个书院大一些、收入多一些的教职。接着就把阎敬铭抬到“仁爱”的道德高地上，借着“仁帡”一词，顺势写出“推爱”二字。既然他“幸隶仁帡之下”，那么我“伏祈推爱”，你也就不便推脱了吧？当然，还得真诚致谢：如果你能够给他预留一个位子，那我就感激不尽了。最后，再写出一组骈偶佳句，典故信手拈来，却又浑然天成，《诗经》的秀句，韩愈的名篇，纷至沓来，令人目不暇接，美不胜收。看到这里，阎敬铭大概不想办也得办了吧。

当然，阎敬铭应该不会拒绝。托人情、递条子、走后门，这种事情官场上几乎比比皆是，而且，阎敬铭刚刚给曾国藩送来两个官绅子弟，曾国藩已经回信在前：确系青年才俊，即当“妥为位置”。

加朱蓂片 同治四年八月初六日

前信于五月书就，其时匆匆戎行，未能亲书数行奉达。其后驻军临淮，则以大水盛涨，处处为积潦阻隔，遣使回湘，屡滨危险，故世兄入泮之喜〔一〕，久未肃贺为歉。顷弟由临淮移驻徐州，水潦消涸，兹寄菲仪〔二〕，为世兄采芹之贺〔三〕。

回忆吾辈携笔囊挟大烟袋往返于东长街、文运街之间（啸山去年来信说及）〔四〕，日或过从数次〔五〕，谈谐不倦，忽忽三十余年。而弟与啸山、阁下幸俱有子继入黉宫〔六〕，古称有子万事足，况居然秀才〔七〕，岂不足而又足乎？

闻世兄文气清华，颇有跨灶之意〔八〕，烂柴格字则更跨过百重〔九〕。啸山令嗣星槛深稳开扩〔一〇〕，为吾乡后起之大器，啸山之灶觚虽高〔一一〕，恐已驾而上之矣〔一二〕。再颂尧阶仁兄亲家大人台安，并贺大喜。

——《曾国藩全集·书信》（七）第651页

注释

〔一〕入泮（pàn）：科举时代，把学童入学成为生员（秀才）称作“入泮”。“泮”是古代学宫前的水池，后用它来借指学宫。

〔二〕菲仪：谦词，微薄的贺礼。

〔三〕采芹：《诗经·泮水》有“思乐泮水，薄采其芹”（意思是“泮水那边喜盈盈，人在水边采水芹”），因此后人把考上秀才称作“采芹”。

〔四〕东长街、文运街：都是湖南省城长沙的老街，附近有学宫街、学院街。啸山：见同治二年七月十二日《致朱蓂》注〔一九〕。

〔五〕过从：互相走动串门。

〔六〕黉（hóng）宫：即学宫，科举时代的学校。

〔七〕秀才：科举考试的最低一级录取者，叫做“生员”，通称“秀才”。

〔八〕跨灶：良马奔驰，后蹄超越前蹄脚印，叫做跨过灶门，古人借以比喻儿子胜过父亲。

〔九〕烂柴格字：湖南湘乡县土话，木器上的朽烂雕花。如“万（卍）字格”、“喜（囍）字格”等雕花工艺，日久破损，当地叫做“烂柴格字”。此处曾国藩用以自喻自嘲。

〔一〇〕令嗣：敬语，称呼别人的儿子。星槛：即朱式云，字星槛，朱富春（啸山）子，中秀才后从军，因功授浙江候补道。

〔一一〕灶觚（gū）：灶上的烟囱。

〔一二〕驾而上之：超过。

点评

旧时官场书信应酬很多，因此官员基本上都会物色助手，代为起草书信，然后自己核改，交付誊抄，有时还在寄发前就手写上几句，或者“自添一片”，这就是“加某某片”。上封信在五月发出，曾国藩即将北上剿捻，没有来得及附上几句话，因此这次特意向老友解释。接着，曾国藩又进一步说明贺礼迟到的原因，表现出一位当朝大佬对山乡发小的尊重。

由朱蓂之子考中秀才，曾国藩回想到了自己与朱蓂、朱富春三人当年考学的青涩时光，“回忆吾辈携笔囊挟大烟袋往返于东长街、文运街之间”，因为去年朱富春曾经说到这些往事，三个湘乡农家子弟，风尘仆仆来到省城，借住在“东长街、文运街之间”，一个个手里拎着笔袋子，腋窝夹个大烟袋，文不文武不武的，没事儿每天你跑到我这边，我跑去你那儿，说不完的开心话，如此萌娃竟然也都先后考上了秀才。三十年过去，我们三人也都有儿子高中秀才。古人说过，有子万事足，我们居然还有了秀才儿子，你说说，这岂不是“足而又足”吗？

理学家这个头衔，让人误认为曾国藩古板迂腐，其实他是个很幽默很诙谐的人，只是在一般人面前不会显露出来，而在亲近的朋友中，他是很喜欢寻开心的。这次也是如此，笑话一个接一个。这封信的末尾，两句话，夸了两个年轻人，却是拿三个老头子开涮：听说你儿子很不错，看来要胜过他爹喽；至于我这个“烂柴格字”（朽木雕花）则胜过不止一百倍了；至于啸山，平时鼻孔朝天、目中无人，现在也要被他自己的崽伢子比下去喽。

复阎敬铭 同治五年正月初五日

湖团一案〔一〕，前议驱逐莠团，资遣良团，系为该团民去危就安，永免后患起见。承示“五难”、“三可虑”及“如绳解结”之喻，至为切当。该团民亦联名禀称，安土重迁〔二〕，自系实在情形，鄙人亦不强以所难。惟王团勾贼，刁团容贼，必应执法严惩，除饬拿王长振等匪外，应将王、刁两团民勒限正月十五以前，全行撤归本籍，已于腊月二十二严批挂发。未尽事宜，顷又出示四条，均经录咨冰案。

论民情，则□民、团民既有不能两立之势〔三〕。论军务，则勾贼、容贼又无全不惩诛之理，驱此两团，其余各团乃可久留安业。两团人数无多，合老少男妇不过三千，尚不难于安插，伏希鉴谅。

——《曾国藩全集·书信》（八）第 19—20 页

注释

〔一〕湖团一案：山东难民在江苏垦荒结团，江苏流亡原住民争田械斗，兼有通敌之事，于是当地官府立案追查。

〔二〕安土重迁：安于家园，不愿轻易迁移外地。

〔三〕□民："民"前之字各本皆缺。据此文意，当指江苏土民。

点评

1851 年黄河下游决口，山东、江苏之间的微山湖、昭阳湖向南漫溢，江苏铜山、沛县等地良田化为汪洋，当地农民被迫逃亡四方。四年后黄河再次溃决而改道北移，山东郓城、巨野等地农田淹没，难民逃往铜山、沛县人去田荒的湖滩，安营扎寨，垦荒耕种，并以族姓结团自保。而在他们收获粮食的时候，铜山、沛县的难民回家了。于是，由争执发展为诉讼，由诉讼激化为械斗。当地官员互相推诿，案子一拖就是十年。

此时曾国藩奉旨追剿捻军，军务繁重，却又奉命处理交战地带的这个棘手"湖团案"。钦差大臣督军，容不得一个战事之外的民事疑案纠缠不休。于是，曾国藩派员调查，认定湖团有良有莠，认定土民借讼生事，于是拍板决定，八个湖团，六个永久居住，王、刁二团通敌，证据确凿，全部驱返山东。腊月下旬，曾国藩颁布告示，来年正月十五之前，限定王团、刁团离开江苏地界，返回山东老家。

如此结案，团民不愿离开，山东不愿接受。团民联名请愿，诉称开荒自救、耕种复业，如今老家已经无处安身，安土重迁，只能把他乡作故乡。山东巡抚阎敬铭来信，更是提出“五难”“三可虑”。可是，客民占田不还，械斗诉讼，旷日持久，永无休止，除了快刀斩乱麻，谁能拿出一劳永逸的“良法”？扬汤不能止沸，只能釜底抽薪，于是曾国藩回信，高举“通敌必应执法严惩”这一王牌，对方来信的这个困难、那个可虑，瞬间显得那么不值一提，也不值一议，更不值一驳。

当然，曾国藩并没有这样绝情，在信末还是给阎敬铭一些安慰：论民情，事情盘根错节，双方势不两立，械斗源源不断，只能当机立断，一了百了；论军务，“则勾贼、容贼又无全不惩诛之理”，好在人数不多，“尚不难于安插”。军务在身，我也是没办法，老朋友多多原谅吧！绝不拖泥带水，回信就此结束。

复李鸿章　同治五年三月十六日

来示欲令潘琴轩军作游击之师〔一〕，鄙人尝有此意，以书告之，渠复信似不甚愿。兹将两信抄寄一阅。至幼军作防济之师〔二〕，目下风波危险，不能遽改。

以私事而论，君家昆仲开府〔三〕，中外环目相视，必须有一人常在前敌担惊受苦，乃足以折服远近之心。

而幼泉之才力器局〔四〕，亦宜使之发愤自强，苦战立功，不必借诸兄之门荫以成名〔五〕。

以公事而论，目下淮、湘诸军剿捻，颇似秀才考经、策两场之时〔六〕，视之无关得失，潦草塞责。若非仆与阁下提振精神，认真督率，则贼匪之气日进日长，官兵之气日退日消，若淮勇不能平此贼，则天下更有何军可制此贼？大局岂复堪问？

——《曾国藩全集·书信》（八）第 138—139 页

注释

〔一〕潘琴轩：即潘鼎新（1828—1888），字琴轩，安徽省庐江县举人。淮军将领，官至云南巡抚。

〔二〕幼军：此处指李昭庆带领的淮军武毅、忠朴各营。李昭庆（1835—1872），字幼泉，或作幼荃，李鸿章幼弟。防济之师：防守济宁的守军。

〔三〕君家昆仲：你家兄弟，此处指李瀚章、李鸿章。开府：见同治二年七月十二日《致朱寞》注〔三〕。

〔四〕器局：指人的气量、气度。

〔五〕门荫：子弟借助家中长辈的职位、功劳而在科举、做官等方面获得的特别照顾。

〔六〕经、策两场：秀才的“入学”（录取）考试与此后的“岁试”、“科试”（学年考试）。一般都有四五场，第一场为正场，后面几场都是复试，即包括“经、策两场”，测试《四书》经文、对策的写作。

点评

这封信，态度很明确，立意很正大，但行文刚柔相济。

湘军攻破南京不到一年，曾国藩就再次挂帅，过江北上，追剿捻军，李鸿章则由江苏巡抚代理两江总督，从上海来到南京，两相比较，劳逸不均。就在此时，李鸿章还出于私心，给曾国藩写信，让原为防军的潘鼎新部改为四处救急的游击队，让原为一线部队的小老弟防守济宁。对此，曾国藩直来直去，实话实说：潘鼎新不愿意，你老弟不能换。理由很简单:“目下风波危险，不能遽改。”

接着，曾国藩还以师长的身份，对李鸿章施以训诫，立论则是从“公”“私”两方面展开：

第一，“以私事而论”，你李家兄弟同时位居督抚，朝廷内外众目睽睽，都在紧盯着你们兄弟俩的一举一动，你们“必须有一人常在前敌担惊受苦，乃足以折服远近之心”。这里用的词是“必须”，因为在此之前，曾国藩、曾国华、曾国荃、曾国葆兄弟就正是这么做的。即便是从另一方面讲，以你老弟幼泉现在的才能和气度，也应该让他“发愤自强，苦战立功”，而不能像你说的那样，倚仗几位兄长的官势和名望，轻轻松松坐享其成。

第二，“以公事而论”，淮军、湘军早都是平定太平军的功勋部队，就像秀才考过“正场”，现在联合对付捻军，就像秀才把它当做“经、策”复试，以为“无关得失，潦草塞责”。如果你我二人都不能“提振精神，认真督率，则贼匪之气日进日长，官兵之气日退日消”。湘军已经撤遣殆尽，淮军现在是剿捻主力，我问你两个问题：“若淮勇不能平此贼，则天下更有何军可制此贼？大局岂复堪问？”

复邵顺国〔一〕 同治五年五月初九日

英年读书，温经〔二〕为上，读史次之，时文又次之〔三〕。

六经义精词约〔四〕，非潜心玩味，本难领其旨趣。然熟读《诗经》，自足使人之情韵日深；熟读《左传》，自足使人之笔力日健；熟读《礼记·曲礼》《内则》《少仪》诸篇，自足使人之威仪动作皆有范围；熟读《乐记》《学记》《祭义》，自足使人之心思识趣渐有把握。

时文为应试之阶，高低具不合用。近时如《仁在堂稿》最为适中〔五〕，李次青《小题正鹄》即由是选出〔六〕，但将此二编诵习，大小试无不相宜。《仁在堂》所选试帖、律赋亦佳〔七〕，其持论亦极深细，即此揣摩已足，缘举业贵精不贵多也〔八〕。

若成名以后，又当进而求之《史》《汉》百家古文古诗，自未可存自画之见〔九〕。楷书最有关系，唐时专设一科。鄙人虽在军中，尝教人习字，大则径寸，小则蝇头，每日以二百字为程，久之自有进境。阁下既获明师，又与慕徐、松生互相切磋〔一〇〕，必能相与有成。

尊公墓志业已撰就〔一一〕，并曾折书寄金陵一次〔一二〕。因须添一二字，又经索回，稍暇再为端书发刻〔一三〕，兹先抄稿寄去。

——《曾国藩全集·书信》（八）第220页

注释

〔一〕邵顺国：字子进，或作子晋，曾国潘故友邵懿辰次子。

〔二〕温经：封建时代，儿童上学就开始接触儒家经典，但当时理解力有限，需要长大后不断温习巩固。

〔三〕时文：科举应试之文，特指八股文。全篇由破题、承题、起讲、入手、起股、中股、后股、束股八部分组成。后四股又须成对排比，组成八股。这种文体便叫八股文。

〔四〕六经：见咸丰十一年三月十一日《复许振祎》注〔四〕。

〔五〕《仁在堂稿》：清嘉庆朝进士路德选编的八股文文集。路德字闰生，陕西省盩厔县（今周至县）人。曾官户部郎中，辞官回家讲学。

〔六〕李次青：见咸丰七年闰五月初三日《复李元度》注〔一〕。

〔七〕试帖：即试帖诗，清代科举考试的规定诗体，截取古人诗中成句为题，故题目上一般先有“赋得”二字，要求考生以此题意并所限韵脚，作八韵排律。律赋：科举考试的必试题，审题、立意与格律都有严格的规定。

〔八〕缘：因为。举业：科举学业。

〔九〕自画：自我闭塞限定。

〔一〇〕慕徐：即郭阶，曾国藩儿媳郭筠之兄，友人郭沛霖（殉难于两淮盐运使兼淮阳兵备道任内）之子，官至淮海道。松生：即陈远济（1844—1884），字松生，曾国藩女婿，友人陈源兖（安徽池州知府，殉难于合肥）之子，后随曾纪泽出使法国，死于参赞任内。

〔一一〕尊公：您的父亲。

〔一二〕折书：在折叠起来的纸册上书写。

〔一三〕端书：工整地书写。发刻：交付工人在石碑上刻写。

点评

邵顺国是邵懿辰的二儿子，在父亲被害之后，五年前跟随母亲与哥哥、姐姐来到曾国藩安庆大营，这才免去漂泊无助之苦。南京克复，曾国藩又把邵家老小带到南京，每月供给银两。去年曾国藩北上剿捻，还特意安排邵家女婿随军，以求今后自立。不料出征不久，一个月内，邵家长子、邵夫人相继去世，曾国藩行军途中，多方托付朋僚，并在家书中叮嘱儿子纪泽，先后送上丧礼银几百两，让邵顺国得以将母、兄棺木归葬杭州。然后，邵顺国回到南京，继续在总督府内，与曾国藩的女婿陈远济、姻亲郭阶一起，接受资深名师的培养。此时给曾国藩来信问候，并汇报学习情况。曾国藩回信，则集中一个主题，督促学业，指导方法。

根据自己的经验与阅历，曾国藩首先指出，年轻人读书，“温经为上，读史次之”，打好基础才能后继有成。儒家经典博大精深，必须熟读、多思，用心揣摩。进而一一讲评，读《诗经》可以培养情韵，读《左传》可以培养笔力，读《礼记》可以培养礼仪规范。这是一个理学家的学问境界，也是他作为一位长辈，对故人之子的殷切期待。

科举时代，应试教育当然是重中之重，曾国藩接着就开列书目，推荐教材。曾国藩以一个科举过来人的甘苦经历，明确告诫，“举业贵精不贵多”，只要你“将此二编诵习，大小试无不相宜”。要知道，曾国藩不仅是科考成功者，大小考试，过关斩将，天子门生，一举成名，而且还几次担任科举考官，更是曾任负责科举事务的礼部侍郎，这样的考前指导，那是相当的有指导价值、相当的有针对性啊。

最后，曾国藩嘱咐，不要局限于应试教育，还要多读古文名家，还要重视正楷书写。希望你与慕徐、松生等同学切磋交流，早日成才。

在随后两天分别写给自己的儿子、侄儿与女婿的信中，曾国藩说的，也就基本上是这些话了。曾国藩对二十年故交死难之后的种种深情厚谊，真让人为之动容。

复吴廷栋[一] 同治五年五月十三日

春间接到去岁腊杪手书，知有结茅诸城之意[二]，嗣见邸报[三]，果遂引退，得旨俞允[四]。厥后鲍花潭学使在泰[五]，每相晤言及。台从三月初旬出都，计已早抵诸邑。兴居安善，泊然物外，课孙自怡[六]，至以为慰。

目下中外之患，洋务最巨[七]，其次则中原之捻，其次则甘肃、新疆之回[八]。捻众纵横腹地，尤为切近之灾，剽悍亦远胜于回。鄙人精力日颓，度不足了此一段，矧能更预密勿[九]，效涓埃于根本之地[一〇]？来书相勖殷殷，只增愧恧[一一]。

至谓著述为心，则国藩久无此念。曩岁儿辈来祁门省视[一二]，还湘之顷，告以勿刻文集，小儿亦能默喻此意。惟浏览载籍，日有课程，则比年不改此度[一三]，冀增炳烛之明[一四]，少谢不殖之诮[一五]，亦借前言往行自镜[一六]，庶不至以侥幸成功，侈然自足耳[一七]。诗古文辞，素性所耽，近亦吟诵不辍，特未尝执笔，有所著纂[一八]。心思枯涩，俗务纷烦，匪惟不能[一九]，实亦不暇。

窦兰泉前岁过皖〔二〇〕，精神颇健，遽尔徂谢〔二一〕。昔岁京华良友，凋丧略尽，可胜悼叹！古人有言：既恸逝者，行自念也〔二二〕。阁下将来，有同情乎？

——《曾国藩全集·书信》（八）第231—232页

注释

〔一〕吴廷栋：见道光二十八年《致刘传莹》注〔二〕。

〔二〕结茅：结草为棚，即搭建一个简单的住所。诸城：即山东省诸城县（今诸城市）。

〔三〕嗣（sì）：随后。邸报：古代的政府公报。

〔四〕俞允：允许，批准，多用于君主。

〔五〕鲍花潭：即鲍源深（1811—1884），字花潭，安徽省和州（今和县）人。历任贵州学政、江苏学政、工部侍郎等职，官至山西巡抚。学使：即学政的别称。泰：此处指山东泰安。

〔六〕课孙：教读孙辈。自怡：自乐。

〔七〕洋务：见同治元年三月二十四日《复李鸿章》注〔三〕。

〔八〕回：回民，此处指当时甘肃、新疆一带的回民武装反抗。

〔九〕矧（shěn）：况且，何况。预：参与。密勿：朝廷机密之事。

〔一〇〕效：报效。涓埃：微不足道的东西。

〔一一〕恧（nǜ）：惭愧。

〔一二〕曩岁：昔年，早些年。省（xǐng）视：探望父母。

〔一三〕比年：近年以来。度：规矩。

〔一四〕炳烛之明：见同治三年十一月十一日《复李元度》注〔一三〕。

〔一五〕少谢：稍微减少。不殖之诮（qiào）：因为学问不深而受到别人的讥笑。

〔一六〕前言往行：历代圣贤的模范言行。自镜：自我检查反省。

〔一七〕侈然：放纵、放肆的样子。

〔一八〕著纂（zuǎn）：著述与汇编。

〔一九〕匪惟：不仅。

〔二〇〕窦兰泉：即窦垿（1804—1865），字于坫，号兰泉，云南省罗平州（今曲靖市）人。以进士官监察御史，曾国藩理学旧友。

〔二一〕遽（jù）尔徂（cú）谢：突然去世。

〔二二〕行：行将，将要。

点评

曾国藩中进士、入翰林的最初几年，也曾忙于八股考试和诗文创作，稍后得到理学家唐鉴与倭仁的启发，幡然皈依，与吴廷栋、邵懿辰与窦垿等人，切实修炼心性，互相监督批评，不仅在日记中痛自反省，而且还交换日记，取经与督察兼而有之。离开北京十几年，曾国藩历经磨难，封侯拜相，看似风光无限，但身心疲惫，唯有自知。现在吴廷栋得以从刑部侍郎引退辞官，择地而居，心胸洒脱，尽享天伦之乐，曾国藩回信，就从这种羡慕开始。

中间两段，回应吴廷栋来信的期待和祝愿。大概来信有勉励进京任职之意（如军机大臣之类），曾国藩回答说，国家内忧外患，以我本人的才力和精力，可能实不足以完成目前承担的剿捻重任，更不用说跻身中央"根本之地"、参与"密勿"大事了。至于著书立说与诗文创作，中年以后，军政集于一身，我早就没有这个念头了，而且特别嘱咐儿辈，今后不许刻印什么遗集。唯有每日读书读史，则一直没有松懈。不仅是用以"增炳烛之明"，而且也更是"借前言往行自镜"，在这里，曾国藩似乎再次与当年的理学同道切磋他们孜孜以求的人生修养与理想境界。

最后一段，曾国藩借着告知旧友信息开始抒情：窦兰泉前年经过安徽，我们别后重逢，当时他还"精神颇健"，谁知道没多久就"遽尔徂谢"。早年京华好友，一个个几乎都零落殆尽了，让人不胜悼惜感叹。一句"古人有言，既恸逝者，行自念也"已经让人唏嘘，再来追问一句：朋友啊，你今后（对我），会有这种感情吗？

朋友间书信往返，可以述行踪，可以明心志，更可以感怀身世，抒发历经岁月流逝后日久弥新的深厚友情。南朝文论家刘勰《文心雕龙·书记篇》说：书信，就是要舒布其言，排遣郁闷，体现风采，作为各自心声的往来酬答。所以，古人编文集，不少都是收进了情文并茂的书信的。

复李鸿章 同治五年七月十八日

前接七月初三惠函，顷又接十三日一书，敬悉一切。

国藩以初六日自宿迁开行，初九日自清江扬庄换船，入湖溯淮，十六日至临淮。十五日酉刻，恶风暴起，顷刻翻炮船八号，鄙人所坐长龙船亦万分危急〔一〕，头篷、大篷均被风裂断绳索，飏去江中〔二〕，而后船势稍定，乃庆更生〔三〕。大水成灾，千余里民居荡析，本已伤心惨目，而又逢此酷暑，受此大惊，衰年之身体意绪，两非所堪。幸闻刘寿卿在上蔡、郾城等处四获胜仗〔四〕，张总愚一股大受惩创〔五〕，琴轩在太康、扶沟等处亦获三捷，任、赖已至洧川、郑州一带〔六〕，防守沙河之议或可办成，差为一慰。

来示欲令省三回家休息〔七〕，则断不可。现在苦无大枝劲旅，惟霆、省二军较为可恃，若省三归去，则刘盛藻、唐殿魁又分两枝〔八〕，亦不能当一路矣。省三自元年夏赴沪，今仅四年有奇，三年冬曾回籍小住数月，亦不为甚劳甚久。凡教人，当引其所长，策其所短。如省三之所长在果而侠，其所短在欠渟蓄〔九〕，琴轩之所长在坚而慎，其所短在欠宏达。国藩责令省三主持防守沙河一事，而教之以坚忍，正所以勉其海量，进之于渟蓄也。今若听其告假回籍，则沙河必办不成。在大局无转机，在省三无恒德矣。

目下淮勇各军既归敝处统辖，则阁下当一切付之不管。凡向尊处私有请求者，批令概由敝处核夺，则号令一而驱使较灵。以后鄙人于淮军，除遣撤营头必先商左右外〔一〇〕，其余或进或止，或分或合，或保或参〔一一〕，或添募，或休息假归，皆敝处径自主持。如有不妥，请阁下密函见告。自问衰年气弱，但恐失之过宽，断无失之过严。常存为父为师之心肠，或责之，或激之，无非望子弟成一令名，作一好人耳。

昔麻衣道者论《易》云〔一二〕：学者当于羲皇心地上驰骋〔一三〕，无于周、孔脚跟下盘旋〔一四〕。前此湘军如罗罗山、王璞山、李希庵、杨厚庵辈〔一五〕，皆思自立门户，不肯寄人篱下，不愿在鄙人及胡、骆等脚下盘旋〔一六〕。淮军如刘、潘等，气非不盛，而无自辟乾坤之志，多在台从脚下盘旋。岂阁下善于制驭，不令人有出蓝胜蓝者耶？抑诸公本无远志，激之而不起耶？淮勇自成军后，多遇顺境，未经大挫，未殉奇节。不困厄则不能激，无诋毁则不自愤。愿阁下愤之激之、劳之教之，俾诸统将磨折稍多，成就更大，而鄙人藉以少靖捻氛〔一七〕，免于咎责，受惠多矣。

——《曾国藩全集·书信》（八）第 327—328 页

注释

〔一〕长龙船：清代木制战船。

〔二〕飏：即“扬”。

〔三〕更生：重生。

〔四〕刘寿卿：即刘松山（1833—1870），字寿卿，湖南省湘乡县人。湘军后期著名将领，官至甘肃肃州道，战死于任内。

〔五〕张总愚：即张宗禹，安徽省亳州雉河集（今涡阳县）人。捻军首领，兵败，不知所终。

〔六〕任：即任化邦（？—1867），又名任柱，安徽省蒙城县人。捻军统领，曾受封太平天国鲁王，后在与刘铭传部作战时被部下杀害。赖：即赖文光（1827—1868），广东省嘉应州（今梅州市）人。太平天国遵王。太平军败，率余部投奔捻军，后被淮军俘杀。洧（wěi）川：河南省洧川县（今属尉氏县）。

〔七〕省三：即刘铭传，见同治四年六月二十二日《致阎敬铭》注〔四〕。

〔八〕刘盛藻（1828—1883）：字子务，安徽省合肥（今肥西县）秀才。刘铭传族叔，淮军将领，官至浙江按察使。唐殿魁（？—1867），字荩臣，安徽省合肥（今肥西县）人。淮军将领，官至广西右江镇总兵。追击捻军，战死于阵。

〔九〕渟（tíng）蓄：本义是形容水的渊深集聚，此处形容人的雍容安详。

〔一〇〕营头：湘军、淮军的部队番号。

〔一一〕保：保举，向朝廷推举有功绩的军政人员。参：参劾，检举揭发有罪责的军政人员。

〔一二〕麻衣道者：据传是宋代著名道士，名叫李和。《易》：即《周易》，先秦儒家经典。

〔一三〕羲皇：即伏羲氏，三皇之首，故称"羲皇"，传说中的中华民族人文始祖，创造文字，教民打渔捕猎。

〔一四〕周、孔：周公，周文王之子，西周政治家、军事家与思想家。孔子，春秋时代鲁国政治家、思想家与教育家。

〔一五〕罗罗山：即罗泽南（1807—1856），字仲岳，号罗山，湖南省湘乡县（今双峰县）人。秀才，塾师，湘军早期统将，战死于武昌。王璞山：即王錱，见咸丰三年九月初六日《与骆秉章》注〔七〕。李希庵：即李续宜，见咸丰八年八月十六日《加李续宜片》注〔一〕。杨厚庵：即杨岳斌（1822—1890），原名载福，字厚庵，湖南省善化县（今属长沙市）人。本为绿营士兵，后加入湘军，与彭玉麟同为水师统将，官至陕甘总督。

〔一六〕胡、骆：胡林翼，见咸丰八年八月十六日《加李续宜片》注〔二〕。骆秉章，见咸丰三年九月初六日《与骆秉章》注〔一〕。

〔一七〕少靖捻氛：意思是稍微扫除一些捻军的凶恶气焰。

点评

随着李鸿章职位与声望的不断上升，曾国藩在通信中也逐渐减少了对他的刚性指示与直言教诲。但是，读这封信，不难看出，曾夫子又一次"正色告诫"了。

开篇本来已经说，连接二信，知悉一切，但没有直接答复来信的这件事那件事，而是细述自己这十几天的行程，因为这是曾国藩北征以来遭遇的一系列险情与磨难，并且忧伤民不聊生、综述各路战况。老头子我在前线奔波，劫后余生，后生辈你在南京享福，鸠占鹊巢，而在我"逢此酷暑，受此大惊，衰年之身体意绪，两非所堪"的这个关口，你竟然还要插手干政，让你的淮军旧部、我的得力干将"回家休息"？有了上面这一段铺垫，曾国藩这才写下最关键的三个字，"断不可"。

然后就是列举理由：第一，北伐以来，一直"苦无大枝劲旅"，仅有鲍超的霆军和刘铭传的铭军。如果主帅回家，那他的部队就要一分为二，再也不能独当一面。第二，刘铭传仅仅从军四年，中间还回家休养几个月，不算劳累。第三，用人要用其所长，补其所短，刘铭传长处在英勇无畏，短处在不耐坚持，我现在正在用其长而补其短，你的要求不仅与我的做法背道而驰，而且"在大局无转机，在省三无恒德"，于公于私都有害。

话既然说到这儿了，接下来就是乘胜追击：第一，目前既然淮军归我指挥，你就应当“一切付之不管”。以后凡有淮军将帅向你开口，你只能明确批示，一概归我决定。这样才能军令统一，指挥如意。第二，从今以后，只要不是裁撤淮军某部番号，其余一切，不管是部队的调动与分合，还是将官的保举与纠参，何时招兵扩军，谁人请假轮休，统统由我做主。如有不妥，你再密信协商。

要不怎么说“姜是老的辣”，这封信的最后，竟然祭出“麻衣道者论《易》”来：人若立志，就要从天地间至高无上的人做起，不要在周孔圣贤的脚跟下讨生活。我湘军的第一流大将，就都没有在我的脚跟下盘旋，你淮军的刘铭传、潘鼎新这一辈角色，才气不缺，为什么总离不开你这个“保姆”？到底是你抓得太死，不想让他们青出于蓝，还是他们没有志气，朽木难雕？

信写到这里，就此打住，也是一篇好文章。但是，为了顾及李鸿章的脸面，进而照顾收信人的心情，曾国藩把信归结于这样的意思：人不磨练难成才，我愿意你让你的淮军各位“统将磨折稍多，成就更大”，而我老头子也得以借此稍平敌贼，免于朝廷上下的批评和追究，这就是你和你的淮军对我的恩惠了。

立意正大，章法井然，开合自如，相信读者自有体会。

复郭阶〔一〕 同治五年八月二十七日

顷接惠书，猥以佳节中秋，远承祓饰〔二〕。即审萱帏笃祜[三]，桂序延釐为慰[四]。

军械一所，公事无多，阁下门少期亲[五]，体素文弱，金陵繁丽之区，宜省应酬，专以悦亲为本[六]，而悦亲又以保身、读书二事为本。保身在慎起居，节饮食，看似平平无奇，但行之有常，其功实能长精神而却疾病。读书在通经术，谙世务。经术通，则义理入而内心有主；世务谙，则闻见博而应事不穷。胡安定在湖学[七]，分经义、治事二斋，当时取为太学之法[八]。阁下年才弱冠[九]，日进无疆，无以家业中落为虑，必深知寒士之困苦，饱历世路之艰难，而后筋骸乃固，性情乃和，智术乃生，所以保身者在此，悦亲者在此，所以承先启后者亦在此。

国藩自六月由济宁起行，八月初九抵周家口。沿途受暑，兼感风寒，曾在临淮小病数日。今外病虽瘥，而元气已衰，肌肤顿瘦，偶一用心，即汗出不止，殆不足以复肩艰巨[一〇]，已附片请假一月，在营调理。近因沙河防务将成，贼竟从豫军汛地内东窜[一一]，军情多变，焦愤实深。

昨接鄂中家报[一二]，知鸿儿妇于八月初十日子时得举一男[一三]，老年新发孙枝，少娱暮景[一四]，为之一慰。

尊府当有佳报，令慈太夫人闻之〔一五〕，当亦辗然色喜也〔一六〕。复颂节祺。

——《曾国藩全集·书信》（八）第 373—374 页

注释

〔一〕郭阶：见同治五年五月初九日《复邵顺国》注〔一〇〕。

〔二〕祓饰：吉语祝贺。

〔三〕萱帏：对别人母亲的雅称。笃祜：很深厚的福气。

〔四〕桂序延釐（xī）：中秋节吉祥幸福。“釐”即“禧”，福。

〔五〕门少期（jī）亲：意思是“家中人口不多”。“期”是为期一年或一月。“期亲”是需要为之服丧一年或数月的亲戚。古代礼制，根据血缘远近，规定服丧时限。

〔六〕悦亲：孝敬父母，让父母心情顺畅。

〔七〕胡安定：即胡瑗，泰州海陵（今江苏省如皋市）人。祖籍山西省子长县安定堡，后世尊称为“胡安定”，宋朝儒学思想家、教育家。湖学：胡瑗曾长期在湖州讲学，制订了一系列教育规章，后世称为“湖学”。

〔八〕太学：宋代的太学，隶属于国子监，是国家的最高学府。

〔九〕弱冠：古代男子以二十岁行冠礼，表示已经成人。后世用以代指二十岁年纪。

〔一〇〕肩：肩负、承担。

〔一一〕汛地：明清时代用以称呼军队的驻守防务地段。

〔一二〕鄂中：此处指湖北武昌。鄂是湖北省的简称。

〔一三〕鸿儿妇：曾国藩次子曾纪鸿的妻子，即郭阶的妹妹。得举一男：生下一个儿子。

〔一四〕少：稍微。暮景：晚年生活情景。

〔一五〕令慈：对对方母亲的尊称。

〔一六〕辗（niǎn）然：很欣慰、很开心的样子。

点评

郭阶的父亲郭沛霖是曾国藩的会试同榜进士，翰林院同官，关系友善，于是为儿女定下娃娃亲。郭沛霖殉难于军后，这门亲事如期举行。这次是因为郭阶中秋节写来贺信，而曾国藩又得到二儿媳生子的家信，于是给郭阶写信回复。

中国古代非常注重礼仪，曾国藩尽管身为长辈，但还是对郭阶待以平辈之礼，称对方为阁下，而自称以名，书信开头还伴以寒暄客套。接下来内容，分三个层次，即立身教诲、近况通报和添孙报喜。

前不久，曾国藩在给女婿陈远济回信时，曾有这样的话，你与慕徐（郭阶）、子晋（邵顺国）朝夕相处，互相切磋，很好很好，你们三人都是“忠良之后”，“若能发愤立品立学，当不至于终穷”，可是“三人身体俱弱，尤须好为调养”。在此，曾国藩也是据此发端，你公事不多，亲人也少，体质又弱，身处南京浮华世界，应该尽量减少应酬，以保身、读书为悦亲之本。然后就是一番谆谆教诲，如何“慎起居”，如何“节饮食”，如何“通经术”，如何“谙世务”，并据此引出“深知寒士之困苦，饱历世路之艰难”的教诲。这些话，看似老生常谈，但是，对于郭阶这样一位少年丧父、只有母爱而又家道中落的年轻人来讲，还是非常必要的。而且，曾国藩还以明确的口吻说，只有这样，你才能够“日进无疆”，才能够“承先启后”，振兴家运。你年方二十，来日方长，任重道远。这些话，深深寄托着曾国藩作为姻亲与世伯的殷切期望。

当然，毕竟姻亲不同于子侄，曾国藩很快就把话题转向了自己这边的近况通报。在信的结尾，他又特意给郭阶报喜，你妹妹当妈妈了，我当爷爷了，你当舅舅了，你妈妈当姥姥了，让我们共同庆祝吧。

加黄倬片〔一〕 同治五年十二月十一日

再，承来示述及佩蘅兄言〔二〕，敝处尽可施展，勿为人言所挠，仰荷关垂，感甚感甚。

弟窃观古来臣道〔三〕，凡臣工皆可匡扶主德〔四〕，直言极谏，惟将帅不可直言极谏，以其近于鬻拳也〔五〕；凡臣工皆可弹击权奸，除恶君侧，惟将帅不可除恶君侧，以其近于王敦也〔六〕；凡臣工皆可壹意孤行，不恤人言，惟将帅不可不恤人言，以其近于诸葛恪也〔七〕。握兵权者犯此三忌，类皆害于尔国，凶于尔家。故弟自庚申忝绾兵符以来〔八〕，夙夜祗惧〔九〕，最畏人言，迥非昔年直情径行之故态。近有朱、卢、穆等交章弹劾〔一〇〕，其未奉发阅者又复不知凡几〔一一〕，尤觉梦魂悚惕，惧罹不测之咎〔一二〕。盖公论之是非，朝廷之赏罚，例随人言为转移，虽方寸不尽为所挠，然亦未敢忽视也。

——《曾国藩全集·书信》(八)第552—553页

注释

〔一〕黄倬：字恕阶，湖南省善化县(今属长沙市)人。由进士授编修，历任四川学政、浙江学政、兵部侍郎，官至吏部侍郎。

〔二〕佩蘅：即宝鋆(1807—1891)，字佩蘅，索绰络氏，满洲镶白旗人。曾国藩会试同年，历任礼部侍郎、内务府总管大臣、吏部尚书、武英殿大学士。

〔三〕臣道：封建时代，臣子必须绝对服从君王，牢守为臣尽忠之道。

〔四〕臣工：朝廷文武百官。匡扶：匡正扶助。主：君主。

〔五〕鬻拳：春秋时代的楚国宗室后裔，曾经拔剑强迫楚文王改正错误，事后自断其足以谢罪。后来又因为楚王兵败溃退而拒开城门，致使楚王病逝于军，鬻拳自杀以殉。

〔六〕王敦：东晋大将军，因不满朝政，发兵攻进首都，杀害晋元帝亲近大臣，致使晋元帝忧愤而逝，晋明帝立，讨伐王敦，王敦随即病死。

〔七〕诸葛恪：东吴大将军，吴帝孙权的托命大臣，后独断专行，被诛杀。

〔八〕庚申：这一轮的庚申是咸丰十年（1860）。绾（wǎn）兵符：手握兵权。咸丰十年曾国藩被授予钦差大臣督办江南军务。

〔九〕祇（zhī）惧：敬畏，小心谨慎。

〔一〇〕交章弹劾：接连上奏检举揭发，要求查办。

〔一一〕不知凡几：不知有多少。

〔一二〕罹（lí）：遭受祸患。不测之咎：难以预测的祸患。

点评

黄倬是曾国藩的湖南老乡，也是曾国藩理学导师唐鉴的外甥，宝鋆则是曾国藩的会试同年，此时都位居部级大员。黄倬转述宝鋆的意见，建议曾国藩“尽可施展，勿为人言所挠”，具体情况不太清楚，但是，曾国藩剿捻二年，战绩平平，监察御史朱镇、卢士杰与穆缉香阿等人接连上奏弹劾，朝廷也择要转发，让曾国藩反省。曾国藩内外交困，不得已请求免除大学士、两江总督的官职，并交出钦差大臣的军权，注销一等毅勇侯爵，以无职无权之身坚守徐州，联络各方。朝廷先是命令曾国藩进京，面见皇帝，汇报请示，后来又改变主意，让曾国藩回任两江总督。就在曾国藩进退两难的时候，宝鋆与黄倬两位朝廷高官，来信勉励安慰，你不要瞻前顾后，不要为别人的议论所左右，该怎么干就怎么干吧。

曾国藩早年潜心理学，一生注重君臣名分与个人名节，谨慎有余，勇猛不足。十几年前，年轻的咸丰皇帝刚刚即位，曾国藩曾经直言进谏，批评意见也很尖锐，气得咸丰帝当场发怒，从此之后，曾国藩几乎再也没有直言犯上了。而在自己军务失利、自请贬抑的关键时刻，他当然不会接受这个意见。

对此，曾国藩采用一正一反、一进一退的手法，予以婉言回绝。你们身在朝廷，动动嘴巴很容易，我可是手握重兵，而且还曾经有点儿功高震主，一旦犯忌，那就是“害于尔国，凶于尔家”，死路一条。我再也不是当年的礼部侍郎那样年轻气盛，而且还有一个个监察御史接连上奏，指名攻击。另一方面，“公论之是非，朝廷之赏罚”，又往往“随人言为转移”，我这个时候能做的，就是老老实实听从朝廷指挥。

值得欣赏的，就是信中的一连三个排比句，有理论，有事实，有依据，因此，也就更有说服力。

复朱蓂　同治五年十二月二十六日

戏场一喻，语妙天下。凡做到十分热闹时，阁下谓看者之局将散，而不知唱者之兴已阑〔一〕，凭他烈烈轰轰，惊天动地，究与自家本来丝毫无与〔二〕。是以扮大富贵，生脚未必可喜〔三〕，扮极贫贱，丑脚未必可悲也〔四〕。

弟前奉旨陛见〔五〕,正在料理起程,旋迭奉回任之旨。固辞不许,已定于春初暂回徐州,俾李少荃宫保得以速临前敌〔六〕,冀军事或有转机。疏中仍奏明,两三月后再申前议,恳请开缺,避位让贤,仍以散秩留营〔七〕,始终图报,庶此心可无内疚,而物议之责备亦轻〔八〕,阁下以为然否?

——《曾国藩全集·书信》(八)第581页

注释

〔一〕兴:兴致,兴头。阑:残余,将尽。

〔二〕无与:无关。

〔三〕生脚:即"生角",传统戏剧中的男性中老年角色,一般都是剧中主角。

〔四〕丑脚:即"丑角",传统戏剧中的滑稽可笑的配角。

〔五〕陛见:封建时代,臣子谒见君王,汇报工作,听取指示。

〔六〕李少荃:即李鸿章,字少荃。宫保:封建时代,对有功大臣往往赐予太子少保、太子太保的荣誉官衔,于是对获得这种荣誉的人,简称"宫保"。

〔七〕散秩:没有具体职位的闲散官员。留营:留驻军营。

〔八〕物议:外间的议论,一般是指非议与责难。

点评

这一年，曾国藩接连添孙，僻居家乡的儿时好友朱蓂为此来信祝贺，而上一个月，则是曾国藩的五十六岁生日。按照当时的平均寿命，曾国藩已经进入人生的晚年。与宝鋆与黄倬这些京中大佬截然相反的是，在来信中，年过六十的朱蓂，以开玩笑的口气，对位居一品的曾国藩说，但凡唱戏到锣鼓喧天、热闹至极之时，也往往就是落幕散场之际。观众即将散去，演员也该休息了。

曾国藩接过话头，“戏场一喻，语妙天下”，令人开心一笑。只不过，其实演员心里比谁都更清楚，该收场了，开始唱得那么起劲，现在已经意兴阑珊了。不管怎么说，剧中人的命运并不是演员自己的实际生活，“凭他烈烈轰轰，惊天动地，究与自家本来丝毫无与”。反过来，戏如人生，人生如戏，所以，“扮大富贵，生脚未必可喜，扮极贫贱，丑脚未必可悲”。我也就是演好人生这场戏而已了。只不过，这场戏的导演是朝廷，一会儿安排我进京朝见，一会儿又让我回任江督，而且还是“固辞不许”。作为臣子我只好听从指挥，先回到徐州，以便让接任者早日赶到前线，另一方面，我也还想继续恳请留在徐州军营，也算继续报效国家，自己内心好受一些，别人的责难也或许轻一些。说到这里，封侯拜相、位极人臣的当朝元老，向儿时的同学好友、现在的山村老头，轻轻问上一句：你觉得这样行吗？

又过了一些日子，在信件发出之前，曾国藩再次提笔，又添上了这么一段：“再，弟若回金陵，不管军务，则迹涉取巧，断不肯为；若驻扎徐州治军而兼作江督，则精力已衰，实难兼顾。是以决计于三月再辞江督之任，专办军务。但受恩深重，不敢回籍休养，置身局外耳。弟现于进退之际，极知慎重，祸福虽有前定，问心总求无愧。谨以为老友告。”问题是，戏场上，不管是生角还是丑角，都得服从剧本与剧情，自己做不了主的，“两三月后”，曾国藩很不情愿地回到了南京，重又开始履行两江总督的职责。

复钱振伦〔一〕 同治六年二月初六日

袁江良觌〔二〕，再易星霜〔三〕。客腊杪接奉惠函〔四〕，具承一切。就谂潭祺休鬯，著祉绥愉，至以为颂。

国藩幸释军符，自度精力日颓，难胜烦剧，乃廷旨迭催回任，不得已于初六日由周口启行，十五日抵徐州，十九日接篆视事〔五〕。下车伊始〔六〕，攘臂重来〔七〕，东野之马力已穷〔八〕，彭泽之鸟飞正倦〔九〕，复夜行而不息，将形渥其谓何〔一〇〕？

尊注《樊南文集补编》搜讨精博〔一一〕，措词雅润，信足沾丐后学〔一二〕，传播方来〔一三〕。大著骈俪之文〔一四〕，近年又增几许？果付剞劂〔一五〕，昔留戋戋之费〔一六〕，必不敷用，尚欠若干，容图有以益之。相见匪遥，统容面罄〔一七〕。

——《曾国藩全集·书信》（九）第 36 页

注释

〔一〕钱振伦（1816—1879）：字楞先，号示朴，浙江省乌程县（今吴兴县）人。曾国藩会试同年，由翰林院编修改官国子监司业，丁忧后归家著述。

〔二〕袁江：江苏淮安府（今淮安市）清江浦的别称。觌（dí）：见面。

〔三〕再易星霜：过去了两年。

〔四〕客腊杪：去年十二月底。

〔五〕接篆视事：接过官印，开始任职。

〔六〕下车伊始：古人坐公车赴任，因此以“下车伊始”作为新官上任的代名词。

〔七〕攘臂重来：此处化用冯妇斗虎的故事，比喻自己再做两江总督。冯妇是战国时代的勇士，善于搏击猛虎，本已不想杀生，但后来见到老虎，还是忍不住卷起袖子就冲上去。“攘臂”就是挽起袖子，奋臂向前。

〔八〕东野之马力已穷：《孔子家语·颜回》颜回答鲁定公问，意思是东野让良马无休止地驱驰，其马必将逃去。此处化用这个典故，表示自己难以再当大任。

〔九〕彭泽之鸟飞正倦：东晋彭泽县令陶渊明辞官回家，作《归去来兮辞》，有“觉今是而昨非”、“鸟倦飞而知还”等句。

此处用以表示辞官心愿。

〔一〇〕将形渥其谓何：不堪重负，将自取灾祸。《周易·鼎卦》有"鼎足折断、菜食倾覆、厨师受大刑于渥。凶"的警示。此处"形"即"刑"，"渥"即"剭（wū）"，大刑。

〔一一〕《樊南文集》：唐代诗人李商隐的诗文集。搜讨：广泛搜辑，深入研讨。

〔一二〕信足：确实足以。沾丐：沾润、给予，通用作为"对后学大有帮助"的意思。

〔一三〕方来：将来。

〔一四〕骈俪之文：即骈体文，注重词藻、对偶、用典和声韵等形式美。

〔一五〕剞劂（jī jué）：刻镂的刀具。"付剞劂"就是"将书稿交付发刻"的意思。

〔一六〕戋戋：见咸丰九年八月初六日《致季芝昌》注〔六〕。

〔一七〕面罄（qìng）：当面倾诉。"罄"是"尽"的意思。

点评

钱振伦是曾国藩的会试同榜进士，又一同选入翰林院进修，一同结业，正式开始做官，当时交往很是亲密。几年之后，曾国藩一路高升，很快就当上了礼部侍郎（二品高官，近似于现在的文教部副部长），而钱振伦却只做到礼部附属的国子监司业（六品官，差不多是国立大学的院长、处长的职务），而且从此止步，出京以后，辗转漂流。两年前，曾国藩北上剿捻，路过江苏淮安，当时钱振伦正侨居清江浦，于是两位老同学有了二十多年后的重逢与畅谈。

钱振伦尽管仕途不济，但他对官运本来就兴趣不大，岳父是当朝户部尚书、体仁阁大学士，而他只对前代诗文情有独钟，编校注解《鲍照集》《李商隐集》，自得其乐。而曾国藩呢，前期官运亨通，中年一手平叛，文人封侯、汉人封侯，清朝开国以来第一人，看似风光无限，但高处不胜寒，其中的甘苦忧乐，只有他自己心里最清楚。剿捻无功而返，辞爵辞官一概不许，只得快快回任两江，年老力衰，还要为李鸿章前线部队承担后勤保障。在这种情况下，在接信两个月后，曾国藩给钱振伦写去这封简短的回信。

先说自己：经过与朝廷的反复陈请，最后我不得不听从朝廷的指令，离开河南前线，回到南京，重履旧职。前度刘郎，再作冯妇，曾国藩心里只有苦笑，“下车伊始，攘臂重来”算是自嘲，而“东野之马力已穷，彭泽之鸟飞正倦，复夜行而不息，将形渥其谓何”，则似乎有些自叹命苦了。钱振伦十七岁中举人，二十二岁中进士，“同年二百，君其少者”，“才子风流涂抹惯”，“恐小姑群婢同惊讶”，这是曾国藩当年为钱振伦金榜题名、洞房花烛而写下的《贺新郎》词。老同学文采风流，尤其擅长骈体文，其《示朴斋骈文》远近闻名，曾国藩也就顺手夹带出几组骈词俪句。

再说对方：失之东隅，收之桑榆，钱振伦官运半途而废，但学问却蒸蒸日上。因此，曾国藩高度评价《樊南文集补编》，“搜讨精博，措词雅润，信足沾丐后学，传播方来”，一连四句，赞不绝口。接着又以知心朋友的口气，追问“大著骈俪之文，近年又增几许”，我这里落落寡欢，你那边兴高采烈，真有点“羡慕嫉妒恨”。如果出版，此前我赠送的那点赞助，肯定不够用了，还差多少，我想办法。不久我们又可以见面了，到时候再尽情畅谈。

文人书信，也就是这样礼尚往来的吧。信中的那几句妙语，“东野之马”，“彭泽之鸟”，此后一再见于曾国藩书信之中，想来也真是得意之笔了。

加朱蓂片 同治六年八月十二日

再，弟忝窃非分〔一〕，位极人臣〔二〕，不特少时念不到此，即咸丰七、八年与阁下相聚〔三〕，亦不料晚节侥幸若是〔四〕。惟东南民困，捻患方炽，军务一日未平，则一日常在殃咎之中；此身一日未死，则一日难弛战兢之怀。阁下若闻鄙人有失德堕行，尚望惠书规戒，无少讳贷〔五〕。即寒门子弟〔六〕，或有愆尤〔七〕，亦望随时启迪。

哥老会一案〔八〕，弟有告示，但问其有罪无罪，不问其是会非会，严禁株累诬扳之风〔九〕，以靖民气〔一〇〕。而舍弟澄侯不以为然〔一一〕，必欲搜剔根株〔一二〕。窃恐愈剔愈多，愈搜愈乱，祸无了日。求阁下劝诫澄弟，不再搜寻，静以俟之。何如？尧阶仁兄大人阁下。

——《曾国藩全集·书信》(九)第210—211页

注释

〔一〕忝窃非分:侥幸得到超越本分所该有的荣誉和职位。

〔二〕位极人臣：君主时代品级和官位最高的大臣。

〔三〕咸丰:中国古代从汉朝开始,使用年号纪年。“咸丰”为清文宗在位时代年号，时间从 1851 到 1861 年。“咸丰七、八年”即 1867、1868 年。

〔四〕晚节：晚年。侥幸若是：如此侥幸。

〔五〕无少讳贷：不要有任何的隐讳和宽贷，直言相告，批评指正。

〔六〕寒门：自谦之词，我家。

〔七〕愆尤：过错与罪责。

〔八〕哥老会：民间秘密结社的帮派组织，历来为官府所禁止。后期有较多湘军退伍士兵加入。

〔九〕株累：株连无辜人员。诬扳：互相诬陷报复。

〔一〇〕靖（jìng）：使得安静。

〔一一〕澄侯：即曾国潢（1820—1886），字澄侯，曾国藩的大弟弟，乡绅。

〔一二〕根株：彻底斩除干净。

点评

本年五月，曾国藩从协办大学士晋升为体仁阁大学士，朱蓂来信祝贺，在七月十六日核批的幕友起草的回信中，曾国藩已经表示了愧谢之意和对哥老会的关注。当时未有回湘递信之便，故在八月送信之前，曾国藩亲笔再添一封加片，一同发出，这也是他多年的习惯。

曾国藩位居大学士，跻身宰相行列，加衔太子太保，品级正一品，官衔和职务都做到了君主时代的顶点，这就是通常所说的“位极人臣”。因此，在老家“发小”面前，曾国藩真诚吐露心声，这不仅是小时候从没有过的念头，即便是十年前回家守孝，与你相聚，也没有料到晚年还有这样的侥幸大运。因为当时他与咸丰皇帝各负意气，几乎决裂。现在，曾国藩功成名就，众望所归，俨然一代名臣，但他以“忝窃非分”的认识，更加为“东南民困，捻患方炽”而忧心忡忡，并且以惜福保身的儒臣心态，写下“军务一日未平，则一日常在殃咎之中；此身一日未死，则一日难弛战兢之怀”的感人话语。这应该不是曾国藩的故作姿态，在几千年的中华文明的熏陶中，产生过很多这样的仁人志士。曾国藩还把话落到实处，老朋友若是听到有人对我的批评指责，请一定要切实转告和“规戒”，让我得以保全末路。另外，如果是我家子弟言行不当，也请你这个多年的家庭教师“随时启迪”。

当时湘军遣散回家的退伍老兵，有些人不愿意重新务农，因而游手好闲，纷纷加入秘密帮会哥老会。地方官员担心他们铤而走险，开始彻查。曾国藩的弟弟曾国潢，这些年一直以本县团练老总的架势抛头露面，这次追查尤为积极。而曾国藩在先后写给湖南巡抚刘昆和刘昆幕友郭昆焘的信中，一再指示从宽，即“但问其有罪无罪，不问其是会非会”，不要激发事端。但曾国潢很“不以为然”，态度与手段都是与老兄对着干。因此，曾国藩紧接上一段的规劝子弟，要求朱蓂出面“劝诫”，曾家人不要惹火上身。据当地老人口耳相传，朱蓂得到曾国藩几次指示，便托故找曾国潢借看追查名册，假装失手落入火坑，名册化为灰烬。曾国潢碍于启蒙老师的情面，只好悻悻作罢。

致李瀚章 同治六年十月初四日

邵子进世兄顷自浙来金陵〔一〕，将往汉中太守刘古山署中就婚〔二〕。仆已函告舍弟〔三〕，量为资助〔四〕，并请阁下妥为照拂，商之小宋、申夫诸公〔五〕，饮助聘钱〔六〕，俾成嘉礼。沿河不无戒心，应由尊处派一炮船护送。其自襄阳以上，直至兴安、汉中，千有余里，鄂省之力〔七〕，约可送至何处？入秦境后〔八〕，阁下有可转托之人否？申夫熟于汉中一带，或可指引一二。所难者，在襄至兴安等处，不知长龙可直达兴安否〔九〕？务恳设法护送。至感，至感！

位西笃行朴学，身后惨酷异常，仅赖此子成立，嗣其家声〔一〇〕。阁下昆仲与位西旧好，用敢切实奉托〔一一〕。

——《曾国藩全集·书信》（九）第244—245页

注释

〔一〕邵子进：即邵顺国，见同治五年五月初九日《复邵顺国》注〔一〕。世兄：见咸丰十年五月十七日《复郭昆焘》注〔二〕。

〔二〕汉中：陕西省汉中府（今汉中市）。太守：知府的雅称。署：官府，官署。就婚：成婚。

〔三〕舍弟：此处指曾国荃，时任湖北巡抚。

〔四〕量：酌量，量力而行。

〔五〕小宋：即何璟（1817—1888），字伯玉，号小宋，广东省香山县（今中山市）人。以进士、翰林编修官监察御史，后出任安徽道台、按察使、布政使，此时任湖北布政使。官至闽浙总督，后因中法马尾海战失利而遭革职。申夫：即李榕，见同治四年六月二十二日《致阎敬铭》注〔二〕，此时任湖北按察使。

〔六〕佽（cì）：给予帮助。聘钱：婚礼前夕，男方给予女家的礼金。

〔七〕鄂省：即湖北省。

〔八〕秦境：即陕西省境内。"秦"是陕西的简称。

〔九〕长龙：见同治五年七月十八日《复李鸿章》注〔一〕。

〔一〇〕嗣：承继。家声：家风，家道。

〔一一〕用：因此。

点评

李瀚章此时以江苏巡抚代理湖广总督，曾国藩以朋友之子过境这么一件小事，郑重其事地“切实”托付一位总督，这是为什么呢？

第一，十七年前，这位总督进入官场前的“公务员考试”——拔贡朝考——出自曾国藩门下，曾国藩是这一届的阅卷大臣，这就有了一辈子抹不去的师生名分。十二年前，身为钦差大臣的曾国藩又把这位担任湖南益阳县令的门生调到了江西，总办后勤供应，并且逐年加官晋级，两年前就以湖南巡抚的身份回到了“以前工作的地方”，成为一省之长。再过一年，调任江苏巡抚却又暂时代理湖广总督（这个职位是他弟弟李鸿章的，但此时李鸿章身在剿捻前线），身为两江总督的下属，却又似乎可以平起平坐了。但是，老师的资格和师生的名分还是照旧的。当然，这些话，曾国藩是不会说的，也是不用说的。

第二，曾国藩把话挑明了，就是末尾那一句，我实在是因为“位西笃行朴学，身后惨酷异常，仅赖此子成立，嗣其家声”，何况你李家兄弟还“与位西旧好”呢？这话说得非常恳切动人，好人应该有好报，邵懿辰好人没有好报，天理不公，我们再也不能让他仅存的这个儿子旅途出事。我们都是“与位西旧好”的人，帮他一把，他也就完成了人生一次重要的“嘉礼”了。

第三，曾国藩即使贵为侯爵，贵为大学士，但是，在故友之子面前，他还是一位“世伯”。故人当年一起砥砺学行，后来应邀入幕，帮办奏稿，后来又为民请命，请曾国藩调兵救援，当杭州城破，他一再闯入敌营，骂敌而死，妻子漂泊，著作散失，此时，邵顺国的母亲与哥哥也都不在了，曾国藩能够做的，就是切实托付自己的老部下，除了摊派各人凑钱送礼，还要一定确保安全。往大里说，这是人性的光辉；往近处说，这就是朋僚书信的作用了。

复吴棠〔一〕 同治六年十二月初八日

舍亲陈季牧交代一事〔二〕，荷承照拂逾恒〔三〕，函致中丞、方伯〔四〕，为之清理，计有端绪〔五〕。更求台旆回省，鼎力扶植〔六〕，俾其侄陈远谟不至久羁闽中〔七〕，而小婿陈远济免赴闽中替兄受羁〔八〕。陈氏累世寒儒，不特家业赤贫，抑且人丁单弱，家传五代，不满十丁〔九〕，饔飧不继〔一〇〕，习以为常。若非十分艰苦，弟亦不肯以琐琐姻娅上渎清听〔一一〕。

——《曾国藩全集·书信》（九）第294页

注释

〔一〕吴棠（？—1876）：字仲宣，安徽省盱眙县（今明光市）人。以举人出任江苏县令，历官漕运总督、闽浙总督等职，官至四川总督。

〔二〕舍亲：谦词，意思是“我的亲戚”。陈季牧：即陈源豫，字季牧，湖南省茶陵州（今茶陵县）人。曾国藩好友陈源兖之弟，曾任福建光泽县令、龙岩知州。交代：新旧官员的财务交接。

〔三〕照拂逾恒：格外关心照顾。

〔四〕中丞：见咸丰七年闰五月初三日《复李元度》注〔七〕。方伯：见咸丰七年十一月《复李元度太夫人》注〔一二〕。

〔五〕端绪：头绪。

〔六〕台旆：旧时书信敬语，略同于“大驾”。回省：回到省城。

〔七〕陈远谟：字杏生，曾国藩好友陈源兖之子，女婿陈远济之兄。羁（jī）：羁押，羁留，不能自主离开。闽中：福建省。“闽”是福建省的简称。

〔八〕陈远济（1844—1884）：字松生，见同治五年五月初九日《复邵顺国》注〔一〇〕。

〔九〕十丁：十口人。

〔一〇〕饔（yōng）飧（sūn）：早饭和晚饭。“饔飧不继”的意思是“吃了上顿没下顿”。

〔一一〕琐琐：细小之物。姻娅（yà）：泛指姻亲。上渎（dú）清听：谦词，意指“拿一些琐碎小事说给您听”。

点评

吴棠曾经一度被任命为江宁布政使（未到任），算是曾国藩的下属，此时升任闽浙总督。陈源豫这些年一直在福建做县令，刚升任龙岩知州不久，就因病去世，后任接手，发现亏空七千多两公款，于是上报追查。陈源豫儿子还小，侄儿陈远谟赶去料理丧事，也受牵连滞留。陈家提出，死者在光泽县令任内还有一万一千多两军需款项，可以作为养廉金认领，请求全部上交，抵销垫补，上司不许，并且下文扣押家属，直至赔清。祸不单行，陈远谟妻子又去世了，这种情况下，陈远谟的弟弟陈远济也就不能不出面了。于是，给岳父曾国藩写信告急，声称自己将免不了“替兄受羁”。

因此，四个月前，曾国藩不得不给吴棠写信求请，一则说明“亏空”“垫补”的情况，二则历诉陈家为国捐躯、后世凄凉，请求“曲加体恤”，从宽处理。两个月后，吴棠写来回信，告知他已经与福建巡抚、布政使分别写信，商谈此事，因为手续复杂，处理结果一时还没有出来。又过了两个月后，曾国藩借着函商公务之机，再次给吴棠写信，一来表示感谢，二来委婉敦促。

因为是“琐琐姻娅”之事，而又事涉官司，并且已经写过一信，所以，这次曾国藩也不便多说。怎么办？三句话，三层意思，不到一百二十个字，归结为如果不是陈家“十分艰苦”，我也不会一再求请。

陈源兖与曾国藩会试同年，翰林同官，理学同道，交往十分亲密。当年陈源兖病重，陈妻产后不久，竟然挖肉煎药，夫愈而妻死，此事甚至感动了道光皇帝，没多久赐给陈源兖一个吉安知府的肥缺。而为陈妻挥写墓志铭，并将失母婴儿领回家中抚养的那个人，正是曾国藩，那位在别人家中得到温暖的孩子，就是陈远济。在陈源兖死难之后，曾国藩信守前约，把自己的二女儿嫁给了陈远济。

这对小时候一起玩耍的娃娃亲，几年前，刚刚成婚。

曾国藩此时怎能袖手旁观呢？

复高梯〔一〕 同治六年十二月二十四日

凡天之立君、国之设官，皆以为民也。吾辈居官者，与百姓交涉，只有词讼与钱粮两端〔二〕。钱粮不能无浮收〔三〕，但不可过于浮勒〔四〕。词讼不能必听断之公允、曲直之悉当〔五〕，但不可过于拖累，便算是极好之官。

仆尝谓统兵而不知爱民，即百战百胜，也是罪孽；居官而不知爱民，即有位有名，也是罪孽。阁下爱民而能耐劳，仆所稔知〔六〕。眉生又称阁下洞悉绅民情伪〔七〕，如然犀照怪〔八〕，物无遁情。值此军务初平，正好用全副精神听断词讼，将徐、海数十年膏肓之疾〔九〕，痛与针治一番，俾冤民如沉痼得苏〔一〇〕，讼棍如疟鬼远避〔一一〕，岂不大快？

——《曾国藩全集·书信》（九）第310页

注释

〔一〕高梯：字云浦，江西省彭泽县（今九江市）人。以举人积官常州知府，卒于淮海道任内。

〔二〕词讼：即司法诉讼。钱粮：旧时官府按田赋征收粮食和税钱。

〔三〕浮收：旧时官府为支付各种开支而摊派给百姓的额外征收。

〔四〕浮勒：官府在正项田赋之外对老百姓的各种勒索。

〔五〕听断：官府对民间诉讼的审理和判决。悉当（dàng）：全部都很恰当。

〔六〕稔（rěn）知：素来深知。

〔七〕眉生：即李鸿裔（1831—1885），字眉生，四川省中江县举人。曾国藩幕僚，官至江苏按察使。绅民：绅士与平民。情伪：民情的真伪。

〔八〕然犀照怪：据说点燃犀牛角，便可照见水中的怪物。后比喻明察秋毫，识破坏人诡计。

〔九〕徐、海：徐海道管辖的徐州各县以及东海、沭阳一带。膏肓（huāng）之疾：难于治愈的重病，此处比喻地方政务的各种恶劣的事情与民间的冤狱。

〔一〇〕沉痼（gù）得苏：久治不愈的重病得以痊愈。此处比喻解救百姓于水深火热之中。

〔一一〕讼棍：旧时称唆使别人打官司而从中谋取私利的恶人。疟鬼：使人发疟疾病的鬼怪。此处即指上文讼棍。

点评

高梯是曾国藩很看好的中高级地方官员，曾经在公文中批示“该守（即该知府）向来血性任事，不避嫌怨”。两年后高梯升任道台，给曾国藩来信汇报工作，曾国藩也用这种私信方式，批示指导，加以鼓励，更寄予厚望。

第一段，开头就提出一个观点，“凡天之立君、国之设官，皆以为民也”，这是一个思想认识，也体现出曾国藩的政策水平。民为邦本，本固邦宁，这是先秦儒家反复强调的民本观。曾国藩用在这里，既是对下属的鼓励，更是一种教导和鞭策。紧接着，曾国藩把自己也摆进去，说“吾辈居官”，管着老百姓，带着老百姓，只有两件事，就是帮他们审理官司，为国家征收钱粮。我们要体谅百姓，爱护百姓，钱粮做不到没有一些额外的征收，但不可过于勒索，这就是好官；审案做不到料事如神，但不能过于拖累涉案者，这就是好官。

第二段，继续发挥自己的为政理念，“统兵而不知爱民，即百战百胜，也是罪孽；居官而不知爱民，即有位有名，也是罪孽”。这既是对先秦儒家民本观的继承与发扬，也是自己带兵和理政几十年的目标与追求。说完自己，再说对方。我的亲密幕僚李眉生向我称赞你，夸你洞悉民情，扶弱锄强，“值此军务初平”，“正好用全副精神”审理积案，把东海之滨几十年积压下来的各种冤狱，把盘踞在老百姓身上的各种瘟神恶鬼，一扫而光，这才大快人心。

这是总督大人的心愿，当然也是下级干部的工作目标。曾国藩曾经教导下属，说胡林翼生前最喜欢给下级写信，在书信中夸奖激励。而曾国藩本人，也是这么做的。

加李鸿裔片〔一〕 同治七年正月十一日

尊病虽深，断非竟不能痊者。治之不可服药过多，静坐调息，所谓内功、外功者试行一二〔二〕，徐当有效。

阁下向好为诗，诗中有一种闲适之境，专从胸襟着工夫。读之但觉天机与百物相弄相悦〔三〕，天宇奇宽，日月奇闲，如陶渊明之五古〔四〕，杜工部之五律〔五〕，陆放翁之七绝〔六〕，往往得闲中之真乐。白香山之闲适古调〔七〕，东坡过岭后之五古〔八〕，亦能将胸中坦荡之怀曲曲写出〔九〕。仆自问胸次洗涤不甚后于古人〔一〇〕，而束缚尘埃，曾不得宴处观物〔一一〕，作为诗章，一写吾心之所谓浩然者，私居深念，常用不怡。阁下襟度豁朗，度越流辈〔一二〕，及此谢病闭关之时〔一三〕，正好习静寻乐，以为进德之方，即是长生之诀。异日或仕或否〔一四〕，皆将受用无穷。若偶作诗篇，抒写胸臆，则更补本人之阙憾矣〔一五〕。

——《曾国藩全集·书信》(九)第319页

注释

〔一〕李鸿裔：见同治六年十二月二十四日《复高梯》

注〔七〕。

〔二〕内功：即上句“静坐调息”之意，也就是传统养生气功。外功：即“动功”之意，用行走、体操等法锻炼身体。

〔三〕天机：内心的灵性与感触。

〔四〕五古：五言古诗。

〔五〕杜工部：即唐代诗人杜甫，因为担任过检校工部员外郎，故被后人称“杜工部”。

〔六〕陆放翁：即宋代诗人陆游，号放翁。七绝：七言绝句。

〔七〕白香山：即唐代诗人白居易，号香山居士。古调：古体诗，行文比律诗与绝句自由，一般都借用前代乐府旧题。

〔八〕东坡：即宋代大诗人苏轼，号东坡居士。岭：五岭，南岭，江西、湖南到广东一带的山脉。

〔九〕曲曲：委曲细致的样子。

〔一〇〕胸次：胸怀，胸襟。

〔一一〕宴处：安居；闲居。观物：体察世间万物。

〔一二〕度越：超越。流辈：同辈，同一流的人物。

〔一三〕谢病：称病谢事（辞职）谢客（谢绝来访）。闭关：独处静心，调养身心。

〔一四〕异日：今后。或仕或否：不管是否做官。

〔一五〕阙憾：人生的不足和遗憾。

点评

曾国藩是李鸿裔中举的那一年“考官”搜检大臣，因为这层师生关系，李鸿裔进入曾国藩幕府，且工作精细，行文稳健，成为不可多得的得力助手，去年由徐海道晋职为江苏按察使。但是他体质较差，尤其是听力减退，有碍公务，因此时常请病假，并有辞职之想。曾国藩作为上司和朋友，在给李鸿裔回信之际，特意在信末写上这一大段话，希望李鸿裔从古人诗歌中得到熏陶和放松。

尽量不吃药，这是曾国藩的一贯作风，而吟诵闲适古诗以调养身心，也是曾国藩行之多年的养生之道。曾国藩学诗之时，喜好宋人黄庭坚的刚健风格，后来研习理学，心性修炼注重“静”字功夫，又对偏于阴柔一派的山水田园诗风兴趣加深。太平军席卷东南，曾国藩从礼部侍郎变成兵部侍郎，文人带兵，军情不顺、心情急迫之时，他更是从古人从容恬淡的诗句中寻找心灵的慰藉，久而久之，成为他屡试不爽的养生秘诀，翻看他的日记，这样的事例几乎随处可见。

回信从病总是可以治得好的开始，转入“不可服药过多”，又从“静坐调息”转到内功外功，经过这层层铺垫，然后切入正题：诗歌疗法，这就是我们的静功。

你不是一直爱好写诗吗，你知道的，“诗中有一种闲适之境，专从胸襟着工夫”。根据我的经验，“读之但觉天机与百物相弄相悦，天宇奇宽，日月奇闲”。你若不信，我给你一一举例，“如陶渊明之五古，杜工部之五律，陆放翁之七绝，往往得闲中之真乐。白香山之闲适古调，东坡过岭后之五古，亦能将胸中坦荡之怀曲曲写出”。写完这几句，曾国藩笔锋一转，说自己的心胸洗涤并不怎么落后于古人，只是因为公务太多，被尘世事务所束缚，不能够创作“诗章，一写吾心之所谓浩然者”，此生遗憾，挥之不去。这其实又是给下文打下伏笔，因为同辈中就属你胸怀开阔，现在谢病休假，“正好习静寻乐”，不仅可以当作“进德之方”与“长生之诀”，而且还可以代我弥补缺憾。你何不一试？

这封信，首先是安慰，其次是开导，最后是希望，但层层铺垫，婉转曲折，从容不迫。

致刘铭传　同治七年二月二十八日

屡接少帅来函〔一〕，藉悉玉躬久劳〔二〕，暂返乡闾〔三〕，稍资调理，益增驰系〔四〕。

北军一役〔五〕，首尾三年。运河之守，自君建之；任逆之歼〔六〕，自君谋之。追剿数省，惟君最劳而且速；大捷数次，惟君最劲而且精。甚至波折迭生，惟君始终不挫，孱军滥竽〔七〕，惟君侃直不阿〔八〕。卒能扫除剧寇，成此奇勋。虽劳浮于赏〔九〕，中枢或不深察〔一〇〕，而全功出于阁下一人，则远近皆知。虽豪侠肝胆举世或不尽闻，而英谋伟略则妇孺皆知。寻常名位，万不足歆动阁下之心〔一一〕，而彼苍玉成豪杰，了此一大快事，则阁下未尝不可自慰自庆也。

刻下静摄月余〔一二〕，尊体应已康复。张逆盘旋保定、河间一带〔一三〕，已逾一月。彼苍玉成豪杰，安知不留此难题，历试群将帅所不能而后愈显阁下之能乎？请即投袂而起〔一四〕，虎步河朔〔一五〕，使世之怀疑议者，不敢复以赏薄引退之说妄测君子〔一六〕，不亦远乎？不亦远乎？仆昔书刘文房诗章〔一七〕，赠有“师事黄公”之句〔一八〕。请姑出了却灭项一局〔一九〕，然后从赤松游〔二〇〕，未为晚耳。

——《曾国藩全集·书信》（九）第 352 页

注释

〔一〕少帅：即李鸿章，字少荃。因为位居督抚，而督抚一般都会兼任兵部尚书和兵部侍郎，所以被称为“帅”。

〔二〕藉（jiè）悉：据以知悉。玉躬：敬语，您的身体。

〔三〕乡闾（lǘ）：家乡。

〔四〕驰系：惦记，牵挂。

〔五〕北军：北上剿捻的部队。此处特指刘铭传淮军。一役：这一次服役打仗。

〔六〕任逆：即任化邦，见同治五年七月十八日《复李鸿章》注〔六〕。

〔七〕孱（chán）军：孱弱的部队。滥竽：即滥竽充数。

〔八〕侃（kǎn）直不阿（ē）：刚毅梗直，不屈从逢迎。

〔九〕劳浮于赏：功绩高过奖赏，即“奖赏低于功绩”的委婉表达。

〔一〇〕中枢：借指朝廷。

〔一一〕歆（xīn）动：心喜、心动。

〔一二〕刻下：当前。静摄：静养。

〔一三〕张逆：即张宗禹，见同治五年七月十八日《复李鸿章》注〔五〕。河间：直隶河间府（今河北省河间市）。

〔一四〕投袂（mèi）而起：奋臂而起，从军杀敌。“袂”就是衣袖。

〔一五〕虎步河朔：称雄于河朔（黄河以北）一方。

〔一六〕引退：辞职回家。

〔一七〕刘文房：即唐代诗人刘长卿，字文房。

〔一八〕“师事黄公”之句：即刘长卿《观校猎上淮西相公》中的名句：“师事黄公千载后，身骑白马万人中。”黄公，即黄石公，秦朝末年传授兵书给张良的道家宗师。

〔一九〕灭项一局：借用刘邦打败项羽的典故，比喻彻底消灭捻军，天下太平。

〔二〇〕从赤松游：借用张良功成身退，追随仙人赤松子学仙的故事，比喻及时引退，远离官场。

点评

刘铭传是淮军第一劲旅，也是曾国藩、李鸿章追击捻军的先锋部队，战功显赫，尤其是最近一次激战，一举消灭东捻军主力任柱，但朝廷却只给了他一个三等轻车都尉的薄赏，而且是与带领三流部队的安徽巡抚英翰同一个档次，一气之下，他给现任主帅李鸿章去信，称病离营，回家不干了。李鸿章也自觉有愧，便求老领导曾国藩出面，请刘铭传重返前线。

刘铭传历来就很倔强，现在功高赏薄，牛脾气一上来，赌气回家，要把这头犟牛拉回来，当然不是一件容易的事情。从曾国藩的这封信看来，他没有“强拉”，而是采用“巧哄”的手法。

先看第一行：先顺着刘铭传的心情来说，你离开部队没有错，是该休息一下了。但是一个“久”字,一个“暂”字,一个“稍”字，下笔一个比一个讲究，全都是为下文召唤回营埋下伏笔。

再说第二段，句句都是绝妙好辞：“北军一役，首尾三年”，这是一个对句；“运河之守，自君建之；任逆之歼，自君谋之”，又是一个对偶句；“追剿数省，惟君最劳而且速；大捷数次，惟君最劲而且精”，“波折迭生，惟君始终不挫，孱军滥竽，惟君侃直不阿”，对句之中，更有极比与层递等修辞手法，而这四组对句又合成一组排比句，情绪很感人，气势更动人。看到这里，刘铭传本来绷着的黑脸，大概要咧嘴笑开了。后面的“劳浮于赏”、“中枢不察”与“妇孺皆知”，都是刘铭传最想看到的话。说曾国藩是作文高手，后人不能不信。

第三段还有神来之笔，一头一尾，分别重复上一段的“彼苍玉成豪杰”与“了此一大快事”，你休息一个月了，敌人也嚣张了一个月，“彼苍玉成豪杰”，“安知不留此难题，历试群将帅所不能而后愈显阁下之能乎”？这么好的机会，当然是“请即投袂而起，虎步河朔”，更从以前书赠的唐人军旅佳句，顺势要求“请姑出了却灭项一局”，“不亦远乎？不亦远乎？”一迭连声，修辞手法，不用白不用，用了不白用。

刘铭传虽是武将，却也读过几年古书，曾国藩如此动之以情，晓之以理，激之以义，文章做到这个份上，刘铭传也就果然“投袂而起”，而且真的“一出灭项”，先后击败强敌赖文光、张宗禹，捻军从此覆灭，刘铭传进封一等男爵。“彼苍玉成豪杰”，曾国藩的笔下佳句，变成了也更是促成了刘铭传的人生佳话。

复何绍基 同治七年五月二十二日

刘子迎观察至〔一〕，接奉惠书，并得宠赐大集。伏承兴居多祜〔二〕，纂著弥勤，鲁殿灵光〔三〕，薄海欣其健在〔四〕；谢家兰玉〔五〕，绕膝尽是诗人。深慰瞻企之私，惟子敬同年人琴遽丧〔六〕，致伤老怀，尚望强自排遣，颐性葆真，至以为祷。

尊集奉读一二，尽取古人之精华而一不袭其貌，竟不能举一家以相拟。惟博综众流，才力富健，则于近人《曝书亭集》为近〔七〕。其天机横溢，孝友笃挚，时有度越竹垞之处〔八〕。特酬答之际，不择胜流〔九〕，间有俗题；挥斥之余，不耐矜炼〔一〇〕，间有率句〔一一〕，斯又逊于朱氏者。昔尝戏语：尊诗撒豆成兵，有大老官脾气〔一二〕。虽一时谐谑之言，亦疑率句之宜予芟薙也[一三]。鄙人于诗致力甚浅，不敢作序以�鸿编[一四]，聊贡其愚，仰希鉴裁。

——《曾国藩全集·书信》(九)第416页

注释

〔一〕刘子迎：即刘达善，字子迎，直隶顺天府大兴县（今属北京市）人。以举人出任湖南祁阳知县、澧州知州，后来调至江苏，官至山东省登莱青道台。

〔二〕兴居：日常起居。

〔三〕鲁殿灵光：汉景帝之子鲁恭王刘余在鲁国曲阜建灵光殿，汉末大乱，首都长安未央宫等皆遭破坏，而灵光殿巍然独存。后世因以“鲁殿灵光”比喻硕果仅存的人物与事情。

〔四〕薄海：本来是指到达海边，后来泛指四海之内，全天下。

〔五〕谢家兰玉：旧时用于夸奖别人家子弟都很优秀。东晋谢安问子侄：子弟为什么一定要很优秀呢？侄儿谢玄回答：就像芝兰玉树，每个人都想让它们生长在自己家里。

〔六〕子敬：何绍祺（1801—1868），字子敬，湖南省道州（今道县）人。何绍基之弟。曾国藩乡试同榜举人，官至浙江道台。人琴遽丧：形容睹物思人、怀念好友的感伤之情。东晋王羲之的小儿子王献之病亡，哥哥王徽之拿过弟弟生前的琴来弹奏，不成音响，摔琴于地，哭着说：人琴俱亡。何绍祺本年二月去世，故称“人琴遽丧”。

〔七〕《曝书亭集》：清代浙江诗人朱彝尊的诗文集。

〔八〕竹垞（chá）：即朱彝尊，字锡鬯，号竹垞，浙江省秀水县（今嘉兴）人。诗人、学者。

〔九〕不择胜流：不管是不是名流才俊。

〔一〇〕不耐矜炼：不够严谨精炼。

〔一一〕率句：不太精致、比较草率的句子。

〔一二〕撒豆成兵：古代传说，贤人或道士作法，撒出去的豆子都可以变成士兵。

〔一三〕芟（shān）薙（tì）：删除。

〔一四〕黦（yuè）：玷污。鸿编：对别人著作的客气话，即“大著”的意思。

点评

何绍基一生创作了几千首诗，除了先后编刻面世的《使黔草》《使闽草》《峨眉瓦屋游草》等单行本，晚年还亲手将生平诗作汇编为《东洲草堂诗集》，刻印问世。上个月，特意托人将诗集带交曾国藩，请其作序。

何绍基是曾国藩早年的亲密诗友，对曾国藩学写诗作多有鼓励和帮助。当时曾国藩也确实诗兴渐开，诗作激增，诗艺颇有长进。何绍基下笔成章，所到之处，几乎都有诗作，而曾国藩中年以后，不仅作诗的次数越来越少，而且成篇的速度也越来越慢。就在接到何绍基诗集的当天，日记中记载，“屡次翻阅数十首”，但自已“拟作诗”却“久不得句”。第二天，“欲为诗而不成，精神恍惚”，接下去的几天，“作诗十余句”、“作诗数句”，这才将“《金山观东坡玉带》七古一首作毕”，还自评为“殊无佳句”。所以，他的诗集，只有四卷，一百五十一题，三百二十四首，比何绍基的三十卷数千篇少多了。

曾国藩在信中，首先是祝贺何绍基诗集出版，吊唁何绍基弟弟去世。“鲁殿灵光，薄海欣其健在；谢家兰玉，绕膝尽是诗人”，用典贴切，文句清雅，下句“人琴遽丧，致伤老怀”又承上而来，过渡浑然天成。

第二段回应作序的主题，先是用心评述何绍基诗歌创作的渊源与流变，既“于《曝书亭集》为近”，又“时有度越竹垞之处”，这里的措辞相对客观，不似浮滑赞语。“酬答之际，不择胜流，间有俗题；挥斥之余，不耐矜炼，间有率句，斯又逊于朱氏者”，则又紧扣“朱彝尊”这个标杆，不仅举例说明，而且翻出昔年戏语，“尊诗撒豆成兵，有大老官脾气”，从而得出结论，诗集似乎还需淘汰删减，这次我就不作序了。至于“鄙人于诗致力甚浅，不敢作序以黥鸿编”，那只是客气话。

翻看《东洲草堂诗集》的第一页，首选二篇，皆其少作（辛未年，十二岁），“烈烈四山风，收归夜气中。无声三尺雪，破屋一灯红。”（《雪》）“先生将有行，忍舍学生去。回思教爱深，牵衣泪如注。一白雪连天，滦州在何处？”（《送孙镜塘师就馆滦州》）难怪曾国藩不太称心。也许何绍基是要展示学诗历程与人生记忆，但这些诗作如果不加汰择，也就容易将更多的精心之作给埋没了。在这里，曾国藩似乎有意保持当年谈诗论艺的批评精神，这既是对友人的信任，更是对诗艺的尊重。诗不苟作，作诗不苟，曾国藩对自己也是这么要求的，日记里的“殊无佳句”之评，即是一证。

复陈宝箴〔一〕　同治八年五月二十七日

四月二十七日接到惠书，并附寄大文一册。知台从去岁北行，以途中染疾，就医历下〔二〕，至正月之杪乃达京师。是时鄙人适已出都，未及相见为怅。

阁下志节嶙峋〔三〕，器识宏达〔四〕，又能虚怀取善，兼揽众长。来书所称，自吴侍郎以下〔五〕，若涂君、张君、方君，皆时贤之卓然能自立者。惟鄙人器能窳薄〔六〕，谬承崇奖，非所敢承。前以久点高位〔七〕，颇思避位让贤，葆全晚节。赴阙以后〔八〕，欲布斯怀而未得其方，亦遂不复陈请。来书又盛引古义，力言不可遽萌退志，今已承乏此间〔九〕，进止殊不自由，第恐精力日颓，无补艰危，只速谤耳〔一〇〕。

大著粗读一过，骏快激昂，有陈同甫、叶水心诸人之风〔一一〕。仆昔备官朝列，亦尝好观古人之文章，窃以自唐以后，善学韩公者莫如王介甫氏〔一二〕，而近世知言君子惟桐城方氏、姚氏所得尤多〔一三〕。因就数家之作而考其风旨，私立禁约，以为有必不可犯者，而后其法严而道始尊。大抵剽窃前言，句摹字拟，是为戒律之首。称人之善依于庸德〔一四〕，不宜褒扬溢量，动称奇行异征，邻于小说诞妄者之所为。贬人之恶,又加慎焉。一篇之内，端绪不宜繁多，譬如万山旁薄〔一五〕，必有主峰，龙衮九章〔一六〕，但挈一领〔一七〕。否则首尾衡决〔一八〕，陈义芜杂，兹足戒也。识度曾不异人，或乃竞为僻字涩句，以骇庸众，斫自然之元气〔一九〕，斯又才士之所同蔽，戒律之所必严。明兹数者，持守勿失，然后下笔，造次皆有法度〔二〇〕，乃可专精，以理吾之气。深求韩公所谓与相如、子云同工者〔二一〕，熟读而强探，长吟而反复，使其气若翔翥于虚无之表〔二二〕，其辞跌宕俊迈〔二三〕，而不可以方物〔二四〕。盖论其本，则循戒律之说，词愈简而道愈进；论其末，则抗吾气以与古人之气相翕〔二五〕，有欲求太简而不得者，兼营乎本末，斟酌乎繁简，此自昔志士之所为，毕生矻矻〔二六〕，而吾辈所当勉焉者也。

国藩粗适途径，所求绝少，在军日久，旧业益荒，忽忽衰老，百无一成。既承切问，略举所见，以资参证。

——《曾国藩全集·书信》(九)第565—566页

注释

〔一〕陈宝箴（1831—1900）：字相真，号右铭，江西省义宁州（今修水县）人。以举人官至湖南巡抚，参与“戊戌维新”，后遭革职。

〔二〕历下：秦汉所置县治，今属山东省济南市，旧时用作对济南的别称。

〔三〕志节嶙峋（lín xún）：品格独立，刚正不屈。

〔四〕器识：人的器量与才识。

〔五〕吴侍郎：此处当指吴廷栋，见道光二十八年《致刘传莹》注〔二〕。

〔六〕器能窳（yǔ）薄：自谦之词，形容德才都很粗疏浅陋。

〔七〕久点高位：自谦之词，形容自己久居高位，无所作为，有亏职责。“点”的本义是斑点，此处是“玷污”“污染”的意思。

〔八〕赴阙：臣子进京上朝，觐见君王。

〔九〕承乏此间：暂时担任目前的官职，旧时官员的自谦之词。

〔一〇〕速谤：招致批评与攻击。

〔一一〕陈同甫：即陈亮，字同甫，南宋文学家、思想家。曾进京投递改革请愿，两次被捕入狱。后因科举授官，未到任而卒。叶水心：即叶适，字正则，号水心居士，南宋思想家、政论家，多次上书论政，也一再降职、罢官。

〔一二〕王介甫氏：即王安石，字介甫，北宋政治家、改革家、文学家。

〔一三〕桐城方氏、姚氏：指清代桐城文派创始人方苞（1668—1749）与姚鼐（1731—1815）。

〔一四〕依于庸德：根据人们日常生活中表现出来的品德。

〔一五〕旁薄：即“磅礴”，广大无边的样子。

〔一六〕龙衮（gǔn）：古代帝王的礼服，上绣龙纹，俗称“龙袍”，因有九种图案，故称“九章”。

〔一七〕挈（qiè）：用手提着。

〔一八〕衡决：互相冲突。

〔一九〕斫（zhuó）：砍削。元气：精神，生气。

〔二〇〕造次：仓促之间。

〔二一〕相如、子云：即汉代文学家司马相如、扬雄（字子云）。

〔二二〕翔翥（zhù）：高高飞翔。虚无之表：天宇之间。

〔二三〕跌宕俊迈：文笔豪迈多变，超凡脱俗。

〔二四〕不可以方物：难以识别比较。

〔二五〕相翕（xī）：融合无间。

〔二六〕矻（kū）矻：勤奋不懈的样子。

点评

陈宝箴是江西举人，湘军各部转战江西，陈宝箴书生从军，协办文件与军务，颇为得力。因为这层关系，曾国藩曾一度委派他承办当地税收事务，陈宝箴也曾往来安庆，向曾国藩汇报请示，几番考察，曾国藩将其许为难得一见的有用之才。后来经过曾国藩的提携，陈宝箴入京觐见，晋升湖南候补知府。此时曾国藩调任直隶总督，接到陈宝箴来信与文稿，借此机会，畅论古文之道。

从这封信看来，曾国藩是很赏识陈宝箴的人格与文笔的，“志节嶙峋，器识宏达”，“虚怀取善，兼揽众长”，值得肯定与鼓励。不过，曾国藩从自己对陈文的读后感出发，“骏快激昂，有陈同甫、叶水心诸人之风”，但唐代以来，最能师法韩愈的，却不是陈、叶二位，由此自然转入自己的古文宗尚，即桐城文派的古文创作理论。这样，诸如“私立禁约”、“法严而道始尊”以至“才士之所同蔽，戒律之所必严”，滔滔不绝，一气直下，而“万山旁薄，必有主峰。龙衮九章，但挈一领”等句，更是旁征博喻，深信不疑。在这个基础上，“持守勿失，然后下笔”，也就“有法度”而“可专精”，不仅可以“理吾之气”，而且还能通过“其辞跌宕俊迈”，进而“使其气若翔翥于虚无之表”。曾国藩还特别强调，在他看来，这些都是历代志士的毕生主攻，“而吾辈所当勉焉者”。

一番纵论之后，曾国藩照例谦虚收尾：我曾某只是“粗适途径”，所以取法不广，而且“在军日久，旧业益荒”，现已衰老，百无一成。只是因为你来信“切问”，也也就“略举所见”了，你也就“以资参证”吧。

古人一般较少专题文论与诗论，诗文见解与主张，往往见于平时书信与诗词唱和之中。这封书信，频频见于各种《曾国藩文选》，看来也是颇受关注的。

复彭玉麟　同治八年九月十八日

接六月初九日手书，并《述怀》十二律[一]。展诵之下，如对吉晖[二]。比想秋帆稳挂[三]，早已安抵珂乡。阅沧桑之大劫，问松菊于故庐，与曩昔朋旧寻某丘某水钓游之踪，心旷而神怡，尚有何物沉疴能相纠缠[四]？昔韩忠武湖上骑驴[五]，戚南塘角巾野服[六]，虽则萧然物外[七]，而大功未蒇，际遇非时，彼其中固有悒悒不自得者[八]。阁下所遭殆胜昔人远甚。篇中好山佳水，狎鸥随鹤等句，原非有心招隐[九]，而朗吟一过，回首南望，如读《逍遥游》矣[一〇]。

鄙人释褐筮仕[一一]，迄今逾三十年。前值四方多故，事会迫之[一二]，不克中止。自甲子以后[一三]，早拟避位还山[一四]，而乞退之情不得自由[一五]。国藩忝任畿疆[一六]，仍膺繁剧。今春陛辞时[一七]，疏陈饬吏、治河、练军三事，未审果能壁垒一新否[一八]。

——《曾国藩全集·书信》(十)第35—36页

注释

〔一〕十二律：十二首律诗。

〔二〕如对吉晖：客气话，如同当面晤谈。“吉晖”是用以形容对方的尊容。

〔三〕秋帆稳挂：指对方乘船出游或回家，旅途平安。

〔四〕何物：口语，“什么”、“哪一个”的意思。沉疴：顽固的旧病。

〔五〕韩忠武：即韩世忠，宋代抗金名将。湖上骑驴：岳飞被害，韩世忠心情压抑，常在杭州西湖骑驴，以示不满。

〔六〕戚南塘：即戚继光，字符敬，号南塘，明朝名将。角巾野服：古代隐士的头巾与服装。戚继光晚年受到排挤，辞官回家，“角巾野服”即是他回家后的着装。

〔七〕萧然物外：形容非常洒脱、不关心世间一切俗事的样子。

〔八〕悒（yì）悒不自得：郁郁寡欢的样子。“悒悒”即忧郁愁闷。

〔九〕招隐：招人离开官场，归隐山林。

〔一〇〕《逍遥游》：先秦道家《庄子》中的名篇，宣扬一种不为外物所迫、无所作为却又随心所欲、自由自在的生活境界。

〔一一〕释褐筮仕：指步入仕途，出任官职。古代平民只能穿粗制的麻布衣服（褐），做官后才能脱去，换上官服，这叫“释褐”。古人做官，曾有占卜询问吉凶的习惯，这叫“筮仕”。

〔一二〕事会：难以预料的各种事情变化。

〔一三〕甲子：此处指同治三年（1864），这一年曾国藩指挥湘军攻克南京，加官进爵。

〔一四〕避位还山：辞官让贤，回家养老。

〔一五〕乞退：君主时代，官员以身体原因陈请朝廷，希望能够辞去官职，回家养老。

〔一六〕忝任畿疆：谦词，即担任直隶总督。“畿”是首都及其附近，而督抚则是封疆大臣。

〔一七〕陛辞：封建时代，臣子离京，前往任职地方之前，需要上朝觐见君王，接受训示，然后赴任，叫做“陛辞”。

〔一八〕未审：不知道。壁垒一新：形容革除旧政陋习，政风焕然一新。

点评

彭玉麟从军之前，只是书生一个，所以，他可以给皇帝上奏，直言“臣以寒士来，愿以寒士归”，功成身退，潇洒回家。而曾国藩早就供职京都，现在官居一品，他要辞官，那就不太容易了。刚打败太平军，朝廷就接连两次让他北上剿捻，追击两年，战功平平，朝廷上下，一片责备之声，曾国藩进退两难，最后只好服从朝廷旨意，交出剿捻军权，怏怏回到南京。捻军覆灭，朝廷又让曾国藩腾出两江总督的位子，交给另一派系的马新贻，曾国藩接手直隶总督这个松软疲沓的烂摊子，慈禧太后还几次召见他，当面要求他好好整顿。所以，当彭玉麟从衡阳老家来信来诗的时候，远在河北保定的曾国藩，是既羡慕又感叹。

彭玉麟百战功高却又解甲归田,回到家乡,与从前好友寻访“好山佳水”,指点“某丘某水”是早年“钓游之踪”,如此“心旷而神怡”,真让曾国藩“羡慕嫉妒恨”了。他也是祖籍衡阳,从小在衡山脚下生长,这等清福,是这个漂泊在外几十年的游子梦寐以求的。求之不得,只能“回首南望”,借彭玉麟之山水诗,当庄子《逍遥游》看。不过这一段还包含劝譬的意思,教育彭玉麟借山水以养生,鉴古今而释怀。而篇中“秋帆稳挂”、“狎鸥随鹤”以及“阅沧桑之大劫,问松菊于故庐”、“韩忠武湖上骑驴,戚南塘角巾野服”等句,左右挥洒,琳琅满目,令人目不暇接。

而后面一段,将自己的官场羁绊与彭玉麟的飘然归去两相对比,简直是乐者更乐,苦者更苦。互为映衬之中,曾国藩结束了这封回信。一句话,你好潇洒哟,我真羡慕呢。

写信如同晤谈,聊当对面畅叙,这就是文人书信的魅力了。

致杨彝珍〔一〕 同治八年九月二十六日

癸丑判襼〔二〕,十有七年。戎马关山,久疏音敬。丁卯春间接奉手毕〔三〕,并大著《平金陵颂》一篇,猥蒙祓饰。属以尘务匆遽,裁答久稽。客岁令嗣伯川世兄道经金陵〔四〕,藉悉起居康胜。顷复获读尊著“篴”字韵古风一篇〔五〕,揄奖溢量,感与惭并。至其寄怀感旧,随事叙述，跌宕多奇，音格遒整，直欲嗣响少陵〔六〕，钦迟曷已〔七〕。比维道履康愉，纂述宏富。饫湖山之佳趣〔八〕，贻兰玉之清芬〔九〕。引睇斋晖〔一〇〕，弥殷伫颂。

弟以菲材〔一一〕，谬膺重寄。其初办理团练，惟以捍卫桑梓，厥后四方多故，事会相迫〔一二〕，遂有不克中止之势。正值剥极将复〔一三〕，不才会逢其适，侥幸有功。其间离合得失之故，千变万态，纯关天意，不由人谋。故时人有以丰功推弟者，弟辄以比之博者之大胜〔一四〕，会试之高第〔一五〕，一时虽若可喜，实则值时命之偶然，无足道也。

自甲子以后，久拟避位让贤，还山养拙〔一六〕，而机缘不遂，又复承乏三辅〔一七〕，仍膺剧职。兵燹之余〔一八〕，民生日蹙〔一九〕，狱讼繁多。弟初莅此间，意欲少加整饬，撰拟《清讼事宜》十条，严立限程，清厘积狱〔二〇〕。并饬各属访贤举才，加之奖借，冀扶雅道而振士风，刻下粗有端绪。惟是春夏以来，雨泽稀少，二麦歉收。六月间连得甘霖，秋禾藉以播种。乃孟秋以后，又苦恒旸〔二一〕，致阖属岁事荒歉〔二二〕。深虑鸿嗷遍野〔二三〕，抚绥乏术。其他河务、军政，岁久废弛，复因入款支绌，艰于措注〔二四〕。百事都不遂意，兴趣为之索然。

回忆昔年供职春明〔二五〕，时与二三朋好把臂论文〔二六〕，飞觞谈艺〔二七〕，异同互见，兴往情来。追溯前游，顿成陈迹。年皆垂暮，南北睽违〔二八〕，曷任怅惘。

——《曾国藩全集·书信》（十）第53—54页

注释

〔一〕杨彝珍（1805—1898）：字性农，别号移芝，湖南省武陵县（今属常德市）人。进士，官户部主事，辞官归。

〔二〕癸丑：此处指1853年。判襼（yì）：分手，离别。“襼”是衣袖。

〔三〕丁卯：此处指1867年。手毕：手札，亲笔信。

〔四〕客岁：去年。

〔五〕“簁”（shāi）字韵古风：此处指杨彝珍奉和曾国藩“簁”字韵《喜吴南屏至》而作的七言古诗。“簁”是“筛”的古字。

〔六〕嗣响：继承前人的事业，如同应声而响。少陵：唐代诗人杜甫，自号少陵野老。

〔七〕钦迟曷已：无比钦仰。

〔八〕饫（yù）：饱览。

〔九〕兰玉：见同治七年五月二十二日《复何绍基》注〔五〕。

〔一〇〕引睇（dì）矞（yù）晖：遥望您的风采，旧时书信客套话。

〔一一〕菲材：浅薄的才能，自谦之词。

〔一二〕事会相迫：各种事态变幻莫测，令人疲于应付。

〔一三〕剥极将复:"剥""复"是《周易》中的两个卦象，"剥"卦阴盛阳衰，"复"卦阴极而阳复。后世用"剥极将复"比喻物极必反，否极泰来。

〔一四〕博者：下注赌博的人。

〔一五〕会试：见咸丰三年正月《与冯卓怀》注〔七〕。会试排名在前的人（"高第"），在殿试等后续复试中并不一定能取得相同的名次。

〔一六〕还山：旧时指官员辞官回家。养拙：拙于为官的人，辞职回家，与亲人团聚。

〔一七〕三辅：本义是汉代长安附近的地区，后来泛指首都附近地域。此处指直隶。

〔一八〕兵燹（xiǎn）：战争带来的灾祸，百姓无处安生。

〔一九〕日蹙（cù）：一天比一天艰难。

〔二〇〕清厘：清理、改正。积狱：长年积压的诉讼案件。

〔二一〕恒旸（yáng）：久晴不雨，旱情严重。

〔二二〕阖属：政府管辖范围内的各个下属州县。岁事：指年成，农业收成。

〔二三〕鸿嗷遍野：即"哀鸿遍野"，形容百姓遭遇天灾人祸、饥寒交迫，呻吟呼号的样子。

〔二四〕措注：一般指公务处置。

〔二五〕春明：唐代首都长安有春明门，后人因此用"春明”指代京城。

〔二六〕把臂：手挽手，形容非常亲密的样子。

〔二七〕飞觞（shāng）：举杯祝酒。

〔二八〕睽（kuí）违：分离，分隔。

点评

杨彝珍是曾国藩的湖南同乡，文才过人，考运却很差，中举人二十年后才中进士，只分得一个户部主事的小官，随即辞职回家，前后数十年，教书为生，创作自娱。曾国藩组建湘军，念及早年在北京的交情，曾经请他加入幕府，帮办文字与军务，他清高地回绝，曾国藩高尚其志，也不勉强。一别十七年，杨彝珍来信来文来诗，对曾国藩的丰功伟绩赞颂有加。

两年前寄来的《平金陵颂》，歌功颂德，曾国藩读过也就放置一边，这次却不同。一年前，同为曾国藩文友、同样不接受招聘的岳阳诗人吴敏树，携历年所著诗文，一路游山玩水来到南京，羁绊官场的曾国藩，愁颜为之一扫，诗兴为之大发，接连两天，写下“‘篴’字韵古风一篇”，大写特写“苍天可补河可塞，惟有好怀不易开”的人生慨叹。此诗首句用“篴”字韵”，末句用“部”字韵，包括中间的韵脚，都很古涩，不便逐一押韵，但因为这首诗难得地倾诉了他十年征战的人世沧桑，所以，大江南北纷纷唱和，竟至三百余人之多，连远在湘西北的杨彝珍也闻讯加盟，而这正是他的强项，所以，曾国藩随即回信，称赞杨诗“寄怀感旧，随事叙述，跌宕多奇，音格遒整，直欲嗣响少陵”，时光好像又回到了二三十年前，北京城内，湖南会馆，三湘才俊，诗酒交游，意气风发，真是快活至极。

然后回到现实，却是南征北战，南官北调，接手一个政风疲沓的直隶官场，而且接连遭受旱灾，农业生产受阻，农民生活堪忧，刚刚写出的“音格遒整”，“少陵清芬”，转眼被“清讼”“积狱”、“二麦”“秋禾”赶出老远，“湖山之佳趣”变成了“百事都不遂意”，好像连读者也要“兴趣为之索然”了。

当然，作为文章高手，曾国藩是不会让武陵源中、桃花源内的文友停留在“兴趣索然”上的，笔锋一转，回到北京岁月，“回忆昔年”，“把臂论文，飞觞谈艺，异同互见，兴往情来”，沉浸到回忆和惆怅中去。南北远离，就用书信当晤谈吧。

复张光藻〔一〕 同治九年九月十八日

翰泉仁弟大人阁下：

昨接来函，具悉一一。

鄙人办理津案〔二〕，实昧机宜，致阁下等受此无妄之祸〔三〕，自觉无面目相对，乃承㧑谦过度〔四〕，执礼弥恭。在贤哲盛怀，或尚存略迹原心之论〔五〕，而鄙人神明负疚〔六〕，转因之益甚矣，愧赧无似〔七〕。前闻部中有新疆之议〔八〕，当即函商部堂〔九〕，请勿用改发黑龙江之近例，讵料定谳时乃径发黑龙江〔一〇〕。此固由廷议别有深虑，究由敝处初奏过重所致。阁下年老无子，远戍穷荒，闻夫人又复多病，何以堪此？来示近患频疸〔一一〕，不识已否就痊，尤为悬系。

尊意欲盛京将军设法遮留〔一二〕，此恐难行。彼处近无军务，与陕甘不同。此次中外无不知此狱之冤，其议令远戍，全系曲徇洋人。若不到戍所，是予洋人以口实，转恐无益有损。盛京若可奏留，则定谳时即可以军台了事〔一三〕，不复从重远发矣。相度情势，黑龙江不能不到，即沿途亦不必稽留。敝处拟与李相均致书盛京、吉林将军〔一四〕，请其沿途照料。其黑龙江将军向未通函，亦拟婉切详言，属其加意优待。

查黑龙江至京三十三站，其地有稻有江鱼，浙人多有在彼贸易者。风景与内地无异，惟苦寒耳。若资用宽裕，或不至过受艰窘。向例遣戍以三年为限，到戍后可由家属赴户部具呈〔一五〕，捐资收赎。四品官赎银四千五百两，七品官赎银一千五百两，未到戍者加倍收赎。今阁下等势须到戍，未到恐不听赎。现与李相商定，在于运署酌提闲银五千两〔一六〕，李相及官场、军营可凑成三千两，合之敝处前次措备之三千两，共筹银一万一千两。阁下四品，刘令七品〔一七〕，赎款共需银六千两。外存五千两，亦略照官阶定数，阁下三千，刘令二千，其银存李中堂处〔一八〕，随时设法汇兑戍所，由尊处禀商李相，或函商乐山〔一九〕，均无不可，眷属尽可挈之同行。如到戍以后即可收赎固佳，万一不能遽赎，转瞬大婚〔二〇〕，恩诏必可召还，不致久羁殊域〔二一〕。现筹之款倘有不敷，仍可从容筹补。阁下此行虽小有摧抑，而贤声由此益著。赐环以后〔二二〕，必将重履亨衢，事业正未可量，慎勿过事愤郁，致隳伟抱〔二三〕，是为至望。复颂台安，不具。

——《曾国藩全集·书信》（十）第 366—367 页

注释

〔一〕张光藻（1815—1891）：字翰泉，安徽省广德县人。由进士分发河北，历任曲周、邢台等县知县，正定知府，本年三月调任天津知府。因天津教案充军黑龙江，两年后获释。

〔二〕津案：即天津教案，事发于 1870 年 6 月 21 日，天津民众聚众围攻法国教堂，法国领事开枪伤人，民众殴毙领事及其秘书，并放火杀人，伤及无辜。事后缉凶抵命，知府与知县充军，国家道歉赔款。

〔三〕无妄之祸：无故受到的灾祸。

〔四〕㧑（huī）谦：谦逊。“㧑”是对别人施行谦德。

〔五〕略迹原心：不纠缠表面的事实，而从其用心上加以原谅。

〔六〕神明：内心深处。负疚：有愧于心。

〔七〕愧赧（nǎn）：因羞愧而脸红。

〔八〕部中：此处指刑部。新疆之议：发配新疆充军的审理意见。

〔九〕部堂：尚书与侍郎等高级官员。

〔一〇〕讵料：谁想到，没料想。定谳（yàn）：定罪，结案。

〔一一〕颊疽（jū）：脸上长疮。

〔一二〕盛京：清朝入关前（后金）的首都，今辽宁省沈阳市。遮留：截留，挽留。

〔一三〕军台：边塞负责传送军报的驿站，一般是获罪官员的服役之地。了事：一般指应付完事。

〔一四〕李相：即李鸿章，时任协办大学士。清朝无宰相，习惯上称各位大学士为相。

〔一五〕具呈：提出书面申请。

〔一六〕运署：长芦盐运使司衙门的简称，在天津城内。

〔一七〕刘令：即天津知县刘杰，天津教案后与张光藻一起被刑部发配黑龙江充军。

〔一八〕李中堂：即接任直隶总督李鸿章。"中堂"是当时对总督的通称。

〔一九〕乐山：即丁寿昌（1826—1880），字乐山，安徽省合肥（今肥西县）人。淮军将领，此时接任天津道台，官至直隶布政使。

〔二〇〕大婚：古代称君王结婚为大婚。

〔二一〕殊域：古代称中国边远以外的地方。

〔二二〕赐环：古代指被放逐的官员，遇到赦免召回。

〔二三〕隳（huī）：堕落，毁坏。伟抱：远大的志向。

点评

当年轰动一时的天津教案，主要原因是天津民众不明真相，意气用事，直接责任是法国领事丰大业开枪伤人。天津知县刘杰是在场官员，天津知府张光藻事前带领民众到过教堂交涉，北洋通商大臣崇厚未能第一时间制止情绪失控的丰大业，终于酿成大祸。其结果是丰大业及其翻译毙命，在津外国传教士与商民二十余人遇害，天津市民以命相抵，崇厚赴法国道歉。曾国藩时任直隶总督，奉旨从保定赶到天津办理此案，随即将张光藻与刘杰革职转移，但法国向清廷施压，曾国藩只得将张、刘送交刑部审问，刑部则处以发配黑龙江充军的重刑。张、刘二人向曾国藩写信，感谢曾国藩明里暗里的多方援助，并请求设法变通，只到辽宁止步。为此，曾国藩分别给张、刘回信，内容全都相同。

首先动之以情，深深致歉：是我不善于处理外交重案，让你受此重罚，我自己无颜以对。你越是不责怪我，我心里越是难受。尽管我做了一些补救，但结果未能如愿。只恨当时没有坚持抗争，不该把你们送交刑部问罪。你“年老无子，远戍穷荒”，“何以堪此”？这是真情流露，也是以情动人。

其次便是晓之以理，婉言回绝：“欲盛京将军设法遮留，此恐难行”，这是因为，一来那里没有军务，也就没有理由截留你；二来从重充军就是为了平缓法国的怨恨，如果变相减刑，恐怕再生事端，对你们可能有害无益。不过，我和大学士李鸿章都会分别给辽、吉将军写信，“请其沿途照料”，而且，尽管我与“黑龙江将军向未通函，亦拟婉切详言，属其加意优待”。做不到的我没办法，做得到的我都做了。

第三更是指明前程，不仅建议赔赎，并且筹集巨款，如果一次不够，下次继续募集，如果此路不通，还有皇上大婚而“大赦天下”的机会，你们为国受过，民心更加推崇，将来再次启用，“事业正未可量”。

三段话，三个层次，思路清晰，态度诚恳，否决明朗，指示周详而又句句在理，这就是曾国藩措辞与行文的扎实功底了。

复毛昶熙〔一〕 同治九年九月十九日

先后两批人犯，办理已觉过重，鄙意欲俟全案结清再行正法〔二〕。两奉谕旨，均令速即行刑，盖虑洋人更有猜疑，致费唇舌。现拟于日内正法，而知照各领事〔三〕，李蔚海则谓有信请示罗使〔四〕，孔气则谓布使即日来津〔五〕，似又尚须少候。府县发黑龙江〔六〕，亦系从重定议，不惟罗酋无辞〔七〕，即威酋与各国见中国如此曲全邻好〔八〕，当亦各为心折。

国藩以津事已定，拜疏请觐，业承俞允。兹拟二十二三日启程入京，二十五六日当可入对〔九〕。贱体疲惫日甚，目疾既已深痼，两腿近复浮肿，登降拜跪，殊以为苦。即广庭酬对，亦以目疾为耻。贱子生辰在迩〔一〇〕，既不敢劳称贺之文，亦自不胜应接之繁。拟下月初六七即行出都，各处公私宴会一概不赴。此次入都，不过稍伸恋阙之忱〔一一〕，至于往还礼数，必多疏略，实缘精神不能支持。都中游好倘有询及者〔一二〕，乞一道鄙忱也。

——《曾国藩全集·书信》（十）第 382—383 页

注释

〔一〕毛昶熙（1817—1882）：字旭初，河南省武陟县人。由进士历任监察御史、内阁学士、礼部侍郎、工部尚书，官至兵部尚书。

〔二〕正法：依法处决死刑犯。

〔三〕领事：外国驻华外交官员。

〔四〕李蔚海（1836—1876）：晚清海关英籍总税务司李泰国之弟，英国来华使馆翻译生，后升任登州（烟台）、天津领事。罗使：即罗淑亚（1831—1879），法国驻华使馆参赞兼代办。

〔五〕孔气（1821—1883）：俄国驻天津领事，汉学家。布使：即布策，俄国驻华公使馆代办。

〔六〕府县：知府与知县。此处指革职天津知府张光藻与革职知县刘杰。发：发配，充军。

〔七〕罗酋：即罗淑亚。

〔八〕威酋：即威妥玛（1818—1895），侵华英军退伍军官，翻译，历任驻华公使馆汉文参赞、公使，汉学家。

〔九〕入对：君主时代，臣子上朝，觐见君主，接受询问和指示。

〔一〇〕贱子：自谦之词，我，自己。在迩：临近。

〔一一〕恋阙：臣子对君主的依恋与忠诚。

〔一二〕游好：交游，好友。

点评

毛昶熙本来以工部尚书在总理各国事务衙门行走，参与外交事务，天津教案中受朝廷指派，来到天津，协助对外交涉，事平返回北京。此时曾国藩已经卸任直隶总督，即将进京朝见同治皇帝与慈禧太后，准备回任两江总督。借着回复毛昶熙来信之机，曾国藩通报案件后续进展，并特意交代，到北京后将谢绝一切应酬。

第一层意思，是表示自己对办案结果的遗憾与无奈。各国领事逼迫，朝廷一味催促，民众一时泄愤，哪里去找正凶？而且还要一命抵一命？三个月过去，曾国藩只好先后上报两批名单，分别处死和流放。本来还想暂缓行刑，而朝廷却接连传旨，“均令速即行刑”。在这里，曾国藩似乎有意无意间运用春秋笔法，告示后人，“朝廷是怎么做的”。除此之外，他还追加一笔，“府县发黑龙江，亦系从重定议”，我们上上下下多方施救，但都无功而返。“中国如此曲全邻好”，责任到底在谁？

第二层意思，则可看出曾国藩的老练和精细。封疆大吏，依据制度与惯例，必须定期朝见君主，汇报工作，听取指示，何况京津邻近，曾国藩体弱年迈，此番赴任，可能再无觐见的机会。基于这些原因，在名声一落千丈的失意时刻，曾国藩只能前往北京，面对各种人群，其中失望和责备的也不在少数。但是，下个月就是曾国藩的六十寿诞，为此，曾国藩请求毛昶熙事先关照，回京后，“各处公私宴会一概不赴”，而且还要赶在生日前离京，哪怕“往还礼数疏略”也在所不计，只能求你转告“鄙忱”了。

复孙衣言〔一〕 同治九年九月二十日

縠山制军和平中正〔二〕，简畀方隆〔三〕，岂料罹此奇祸〔四〕。其平日居官行政，可法可传，鄙人素所深佩。来函胪举见示〔五〕，若惟恐叙列未备，循绩就湮〔六〕，风气尤为可敬〔七〕。惟縠帅被弑后〔八〕，已由魁将军、英中丞先后陈奏〔九〕，敝处相距较远，未便再有渎陈。朝廷饰终之典至优极渥，亦不宜更有干请〔一〇〕。前袁端敏公薨逝〔一一〕，其家函请专疏胪陈勋绩，亦未上陈，亦以业奉恩旨，难更措辞也。

津案顷已就绪，府县后仍追摄入狱，现发遣黑龙江。

该员等初无大过，远戍北荒，虽朝议似早有成谋，究由敝处初奏过重所致，抱愧无已。津民滋事之众先后审明，应正法者二十人，拟办军徒者二十五人〔一二〕，办理已属过重，洋人似不致再有要求，余事当可次第定议。特以中国目前兵力,实不足制御洋人,沿海各口防务全未讲求，而海关洋税尤为饷源所出〔一三〕。一开兵端，此源立断。所以低首下心、曲全邻好者，盖以大局安危所系，不敢轻于一试。第因身旁未带一兵〔一四〕，料敌不审，遂致气象过柔，措辞失当，此则无所辞咎，聚铁不能铸错者也〔一五〕。

——《曾国藩全集·书信》(十)第384—385页

注释

〔一〕孙衣言（1814—1894）：字绍闻，号琴西，浙江省瑞安县（今瑞安市）人。由进士历官翰林院编修、侍讲、安徽候补知府、江宁盐巡道、江宁布政使，官至太仆寺少卿。

〔二〕穀山：即马新贻（1821—1870），字穀山，山东省菏泽县（今菏泽市）人。由进士历官安徽知县、知府、按察使、布政使、浙江巡抚、闽浙总督。本年在两江总督任内遇刺身亡。制军：总督的别称。

〔三〕简畀（bì）：朝廷的信任和重用。

〔四〕罹（lí）：遭受灾难或不幸。

〔五〕胪（lú）举：列举。

〔六〕循绩：良好的政绩。

〔七〕风气：此处指风谊与气节。

〔八〕毅帅：马新贻位任总督，故称“帅”。弑：君主时代，称臣杀君、子杀父母、卑杀尊为“弑”。

〔九〕魁将军：即魁玉（1797—1877），字时若，富察氏，满洲镶红旗人。历官副都统、都统，官至江宁将军。英中丞：即英翰，见同治四年六月二十二日《致阎敬铭》注〔五〕。

〔一〇〕干（gān）请：干求，请托，即“开口求人”。

〔一一〕袁端敏公：即袁甲三，以漕运总督卒于任，谥号“端敏”。

〔一二〕军徒：充军和服劳役。

〔一三〕海关洋税：十九世纪两次鸦片战争之后，陆续对外开放通商贸易的进口税收。

〔一四〕第：但是。

〔一五〕聚铁不能铸错：聚集所有的铁，也铸不出一个“错”来。比喻追悔莫及。

点评

孙衣言、马新贻都是曾国藩的老部下，孙、马二人在安徽为同僚时就很熟悉。两年前，朝廷把曾国藩调任直隶总督，让近年一再升迁的马新贻接替两江总督，孙、马二人在南京关系更加亲密。本年七月，马新贻检阅部队回署，大庭广众之下，被刺客张文祥一刀毙命。得手后，张文祥束手就擒，留下一句“养兵千日，用在一时，有来有去”。接下来的几个月，他对于行刺原因，要么坚不吐供，要么瞎说一气，吓得记录员都不敢下笔。孙衣言参与了对张文祥的最初审问，坚持严刑拷打，但没被主审官接受。为此，他给即将回任两江总督的曾国藩写去信件，一来反映情况，二来请求曾国藩上奏，列举马新贻历年功绩，促使朝廷进一步表彰。

此时曾国藩刚刚经历了三个月的天津教案，人生跌入低谷，身心极为疲惫，他是怎么措词答复的呢？

首先，一开始就赞扬马新贻，做人做官，“和平中正”，朝廷器重，“简畀方隆”，谁知道遭遇这种“奇祸”？如你所说，他“平日居官行政”，“可法可传”，也是“鄙人素所深佩”。你一一列举他的种种美德和贡献，生怕省内高官上奏的还不全面，湮没了他的美名，你的这种风谊和气节，让我十分敬佩。有了前面这些铺垫，接着话锋一转，魁将军、英中丞已经先后陈奏，朝廷对马新贻的表彰和哀悼也已经非常隆重，我这两年远在直隶，确实不便再插一手。的确，曾国藩此时插手插嘴，很有可能招致魁玉与英翰的不满，甚至是朝廷的不悦。为了增强说服力，曾国藩还列举了袁甲三的事例，我和他也是多年的交情，但他家属的请求我也没有答应，道理是一样的。

其次，通过介绍近况，一方面诚恳自责“津案”办理过柔，“抱愧无已”，另一方面，又平实说明中外实力对比，只能忍辱负重，委曲求全。值得肯定的是，曾国藩没有借此推卸责任，在把“低首下心、曲全邻好”的道理讲清之后，他又再次把笔触指向了自己：过于诚信，有意不带部队威慑，结果对方动用军舰，这是我自己“料敌不审”，“措辞失当”，这才是我聚铁铸错、追悔莫及的最大失误。

所以说，这封回信，写得很平稳，也很诚恳，很周到。

复李榕〔一〕 同治九年闰十月初九日

阁下襟怀旷远，迥非时流所及。虽一旦以蜚语去官〔二〕，还居寒素，乃能摆脱尘鞅〔三〕，泊然物外，携少长以承欢，要亲懿而话旧〔四〕，架多古籍，桁少新衣〔五〕。谢氏诗篇，互入诸昆之梦〔六〕；王家至乐〔七〕，俱为儿辈所知。张圃翁《聪顺〈训〉斋语》《恒产琐言》〔八〕，备极乡居乐趣，乃居人生最泰之境。君处仕途难蹇之余，若长能恬然自足，无求于世，则亦归田中之一奇也〔九〕。令弟及哲嗣辈联翩鹊起，著誉黉宫〔一〇〕，而不急于应举业，廉贾挟资而不入市求赢，此又德门余庆方长之一验也。

仆视事畿甸〔一一〕，一载有余，四月中旬又得眩晕之症，头若坠渊，足若升天，床震室转，殊不自持，先后请假两月。假期内遽有津民杀毙洋官之事，六月初旬，奉旨力疾来津〔一二〕，查讯此案，办理既多棘手，措施未尽合宜，内疚神明，外惭清议。敝处六月二十三日一疏庇护天主教，本乖正理，而发抄时内阁又删去疏中“五疑”一层，物论沸腾〔一三〕，至使人不忍闻。八月二十八日曾陈一密片〔一四〕，稍救前疏之失。刻下全案已结，鄙人旋奉重莅江南之旨。陈情未允，因于九月下旬入京陛见，十月十五日出都，由陆路径赴济宁，买舟南下。敝眷亦适自天津、临清水路到济同行，本月中旬以后当即可抵金陵。以一目盲废而再莅剧任，以时论所弃而久居穹官〔一五〕，皆鄙人素性所不然者。今且颓顿若此〔一六〕，寤寐惭沮，只足以为知己辱耳。

浙江运司养廉〔一七〕，于例未曾到任者本难支领，特浙中杨石泉中丞系敝同邑旧识〔一八〕，卢五峰方伯系保定同寅〔一九〕，便中当函达两处，嘱其设法通融办理。其能否如志，则未敢必，俟有复书再奉达也。

——《曾国藩全集·书信》（十）第 398 页

注释

〔一〕李榕：见同治四年六月二十二日《致阎敬铭》注〔二〕。

〔二〕蜚语：流言蜚语，没有根据的诋毁之词。去官：免职。

〔三〕尘鞅：比喻世俗事务的束缚。“鞅”是套在马颈上的皮带。

〔四〕要：即“邀”。亲懿：即“懿亲”，至亲。

〔五〕桁（héng）：衣架。

〔六〕诸昆：诸兄。此处化用南朝谢灵运、谢惠连兄弟梦中得诗的典故。

〔七〕王家至乐：丝竹之声。此处化用东晋王羲之答谢安语，详见《世说新语·言语》。

〔八〕张圃翁：即张英，字敦复，号倦圃翁，安徽省桐城县（今桐城市）人。清初大臣，官至文华殿大学士兼礼部尚书。《聪训斋语》和《恒产琐言》是张英的两本治家训诫。

〔九〕归田：辞官回乡。

〔一〇〕黉宫：见同治四年八月初六日《加朱蓂片》注〔六〕。

〔一一〕视事畿甸：即"任职直隶总督"的意思。

〔一二〕力疾：带病坚持工作。

〔一三〕物论：舆论。

〔一四〕密片：密折，大臣上奏朝廷的军机大事。

〔一五〕穹官：高官。

〔一六〕顽顿：圆滑而无骨气。

〔一七〕浙江运司：浙江省盐运使司，掌管省内食盐专卖。养廉：即"养廉银"，清代官员在本职额定年薪之外的公务补贴。

〔一八〕浙中：浙江省。杨石泉：即杨昌濬（1825—1897），字石泉，湖南省湘乡县丰乐都（今属娄底市）人。以秀才投身湘军，积功升至浙江巡抚，因"杨乃武与小白菜案"革职，复出后官至陕甘总督。同邑：同县。

〔一九〕卢五峰：即卢定勋，江西省饶州（今上饶市）人。

由进士历任直隶布政使、浙江布政使。保定：直隶保定府（今河北省保定市）。清代直隶总督府驻扎保定。同寅：同僚。

点评

李榕以新科进士改发户部主事，经过胡林翼等人的举荐，朝廷将其派往湘军大营，接受锻炼，曾国藩也非常看重他，着意培养和教导。李榕起初带兵打仗，后来管理后勤，逐年加官晋级，由浙江盐运使、湖北按察使直至湖南布政使。但是他过于任性，得罪了湖南官绅，不久就被撤职查办。这次来信，一是介绍乡居生活，二是请求领取盐运使任内可领而未领的养廉银。

曾国藩的回信，先是表达对李榕的羡慕："还居寒素"，"摆脱尘鞅"，"携少长以承欢，要亲懿而话旧"，"架多古籍，桁少新衣"，"谢氏诗篇，互入诸昆之梦;王家至乐，惧为儿辈所知"，这种清福，是多少人梦寐以求的啊！名篇佳句，琳琅满目，不经意间，似乎又让李榕回到了当年军营论文的快乐时光。当然，此时马上转到养廉银，还有些不妥，曾国藩于是落笔到自己这一年多在直隶的种种遭遇。一再生病，病假中带病赶赴天津，结果是"办理既多棘手，措施未尽合宜"，害得自己"内疚神明，外惭清议"。不过，信中有两处值得注意：内阁删掉了我的"五疑"，我只好最近又上奏密片；重回江南，陈请不允，"寤寐惭沮"，这都是表白自己的真实立场和心态。

信末答复养廉银：于例"本难"，但浙江大员与我较熟，我会请他们"设法通融"，但不能保证如愿以偿。话不多，但实在。

复黎庶昌〔一〕 同治十年六月初五日

承示吴江政烦俗敝，盗贼纵横，用是不胜其郁郁，亟思去而之它〔二〕。此层苦衷，敝处亦略知之。敏斋前过金陵〔三〕，鄙人与之谈及，欲调稍优之缺〔四〕，安所得遂？有相当缺出，且觖望者众〔五〕，未必恰如人愿。阁下天性肫挚〔六〕，志趣远大，而于涉世应事似尚操之过蹙〔七〕。从古奇人杰士，类皆由磨励中来〔八〕。艰巨杂投，磨励也，米盐繁琐，亦磨励也。吴江征收之难，风俗之悍，皆为大府所深悉而曲原〔九〕，无事忧谗畏讥〔一〇〕，尚希振作精神。遇有烦难之事，耐劳耐苦，徐听事机之转，则所在皆坦途矣。高明以谓如何〔一一〕？

——《曾国藩全集·书信》（十）第 531—532 页

注释

〔一〕黎庶昌（1837—1896）：字莼斋，贵州省遵义县（今遵义市）人。以秀才上书朝廷，被发往曾国藩军营效力，后任江苏吴江、青浦知县，出使英国参赞、驻日公使。

〔二〕去而之它：此处指调往他县任职。

〔三〕敏斋：即应宝时（1821—1890），字敏斋，浙江省永康县人。以举人历任上海道台、江苏按察使。

〔四〕缺：行政职位。

〔五〕觖（jué）望：不满，怨恨。

〔六〕肫（zhūn）挚：诚恳真挚。

〔七〕操之过蹙（cù）：操之过急。

〔八〕类：大体，大多。

〔九〕大府：指省级高官。曲原：体贴，原谅。

〔一〇〕无事：不要，不必。

〔一一〕以谓：以为，认为。

点评

同治元年（1862），朝廷下诏，征求民众对国家的意见，黎庶昌的万言书脱颖而出，于是赏给知县官衔，发往曾国藩军营，以便锻炼造就。曾国藩经过考察，认为黎庶昌属于书生之才，于是留在幕府，起草批牍。黎庶昌古文功底不错，时常向曾国藩请教古文之道，曾国藩也乐于“教以作文之法”（同治四年九月二十八日日记）。黎庶昌日后也就与张裕钊、薛福成、吴汝纶一道，列名“曾门古文四子”。

一年前，黎庶昌得到江苏吴江知县的任命，赴任之后，却大失所望，一是政务繁杂，二是财政亏空。前者需要才干与精力，后者需要转嫁民间，敲骨吸髓，横征暴敛，这些不仅不是文学才子的所长，恰恰相反，是其所短。于是，黎庶昌向曾老夫子求援，请求他发话干预，给自己换个好一点的地方。

在信中，曾国藩首先表示，你的“苦衷”，我也“略知”。不久前你们江苏按察使应宝时来南京，我也给他说起过这事，他表示有些为难，稍微好一点的职位，早就被一大群人盯上了。于是，曾国藩教导黎庶昌，既然做官，就不要操之过急，自古以来，奇人杰士都是磨砺出来的，大事难事是磨砺，小事杂事也是磨砺，民间征收不易，省内大官也都是了解和原谅你的，你何必太着急呢？还是要“振作精神”，“耐劳耐苦”，等待事机慢慢好转，这样也就到处都是通坦大道了。然后不紧不慢地问一句：像你这么高明的人，觉得这话有道理吗？

教育归教育，帮助归帮助，曾国藩还是给江苏巡抚打招呼，当年就把黎庶昌调到了“好一点”的青浦县。

复冯卓怀〔一〕 同治十年七月初二日

金陵畅叙，一月有余。回忆昔在祁门，侵侮良朋，轻离贤俊，悔憾正深。一旦握手相见，具仰旷远之怀，稍释积年之愧。匆匆执别，缱绻奚任〔二〕。顷接惠函，猥以馈敬戋戋〔三〕，远劳齿谢，只增惭恧。就谂台从行抵六安〔四〕，即日返旆南旋，比想已抵星沙〔五〕。

阁下精研地理〔六〕，熟于古法。承示大驾拟至敝乡，为舍间代营吉地〔七〕，隆情厚意，感何可言！惟一家私事有劳跋涉，窃抱不安。顷已函告舍弟，如台驾果辱临敝乡，自当扫径以待〔八〕。

——《曾国藩全集·书信》(十)第556—557页

注释

〔一〕冯卓怀：见咸丰三年正月《与冯卓怀》注〔一〕。

〔二〕缱绻(qiǎn quǎn)：感情缠绵。奚任：怎么承受得住。

〔三〕馈敬：馈赠。

〔四〕就谂(shěn)：借此知悉。

〔五〕比想：想来近期。星沙：此处指湖南长沙。

〔六〕地理：中国古代风水理论对地貌地脉的认识与评价。

〔七〕舍间：此处指曾国藩自己。吉地：墓址。

〔八〕扫径以待：清扫门前小路，期待客人的到来，表示热烈欢迎的意思。

点评

冯卓怀是曾国藩早年在北京的同乡好友，一同皈依理学，道德切磋，并一度担任曾纪泽的家庭教师。曾国藩出任两江总督，特意将冯卓怀从四川万县知县跨省调至安徽祁门，协助大营驻防事务。当时军情十分危急，曾国藩心情急躁，见防地碉堡工程不佳，竟然当众训斥冯卓怀，冯卓怀随即告辞，任凭曾国藩怎么挽留、怎么道歉劝说，包括广东巡抚郭嵩焘盛情相邀，他却从此再不涉足官场。十年过去，两人书信不断，友情不减。曾国藩从直隶回任两江，冯卓怀还特意从湖南赶到南京，与曾国藩叙旧话别，然后专程赶赴曾国藩老家，为老朋友寻觅墓地。

曾国藩接到冯卓怀途中来信，往事历历，一一再现。于是回信，再次将内心愧疚诉诸笔端：当年在北京的岁月已经远去，这次的南京一月欢聚又转眼消逝，这是一层意思；十年前“侵侮良朋，轻离贤俊，悔憾正深”，这是又一层意思，而“一旦握手相见”又“匆匆执别”，则是第三、第四层了。四句话，四次转折，章法井然有序。不仅如此，“行抵六安”、“即日返旆”、“已抵星沙”，也是步步推进，而且自然过渡到下一段。

寻访墓地不仅需要风水知识与经验，还要跋山涉水，而且成败难料、颇有风险。这一般都是家中子弟的责任，而冯卓怀借助自己的风水知识，毅然以此为己任，这就是肝胆之交的最高表现了，在古代，这就是忠于友情的终极“人文关怀”了。所以，曾国藩要说“隆情厚意，感何可言”。这就是一辈子的交情啊！

复吴敏树〔一〕 同治十年七月十六日

大集古文敬读一过，视昔年仅见零篇断幅者尤为卓绝。大抵节节顿挫，不用矜奇辞奥句而字字若履危石而下，落纸乃重绝伦。其中闲适之文，清旷自怡，萧然物外，如《说钓》《杂说》《程日新传》《屠禹甸序》之类，若翱翔于云表〔二〕，俯视而有至乐。国藩尝好读陶公及韦、白、苏、陆闲适之诗〔三〕，观其博揽物态，逸趣横生，栩栩焉神愉而体轻，令人欲弃百事而从之游。而惜古文家少此恬适之一种，独柳子厚山水记破空而游〔四〕，并物我而纳诸大适之域〔五〕,非他家所可及。今乃于尊集数数遘之〔六〕，故编中虽兼众长，而仆视此等尤高也。

《与欧阳筱岑书》中〔七〕，论及桐城文派，不右刘、姚〔八〕，至比姚氏于吕居仁〔九〕，讥评得无少过〔一〇〕？刘氏诚非有过绝辈流之诣，姚氏则深造自得，词旨渊雅。其文为世所称诵者,如《庄子章义序》《礼笺序》《复张君书》《复蒋松如书》《与孔㧑约论禘祭书》《赠㧑约假归序》《赠钱献之序》《朱竹君传》《仪郑堂记》《南园诗存序》《绵庄文集序》等篇，皆义精而词俊，敻绝尘表〔一一〕。其不厌人意者，惜少雄直之气，驱迈之势。姚氏固有偏于阴柔之说，又尝自谢为才弱矣。其论文亦多诣极之语，国史称其“有古人所未尝言，鼐独抉其微而发其蕴”。惟亟称海峰,不免阿于私好〔一二〕。要之，方氏而后〔一三〕，惜抱固当为百余年正宗，未可与海峰同类而并薄之也。浅谬之见，惟希裁正。

——《曾国藩全集·书信》(十)第563页

注释

〔一〕吴敏树：见咸丰七年闰五月初三日《复李元度》注

〔一二〕。

〔二〕云表：云外，天外。

〔三〕陶公：东晋田园诗人陶渊明。韦：唐代诗人韦应物。白：唐代诗人白居易。苏：宋代诗人苏轼。陆：宋代诗人陆游。

〔四〕柳子厚：即唐代文学家柳宗元，字子厚。

〔五〕大适之域：广阔天地之间。

〔六〕数数遘（gòu）之：一次次遇见。

〔七〕《与欧阳筱岑书》：吴敏树《柈湖文录·与欧阳小岑论文派书》，反驳曾国藩《欧阳生文集序》的文派观点。欧阳兆熊（1808—1876），字筱岑（或作小岑），湖南省湘潭县人。举人，曾国藩旧友。

〔八〕右：推重、尊敬。刘、姚：桐城文派创始人刘大櫆（字海峰）、姚鼐（字惜抱）。

〔九〕吕居仁：即吕本中，字居仁，诗词沉迷风云草木，风格柔弱。

〔一〇〕得无少过：意思是"是不是稍微过分了"。

〔一一〕敻（xiòng）绝：远远超越。尘表：尘世之外。

〔一二〕阿（ē）：迎合，偏附。

〔一三〕方氏：此处指清代文学家方苞。

点评

这是一场持续十几年的笔墨官司，参与者除了曾国藩与吴敏树，还有刘蓉与郭嵩焘等人。

事情的起因是曾国藩的那篇《欧阳生文集序》。曾国藩有一位早年好友欧阳兆熊，湖南湘潭人，仗义疏财，广交文士。曾国藩进京之初，在南城果子巷万顺客店一病三月，开药方的是吴廷栋，侍候汤药的则是欧阳兆熊。欧阳兆熊有个儿子叫欧阳勋，年轻好学，文采过人，曾经向曾国藩请教诗文。咸丰五年（1855），年仅二十出头的欧阳勋早逝，其父刻其遗集，嘱曾国藩作序。曾国藩于是借用韩愈文集的现成题目，一来尽显谋篇布局遣词造句之才气，二来纵论桐城文派的师从与传人，把当年与自己在北京切磋诗文的吴敏树、杨彝珍、孙鼎臣、郭嵩焘等人，一一拉入桐城派的湖南传人榜，最后还特意加上欧阳勋。这本来只是为了安慰老朋友，当然也有较为明显的拉帮结派的气味。曾国藩特别嘱咐欧阳兆熊，将此文转寄吴敏树。

不料，吴敏树立即给欧阳兆熊回信，声称自己取法的是桐城派的源头归有光与方苞，否认自己师法姚鼐，直言“素非喜姚氏，未敢冒称”，而且针对曾国藩序中对姚鼐的赞颂，把姚鼐一顿攻击，说姚不过是吕居仁那号人，姚的老师刘某更不值一提，不值一辩。这下让曾国藩很不适意，也很不服气，马上给吴敏树写信，说姚先生“辨文章之源流，识古书之正伪，实有突过归、方之处”，甚至话里带刺地说上一句，你当年在北京，不也是跟在梅曾亮（姚鼐的学生）屁股后面跑吗？吴敏树回信，仍不认可姚鼐，并再次申明自别于桐城。事隔多年，吴敏树在编刻自己的文集时，又特意把《与欧阳小岑论文派书》收入集中，于是争端再起。

首先是罢官在家的刘蓉去信反驳，为姚鼐洗刷，“非（吕）居仁依附草木者之比”，接着就有曾国藩在去世前半年的这封信，再次捍卫姚鼐的文坛地位，最后，当吴、刘、曾都已不在人世之后，郭嵩焘校读曾国藩的这篇《欧阳生文集序》，下笔批注说："此序论桐城派确有渊源"，"湖湘学者，无复遗议"，"姚先生论古文义法"，"其道乃尊而严"，"虽有辩者，莫能易也"。此时吴已去世，怎么辩？

曾国藩的论辩，写在两人告别人世之前。吴敏树既然寄来文集，曾国藩首先当然要称盛一番，既肯定"字字若履危石而下，落纸乃重绝伦"，更推重"其中闲适之文，清旷自怡"，"此等尤高"。是否搔着痒处，只有作者自己明白。而接下来的一段，态度比较明确，但行文更加委婉，摆事实，讲道理，对姚鼐既有赞颂，也指出其不足，给论辩双方都留有余地。吴敏树到底是被说服了，还是选择沉默，我们也不知道，因为当时信件往来，动辄几个月，而他们的生命都已经走到了尽头。

复何栻　同治十年十月初五日

阅管才叔专函〔一〕，知竹庄因赏菊一事〔二〕，杯酒之际，忽起瑕衅〔三〕，刻下乞病一月，业经中丞批准〔四〕。

此事发端本极细微，其曲直固无庸深辨。惟竹庄平日矜尚意气，纤芥之忤，盛怒骤加，其语言往往令人难堪，鄙人实所深悉，亦颇代为隐忧。即其与中丞共事，数年以来，闻竹亦常退有后言，进有面折，中丞尚曲为含忍。一旦意有所激，或遂因而乘之，不可复耐。假满之后，竹庄必陈请开缺〔五〕，中丞亦必予批准，乃是情势之常然者。在竹庄多年辛苦，甫履亨途，乃因细故罢去，诚属可惜。伊乞假来文，此间尚未接到，才叔之意，欲令敝处批饬臬司查伊真病与否〔六〕，以作转圜之计〔七〕。惟中丞以同城者而批准，此间以远辖者而批查，是显分畛域而大露痕迹〔八〕，恐适激之生愤。自来抚藩相争〔九〕，常抚胜而藩绌。督若救之〔一〇〕，则抚意愈不可回。世态如此，非自今日始也。竹庄从仆最久，皖中则必谓其声息相通〔一一〕，嫌疑之际，固宜引避。至调离皖省之说，渠系实缺藩司〔一二〕，更难为力。若中丞来函提及此事，或此间有便函寄去，自必善为措词，委曲调停，否则茫然若无所闻。或中丞曲意慰留，或皖省中司道婉言排解〔一三〕，尤善之善者也。

管信附还。

——《曾国藩全集·书信》（十）第617—618页

注释

〔一〕管才叔：即管乐，字才叔，江苏省武进县（今常州市）人。秀才，长期在江西、广东与安徽各地做幕僚。

〔二〕竹庄：即吴坤修（1816—1872），字竹庄，江西省永修县人。曾国藩早期幕僚，官至安徽布政使。

〔三〕瑕衅（xìn）：因一些意气嫌隙而引发的事端。

〔四〕中丞：此处指现任安徽巡抚英翰，英翰见同治四年六月二十二日《致阎敬铭》注〔五〕。

〔五〕陈请开缺：官员向上司申请辞职。

〔六〕臬司：按察使的别称。

〔七〕转圜（huán）：调停矛盾，挽回局面。

〔八〕畛（zhěn）域：界限与范围。一般借指帮派隔阂。

〔九〕抚藩：巡抚与藩司，相当于省长与副省长。

〔一〇〕督：总督，掌管一省通常是二、三省的军政最高长官。

〔一一〕皖中：指安徽省。“皖”是安徽的简称。

〔一二〕实缺藩司：朝廷授职的现任布政使。

〔一三〕司道：一省高级官员，如布政使、按察使、盐运使以及粮储道、盐法道等。

点评

吴坤修是安徽省“常务副省长”，与他的上司省长大人英翰在赏菊酒席上言语不合，不欢而散，以致称病罢工，准备辞职。身处现场的幕僚管乐与远在扬州的朋友何栻，先后给曾国藩写信报告。这是因为，曾国藩是两江总督，是安徽巡抚与布政使的顶头上司，深层原因，则是吴坤修乃曾国藩创建湘军的老部下，患难与共，劳苦功高而升迁较慢，一旦决裂，前功尽弃；英翰则资历略浅，以前也对吴坤修比较包容。因此，管、何二人想请曾国藩出面调停，为吴坤修挽回损失。

身居高位，总有许许多多人事纠纷，吴坤修的请假公文还没到，管、何二人的私信却早到了。对此，曾国藩的态度是，吴坤修公文来，公事公办，你们俩私信求，我不介入。

第一，酒席上的口舌之争，小事一桩，谁对谁错不值得“深辨”。

第二，吴坤修平时为人，恃才傲物，说话“令人难堪”，我早就深知，也“代为隐忧”。其实，曾国藩也曾去信劝说，如“阁下昔年短处在尖语快论，机锋四出，以是招谤取尤。今位望日隆，务须尊贤容众，取长舍短，扬善于公庭，而规过于私室，庶几人服其明而感其宽”。但是，言之谆谆，听之藐藐，作用不大。吴坤修脾气上来，依然故我。曾国藩远离安徽，也知道吴、英共事，吴冲撞而英隐忍。

第三，事已至此，开弓没有回头箭，吴必辞职，英必批准，尽管“多年辛苦”，“诚属可惜”，但正副职争胜负，上级如果插手，正职的意气必将更加坚决。要知道，英翰可是正宗的满族旗人。

第四，吴是我的旧人，如此意气用事，难免有“声息相通”、有恃无恐之嫌，我现在避嫌还来不及，如何好出手相助？

第五，至于异地任职之说，他是朝廷任命的省级大员，不是我总督说调就调的。

第六，如果英中丞来信商量此事，我也可相机行事，从中调停，但目前的事态，我只能装作一无所知。或者英中丞手下留情，或者安徽省同僚好言相劝，也许能够重归于好吧。

态度虽然简洁明了，道理却说得入情入理。私人通信的好处是，立场虽然明确，但话可以比公文说得更诚恳，感情表达也更充分。此时曾国藩正在出省检阅军队，履行总督的年度军务职责，对于远在安徽的人事纷争，只能采取爱莫能助的态度，由他们自生自灭了。十天后，曾国藩与英翰通信，只谈公务，对此事一字不提。

复聂泰〔一〕 同治十年十月二十二日

承示儿女姻事，文郎目下攻习学业〔二〕，恰值精进之时，未能忽辍，缓至明春始能东来就赘〔三〕。又以友山中丞眷属赴粤之便〔四〕，属遣人伴送小女同行至粤。阁下并倩令弟亲家率眷迎护〔五〕，诚为妥善。

惟内人自两目失明，百病丛生，重以春间剧疾，两足至今痿痹〔六〕，行走固极艰难，坐卧亦须扶掖。而鄙人右目既废，左目亦昏涩日甚，两脚酸软，精力疲乏。儿妇辈均难远离，大小女适袁氏者已于上年九月沦亡〔七〕，用是伴送殊难其人。友山中丞前在清江晤叙，今冬入京展觐〔八〕，明春挈眷赴任。当以二月取道金陵，夏初乃可抵粤。文郎若能于今冬驰至江宁，则正月成婚，二月即可趁张中丞之便，托其提挈同行。若以岁寒道远，航海过于险艰，则当如来书之指〔九〕，俟春和冰解，再来江宁就赘，最为安全。贱夫妇俱系病躯，亦不可以再缓。俟得尊处自粤启程确信，敝处再行筮吉奉闻〔一〇〕。

——《曾国藩全集·书信》（十）第 626 页

注释

〔一〕聂泰（1813—1872）：字一峰，或作亦峰，湖南省衡山县人。由进士在翰林院修业后分发广东，曾任新会知县、南雄知州，卒于高州知府任内。

〔二〕文郎：敬语，您的儿子，有才华的年轻人。

〔三〕就赘：男子到女家成婚。

〔四〕友山中丞：即张兆栋（1821—1887），字伯隆，号友山，山东省潍县（今潍坊市）人。此时由漕运总督调任广东巡抚，官至福建巡抚。

〔五〕倩（qiàn）：请。眷：家眷。

〔六〕痿痹（wěi bì）：肢体失去知觉，不能行动。

〔七〕大小女适袁氏者：出嫁袁家的大女儿。沦亡：不幸去世。

〔八〕展觐（jìn）：朝见君王。

〔九〕来书之指：即“您的来信的意图和要求”。指即“旨”。

〔一〇〕筮（shì）吉：旧指女家选择吉日，确定婚期。奉闻：敬语，即“向您报告”。

点评

儿婚女嫁是每个父母的心中大事。曾国藩夫妇一共养育了三儿六女（长子与五女夭折），先后婚嫁，此时唯有最小的女儿曾纪芬还待字闺中。近年经人牵线搭桥，访得衡阳同乡聂泰的儿子聂缉槼，年貌相当，经双方父母认可，为这对年轻人定下婚事。此时聂泰在广东做个中低级地方官，有意在辞官前在广东迎娶曾家么小姐，为此，曾国藩回信协商。

五年前，曾国藩的四女儿嫁给郭嵩焘的儿子，时任广东巡抚的郭嵩焘，一再要求在广州城举行婚礼，曾国藩就是不同意，认为长途迎娶，声势太大，太过招摇，坚持在湖南湘阴农村成亲，而且是在曾老夫人率儿子媳妇返回湘乡的半路之中，顺道在船上发亲，女儿进婆家，三天后娘家人继续航行，为的就是低调处理。现在曾国藩婉言回绝送亲“赴粤”，主要也是出于这个考虑。

不过，毕竟不同于郭嵩焘那样的老朋友，曾国藩对聂泰没有正面提及“低调从简”这一层，而是不厌其烦一一列举自己老两口的眼病与腿病，行动不便，急需家人照顾，而大女儿病故，送亲缺少陪伴等困难，转而细述聂子来到南京成婚、婚后即启程拜见公婆的种种便利之处。当然，亲家通信，双方都写得比较周全，各有第二方案，而曾国藩也是结合几种预案，酌情提出协商意见，为各自留有余地。而“贱夫妇俱系病躯，亦不可以再缓”，则措辞更为诚恳。毕竟两人的名位与资历都相差太大，曾国藩一再放低身段，不但体现其为人的一贯作风，而且用于通信协商的婉转措辞，也能更加说服对方。后来聂泰也正是按照曾国藩的布置去做的，只是聂缉槼动身稍迟，在他到达上海的前几天，曾国藩就在南京去世了。

复刘蓉 同治十年十一月初十日

贱体于春间曾发疝气〔一〕，秋间复两脚浮肿，皆已渐愈。惟目光蒙霿〔二〕，无术挽回。展阅文牍一件，比常人迟至五倍，一抛去则茫若隔世。内人三、四月间病极沉重，迩来已就痊可。而目既失明，足复难动，亦生理之至艰〔三〕。大儿正月所生之子，七月下旬殇去。年逾三十，甫得一子，今复失之，殊难为怀。

闻尊府诸孙健如黄犊，俊若於菟〔四〕，明秀跳踉〔五〕，足娱老怀。而阁下亦睟面盎背〔六〕，浩然自怡，无复纤芥世虑撄其襟抱〔七〕。康侯又携得尊著古文及诗各一册〔八〕，文则如秋云之拿空〔九〕，如山钟之摇暮，穆然意远，油然理顺，几有刘中垒、曾子固之风〔一〇〕。诗亦洒落劲健，旷逸无俦〔一一〕。庄生称技进乎道〔一二〕，居则道而进乎技与？爱玩不释，聊一及之，以明虽衰而夙好未全损云。

——《曾国藩全集·书信》（十）第640—641页

注释

〔一〕贱体：自谦之词，我的身体。疝气：此处指老年疝气，即肠道消化功能失调引发的股胀疼痛。

〔二〕蒙霿（méng）：形容目光昏蒙的样子。

〔三〕生理：此处泛指生活质量与生存状态。

〔四〕於菟：见咸丰四年九月初八日《与罗萱》注〔一一〕。

〔五〕跳踉（liáng）：跳跃。

〔六〕睟（suì）面盎（àng）背：仁德之人，其内心的修养也表现在日常仪表之中。

〔七〕世虑：尘世的纷扰。撄：缠绕。襟抱：胸怀与抱负。

〔八〕康侯：即刘麒祥，字仲宽，号康侯，刘蓉之子。后为曾纪泽奏调，任驻法公使馆参赞。

〔九〕拿空：排空，横扫天空。

〔一〇〕刘中垒：即刘向，汉代经学家、文学家，官至中垒校尉，后人称"刘中垒"。曾子固：即曾巩，字子固，宋代文学家。

〔一一〕无俦：无双。

〔一二〕庄生：即庄子，先秦道家思想家、文学家。

点评

刘蓉是曾国藩的同乡，也是结交最早的朋友和儿女亲家。很长一段时间，两人思想与志趣非常接近，崇尚湖湘理学，喜好汉唐古文。当年，尽管他们一个在朝廷做京官，一个在山乡读古书，但是书信不断，切磋如旧。后来曾国藩创办湘军，刘蓉曾经是重要帮手，只因为他的弟弟不幸战死，他一度心灰意冷，返回家中。后来他被湖南巡抚骆秉章礼请出山，并且亲手打败太平天国翼王石达开，短短几年，就官升陕西巡抚。可惜好景不长，接连战败，刘蓉惨遭政敌谩骂参劾，而被朝廷革职，于是悻悻回乡。前两年，他还给曾国藩写来《还山篇奉寄曾涤生相国》,长篇古风,大发牢骚，并且一再讽喻曾国藩，苦海无边，回头是岸，如“功成名就身不退，劬劳鞅掌胡为哉”，“武乡尽瘁事何成，邺侯还山身更重”，“留侯辟谷意非狂，淮阴就醢词何痛”，态度非常激烈。

相比之下，曾国藩的这封回信，却完全是另一种心态:“贱体”的“疝气”，“两脚浮肿”与“目光蒙雾”，都是“无术挽回”的老年病，行将就木，也就这么将就着对付吧。不仅如此，曾国藩还把夫人的“病极沉重”、“生理至艰”与长子的“年逾三十，甫得一子，今复失之”一一写出，似乎是想表示，与身体、生命相比，官场是非与得失，也就是很不值得纠缠的了。

与之相近的还有下一段，即盛赞甚至是艳羡老朋友儿孙满堂，生龙活虎，老景幸福，人生至乐无逾于此。与自己的官场羁绊相比，曾国藩一再强调山居生涯的“浩然自怡，无复纤芥世虑撄其襟抱”，“文则如秋云之拿空，如山钟之摇暮，穆然意远，油然理顺”，“诗亦洒落劲健，旷逸无俦”，历经几十年宦海风波，曾国藩似乎在少年至交“还山”之乐的映衬中，多少找到些许安慰。

复许振祎 同治十年十一月十一日

前闻旌从视学秦中〔一〕，无任欣抃〔二〕。旋接七月间惠函，敬悉一切。比想履祺休鬯〔三〕，教泽宏敷，至以为颂。

承以台端迭膺文枋〔四〕，归美鄙人，硕学宏才，上孚宸眷〔五〕，下洽群情，輶轩扬历〔六〕，乃分之宜〔七〕，于鄙人乎何与？

关中士习敦厚甲于他省〔八〕，而文藻远逊江浙，朴学亦不数见〔九〕。阁下携《小学》二千部散给诸生〔一〇〕，盖从实行上致功。就其质之相近者奖之，从其学之不逮者开之，嘉其所已能而策其所未至，斯教人者之常道，而学政尤为要图〔一一〕。往时祁文端、张海门视学吾乡〔一二〕，最得士心。近张香涛在湖北〔一三〕，亦惬众望。三人者皆宏奖士类，津津乐道。人才何常，褒之则若甘雨之兴苗，贬之则若严霜之凋物，愿阁下于告示或批评中常假以齿牙之芬〔一四〕，予以华衮之誉〔一五〕，言秦人素尚实行〔一六〕，敦孝弟〔一七〕，立节概〔一八〕，近则文采更为炳蔚，经术日益闳深云云。米汤若醍醐之灌顶〔一九〕，高帽如神山之冠鳌，昔胡文忠每以此法诱掖将才〔二〇〕。今阁下以此法诱掖诸生〔二一〕，何患人才不勃然奋起？

幕中须择一长于词章者，一长于考据者，引秦士于亨衢〔二二〕，其奖借之功则阁下须亲任之〔二三〕。称许不绝于口，揄扬不停于笔，人谁不欣欣向荣？阁下刻意求才，虚怀若渴，当不以鄙言为河汉也〔二四〕。

——《曾国藩全集·书信》（十）第641—642页

注释

〔一〕旌从：古人书面语中的敬语，即"您"。古代官僚出行，前有旌旗，后有随从，所以用"旌从"代指对方。视学秦中：担任陕西省提督学政。学政是督察一省文教与科举考试的省级官员，三年一任，由朝廷从进士出身的中高级京官中派充。

〔二〕抃（biàn）：鼓掌。

〔三〕履祺休鬯：意思接近于"旅途平安康乐"。

〔四〕迭膺文枋（bìng）：接连出任考官、主持科举选拔。"枋"古同"柄"，意即"权柄"。

〔五〕孚（fú）：为众人信服。宸（chén）眷：君王的恩宠与信任。"宸"是北极星的所在，古代借指帝王所居，并引申为皇位和皇帝的代称。

〔六〕輶（yóu）轩：古代帝王的使臣出行所乘坐的一种轻便车。扬历：治绩优异，名扬四方。

〔七〕分：本分，应有的幸运。

〔八〕关中：本指陕西中部地区，四周关塞险固。此处泛指陕西。士习：学风、文风以及文人品性。甲于：优于。

〔九〕朴学：本义是质朴之学，后泛指儒家经学，也特指文字训诂与考证之学。

〔一〇〕《小学》：见咸丰十年闰三月十六日《加何栻片》注〔一二〕。诸生：本义是各位学生，明清两朝特指"生员"，即秀才。

〔一一〕要图：要务，当务之急。

〔一二〕祁文端：即祁寯藻（1793—1866），字叔颖，山西省寿阳县人。官至户部尚书、军机大臣、体仁阁大学士，谥号"文端"。张海门：即张金镛（1805—1860），字良甫，号海门，浙江省平湖县（今平湖市）人。由进士官翰林院侍讲。祁、张二人都曾任湖南学政，"视学吾乡"即指此事。

〔一三〕张香涛：即张之洞（1837—1909），字孝达，号香涛，直隶南皮县人。历官湖北学政、山西巡抚、两广总督、湖广总督、军机大臣、体仁阁大学士。

〔一四〕假以齿牙之芬：意即"给予口头表彰，以资鼓励"。

〔一五〕华衮之誉：儒家经义，倡导品行激励，认为在公众面前得到的赞扬，其荣誉感甚至优于君王的实物赏赐。

〔一六〕秦人：此处泛指陕西人。素尚实行：历来崇尚德行。

〔一七〕孝弟：孝敬父母，尊敬兄长。

〔一八〕节概：操守与志气。

〔一九〕醍醐（tí hú）：酥酪上凝聚的奶油。灌顶：把酥油浇到头上。原为佛教礼仪，后来形容受到启发，智慧大开。

〔二〇〕胡文忠：即胡林翼，见咸丰八年八月十六日《加李续宜片》注〔二〕，并参见同治元年五月二十七日酉初《复李续宜》注〔九〕。

〔二一〕诱掖：诱导、鼓励与扶持。

〔二二〕亨衢：四通八达的大道，也用以比喻美好的前程。

〔二三〕奖借：称赞、推许。

〔二四〕河汉：天上的银河。银河浩瀚，后世用以比喻不切实际的夸诞大言。

点评

曾国藩是山乡农家子弟，经过二十几年的学习生活和几十次的科举生涯，得以鱼跃龙门，位居礼部侍郎，参与全国的文教事务管理，先后出任乡试主考官、会试同考官、复试阅卷大臣、殿试阅卷大臣，对于知识改变命运、科举决定成败，他有着刻骨铭心的认识和判断。许振祎这位当年的拔贡生（国子监学生）幕友，出幕后得以中举人、中进士、点翰林，进而钦派会试考官、出任陕西学政，这都是让曾国藩感到光彩的事情。当许振祎抵任后来信并请示指导的时候，曾国藩写下了这封回信。

对于许振祎的感恩，曾国藩谦虚地否认，归结于对方的才位相称、上下信任，这都一笔带过，重点在于下文对学政责任的论断和建议。

曾国藩首先指出，陕西书生敦厚有余，文采与学问都有所不足，学政的当务之急，应该是“就其质之相近者奖之，从其学之不逮者开之，嘉其所已能而策其所未至”，言下之意，似乎不太看好许振祎“携《小学》二千部散给诸生”的做法。接下去，他就以自己家乡前后两位“最得士心”的学政模范、张之洞在湖北“宏奖士类”“亦惬众望”为榜样，以“褒之则若甘雨之兴苗，贬之则若严霜之凋物”为比方，以“米汤若醍醐之灌顶，高帽如神山之冠鳌”为激扬，“愿阁下于告示或批评中”，毫不吝惜对学生的破格夸奖，“言秦人素尚实行，敦孝弟，立节概，近则文采更为炳蔚，经术日益闳深云云”，这几乎完全是手把手地教导了。此外，曾国藩还特意告知，“灌米汤”“戴高帽”就是胡文忠公的为官秘诀，学政最怕学生不上进，你如果学到这个秘诀，难道还怕“人才不勃然奋起”？

不仅如此，曾国藩甚至还具体指示，幕友的选择，一个要“长于词章”，一个要“长于考据”，这才可以开拓陕西书生的眼界与目标，开拓他们的知识结构。你自己只管开口表扬，只要你“称许不绝于口，揄扬不停于笔”，“米汤”加“高帽”，何患学生“不欣欣向荣”？

一连几个反问句之后，曾国藩似乎是欲擒故纵地加上一句激将的话：“阁下刻意求才，虚怀若渴”，想来不会认为我这番话是夸夸其谈吧？